KATRIN JÄGER

Luderplatz

Buch

Viktoria Latell, Polizeireporterin beim *Berliner Express*, ist nach ihrer Romanze mit Kai Westmark zurück in der Großstadt. Ihr Chef würde sie nach der verpatzten Schützenfest-Reportage am liebsten feuern, braucht sie aber – weil sie zu gut ist. Eines Morgens erreicht sie während der Redaktionskonferenz einen SMS-Hilferuf von ihrem Fotografenkollegen Mario. Dessen Badezimmer ist nach einem One-Night-Stand mit Blut überschwemmt, doch von der Herzdame fehlt jede Spur. Viktoria und Mario finden heraus, dass die Vermisste eine Praktikantin aus Münster ist – und damit nicht weit entfernt von Westbevern wohnt, dem Heimatdorf von Kai. Was für ein Zufall! Viktorias Interesse ist entfacht. Ihrem Chef tischen Viktoria und Mario eine Geschichte auf, für die sie unbedingt im Münsterland recherchieren müssen, und sie machen sich auf den langen Weg in die Provinz.

Als sie bei einem Gerichtsmediziner zu Besuch sind, den Viktoria interviewen will, wird eine Leiche eingeliefert: Unklare Todesursache. Schnell stellt sich heraus, dass die Tote die Praktikantin ist, mit der Mario zusammen war. Wie ist sie nach Münster gelangt? War es ein perfekt inszenierter Mord, oder ist sie eines natürlichen Todes gestorben? Und was hat das Ganze mit Florian zu tun, der vor Jahren in Berlin nach dem Basketballtraining nicht nach Hause kam und dessen Verschwinden Viktoria nie vergessen konnte?

Autorin

Katrin Jäger wurde 1970 in Münster geboren und wuchs in dem nahe gelegenen Dorf Westbevern-Vadrup auf. Nach ihrem Publizistik-Studium volontierte sie an der Berliner Journalisten-Schule und arbeitete danach als Reporterin, Redakteurin und stellv. Ressortleiterin bei der *B.Z.*, Berlins größter Zeitung. Vor ein paar Jahren ging sie der Liebe wegen in ihr Heimatdorf zurück und lebt dort mit ihrer Familie in einem Haus mitten auf einer Wiese.

Von Katrin Jäger ist bereits erschienen:

Schützenkönig (37766)

»Mordsgut.« www.bz-berlin.de

Katrin Jäger

Luderplatz

Roman

blanvalet

Die Handlung und alle handelnden Personen sind frei erfunden.
Jegliche Ähnlichkeit mit lebenden oder realen Personen
wäre rein zufällig.

MIX
Papier aus verantwortungsvollen Quellen
FSC® C014496
FSC
www.fsc.org

Verlagsgruppe Random House FSC-DEU-0100
Das FSC®-zertifizierte Papier *Holmen Book Cream* für dieses Buch
liefert Holmen Paper, Hallstavik, Schweden.

1. Auflage
Originalausgabe Februar 2013 bei Blanvalet, einem Unternehmen
der Verlagsgruppe Random House GmbH, München

Umschlaggestaltung: © Johannes Wiebel | punchdesign,
München, unter Verwendung von Motiven von photocase.com
und shutterstock.com
Redaktion: Gerhard Seidl, text in form
DF · Herstellung: sam
Satz: Uhl + Massopust, Aalen
Druck und Einband: GGP Media GmbH, Pößneck
Printed in Germany
ISBN: 978-3-442-37925-5

www.blanvalet.de

Luder (mhd. Luoder > Lockspeise) *das, -s, Jägersprache:* Bez. für Aas. – Luderplatz, Ort, an dem Aas zum >Anludern< (Anlocken) von Raubwild ausgelegt wird.

Brockhaus Enzyklopädie, Neunzehnte Auflage,
Dreizehnter Band, Lah – Maf

Prolog

Er weiß, dass es nicht helfen wird. Doch er leckt mit seiner Zunge über die spröden Lippen, spürt die trockenen Hautstückchen, die Risse. Sofort wird der warme Spuckefilm wieder eiskalt, wie der Rest von ihm. Wenn er nicht gleich kommt, wird er sein Gewehr wieder einpacken. Doch noch spürt er den kühlen Holzkolben seiner Mag 5,6 x 50 R an seiner Wange, noch konzentriert er sich. Wäre er alleine hier, dann würde er nicht länger warten. Er läge längst in einer heißen Badewanne und würde sich seinen Mund mit Blistex eincremen und seine Füße, seine Hände, seinen steifen Nacken aufwärmen. Er hört den Reißverschluss von Karls Jacke, hört, wie er den Verschluss aufdreht, und riecht den Alkohol, dessen würziger Geruch aus der kleinen flachen Flasche strömt, die sein Freund ihm vor die Nase hält.

»Noch 'ne halbe Stunde.«

Sein Kamerad hat seine Gedanken gelesen. Er nimmt einen Schluck, genießt die kleine Hitzewelle, die durch Kehle, Speiseröhre und Magen fließt, und nickt erleichtert. Noch eine halbe Stunde. Der Schnaps brennt auf seinen Lippen.

Dann nimmt er einen Schatten wahr. Er kommt näher. Er ist auf der Hut. Gerade so, als wisse er, was ihn hier erwarte. Doch die Gier ist zu groß. Er schleicht sich näher, nutzt die kleinen Bäume am Bachlauf als Schutzschild. Bevor er zu graben beginnt, schaut er sich um. Als er sein erstes Stück gefunden hat, hallen zwei Schüsse durch diese Januarnacht.

Er fällt seitlich in den Schnee, ein paar Fasane flattern in den mondbeschienenen Himmel.

Tobias und Karl klatschen sich ab. Sie haben gerade ihren ersten Fuchs erlegt. Schnell klettern sie aus dem Unterstand und schreiten über das Feld zu dem toten Tier. Karl hält die Taschenlampe, Tobias kniet sich neben ihre Jagdtrophäe. In dessen Maul steckt noch ein Stück von dem Aas, das hier am Luderplatz in einem vergrabenen alten Rohr gelegen hat, um ihn anzulocken. Das Licht der Taschenlampe fällt auf das Fleisch. Tobias starrt darauf. Geschickt nimmt Karl es aus dem Maul und schmeißt es in den Bach.

Tobias schluckt. »Was war das?«, fragt er leise.

Karl lacht. »Was war was?«

»Da war eine Zeichnung auf dem Fleisch.«

»Eine Zeichnung? Spinnst du?«

»Es war ein Bild auf dem Fleischstück.«

»Meinst du, da hat jemand die Mona Lisa auf einen Tierkadaver gemalt?«

»Nein, keine Mona Lisa. Aber ich habe eine Zeichnung gesehen. Es waren Beine – und Arme.«

Karl lacht und hält Tobias den leeren Flachmann un-

ter die Nase. »Vielleicht verträgst du nicht so viel hiervon.«

Tobias nickt lahm und wünscht sich, es wäre noch ein Schluck Alkohol in der Flasche.

1. Kapitel

Viktoria Latell zählte die leeren Colaflaschen, die wie eine durchsichtige Mauer am Rand ihres Schreibtischs standen, und blinzelte. Sonnenstrahlen brachen sich im Glas. »13«, murmelte sie und lehnte sich zurück.

»Das bringt Unglück«, sagte Charly Berendsen mit seiner krächzenden, unheilvollen Catweazle-Stimme vom Platz gegenüber.

Der Sekundenzeiger der großen Redaktionsuhr rückte vor – 10.00 Uhr: Morgenkonferenz, Viktoria stand auf. Ihr Thema heute war die neue Polizeistatistik. Sie würde die sachlichen Zahlen und Fakten so aufbereiten, dass auch der dümmste Leser des *Express* begriff, dass es immer schlimmer wurde in Berlin. Dazu würde sie natürlich einen bissigen Kommentar schreiben, in dem sie das Horrorszenario des brutalen Berlins beschwören und die Machtlosigkeit der Polizei sowie die Ideenlosigkeit der Politik anprangern würde. Es würde sich gut lesen lassen. Dass Viktoria nicht die geringste Ahnung hatte, wie man gegen Schläger in U-Bahnen und die verrohten Jugendgangs vorgehen sollte, merkte wahrscheinlich niemand. Egal. Der *Express* von morgen ist übermorgen schon wieder von gestern, dachte sie und trank im

Stehen den letzten Schluck aus der Colaflasche, die sie in ihrer Hand gehalten hatte. Sie stellte sie zu den dreizehn anderen. »14«, murmelte sie in Charlys Richtung. »Nix mit Unglück.« Im selben Moment hörte sie das vertraute Geräusch aus ihrem Handy. Eine SMS von Kai Westmark. Viktoria lächelte. Morgen räum ich die Flaschen weg, dachte sie. Sonst werde ich am Ende noch abergläubisch.

»Na, dann wissen wir ja endlich, warum Frauen so schlecht einparken können.« Der Chefredakteur machte eine Pause und blickte triumphierend in die Runde. Gerade hatte der Ressortleiter »Vermischtes« von einer Agenturmeldung aus dem Bereich Wissenschaft berichtet. Demnach hatten Forscher irgendeiner Universität in Schottland oder Portugal herausgefunden, dass Frauen eine andere räumliche Wahrnehmung hätten als Männer. Deshalb seien schon die Urmenschen so klug gewesen und hätten das Jagen mit Pfeilen und Speeren den besser zielenden Männern überlassen, so der Ressortleiter. Der Chefredakteur hatte mit seinem Einparkwitz noch einen obendraufsetzen wollen. Und so taten ihm dann auch alle den Gefallen und lachten. Nur Viktoria blieb still. Sie hatte nicht zugehört, denn sie versuchte gerade, eine Formulierung zu finden, die kurz genug war, um als SMS zu taugen, und die dennoch zwischen den Zeilen sagen sollte, was sie empfand, ohne allzu viel zu verraten. *I miss u* war ihr einfach zu blöd, auch wenn es die Sache auf den Punkt brachte. Sie vermisste Kai Westmark.

»Na, Frau Latell.« Die Stimme des Chefs klang nur oberflächlich freundlich. Wer Guido Willmers kannte, wusste, es war eher drohend gemeint. »Ihnen war also schon bekannt, warum Frauen so schlecht einparken können?«

Viktoria drückte kurz auf die Senden-Taste ihres Handys, dann schaute sie auf. Sie hatte nichts von der wissenschaftlichen Studie mitbekommen, aber mit alten Witzen kannte sie sich aus. »Klar«, sagte sie, »weil die Männer ihnen immer weismachen, dass das hier …«, sie hielt Zeigefinger und Daumen in die Höhe, sodass zwischen den Fingern eine kleine Lücke von vielleicht einem Zentimeter Luft war, »… dass das hier zwanzig Zentimeter sind.«

Dem Chef klappte der Mund auf. Die Kollegen grölten und klopften sich auf die Schenkel. Charly, der wie immer neben ihr saß, liefen Lachtränen aus den Augen.

Viktoria lächelte ihr Victory-Lächeln und hatte keine Ahnung, was so witzig an diesem alten Gag war. Sie blickte wieder auf ihr Display und entdeckte das Briefsymbol. Doch erst als sich alle wieder beruhigt und der Kulturchef von den neuesten Premierenfeiern und irgendeinem Theaterstreit berichtete hatte, schaute sie heimlich nach – und war enttäuscht. Der Absender war Mario Siewers. Der Zeitungsfotograf und … Ja, was war er eigentlich für Viktoria? Weniger als ein Freund, beinahe ein Kumpel oder einfach nur ein guter Kollege? Fest stand, er hatte den richtigen Fotografeninstinkt, und deshalb arbeitete Viktoria gerne und oft mit ihm zusammen. Außerdem nervte er nicht. Eine besonders nette Eigenschaft, wie Viktoria fand.

Als sie las, was er ihr geschrieben hatte, stand sie schnell auf, murmelte etwas von »Treffen mit Informanten« und verabschiedete sich mit einem kurzen Nicken. Willmers schaute ihr wütend nach. Sie wusste, dass er sauer auf sie war. Wegen der Pointe, die sie ihm versaut hatte, und wegen der verpatzten Schützenfestreportage im vergangenen Sommer, auf der sie Kai kennengelernt hatte. Und ganz besonders ärgerte er sich darüber, dass er sie nicht rausschmeißen konnte. Dafür war sie einfach zu gut.

Viktoria Latell hatte diese besondere Gabe, Menschen zu knacken. Bei ihr heulten sich Witwen ermordeter Ehemänner aus, knallharte Polizisten fütterten sie mit Informationen, die sonst keiner bekam, und Typen mit Schlägervisage brachte sie zum Lächeln. Selbst mit den meisten Kollegen kam sie gut zurecht – und das war wahrscheinlich bei einer Zeitung wie dem *Express* das größte Verdienst. Sie selbst konnte am wenigsten verstehen, warum so viele ausgerechnet ihr Vertrauen oder gar Zuneigung entgegenbrachten. Denn sie selbst mochte weder sich noch andere besonders. Sie war klug genug, um zu wissen, dass ihre langen Beine und ihr Victory-Lächeln einen großen Anteil an ihren Erfolgen als Reporterin hatten. Sie war aber auch klug genug, sich niemals darauf zu verlassen. Ihr Hirn funktionierte recht gut, und es meldete ihr in den richtigen Momenten, was das Richtige war. Eines war ihr immer klar: Das, was sie tat, war nicht besonders wichtig. Und weil sie es so unwichtig fand, war sie cool.

Das unterschied sie von den meisten Leuten, die um sie herum strampelten und traten und machten und taten, um Erfolg zu haben, hinaufzuklettern, anzugeben, dazuzugehören zur großen, wichtigen Berliner Medienszene.

Viktoria gehörte dazu. Das wusste sie, das nutzte sie, aber eigentlich war es ihr egal. Ich rette keine Menschenleben, dachte sie immer. Ich verändere nicht die Welt. Ich sorge für ein paar Schlagzeilen, ich schreibe ein paar schöne Worte – ich kann eben nichts anderes. Ob sie etwas anderes wollte, wusste sie nicht.

Fast hätte sie gelacht, als Mario ihr die Tür öffnete. Er trug Gummihandschuhe, seine Hose hatte nasse Knie, und er hatte dunkle Ringe unter den Augen. Ohne sie zu begrüßen, tauchte er wieder im hinteren Teil seiner Hundertzwanzig-Quadratmeter-Wohnung ab; Viktoria folgte ihm amüsiert. »Sag jetzt nicht, du schickst mir eine Notfall-SMS, weil deine Putzfrau gekündigt hat«, rief sie ihm hinterher.

Mario verschwand im Badezimmer.

Viktoria schüttelte den Kopf. Hoffentlich hatte er nicht gemeint, dass sie ihm beim Kloputzen helfen sollte. »Was soll der Scheiß …« Sie trat durch die Tür und bremste sofort ab. Vor ihr kniete Mario auf den schwarzweißen Designerfliesen und versuchte, mit einem großen

Lappen Blut aufzuwischen. Über dem Whirlpoolrand hing bereits ein rot besudeltes Handtuch, das Wasser in dem durchsichtigen Eimer schwappte rosa hin und her. »Mario!«

Mario hielt kurz inne und blickte sie an. »Guck nicht so. Ich habe selber keine Ahnung, was das hier ist.«

Viktoria stemmte die Hände in ihre Hüften. »Ich schon. Das hier ist Blut – und du siehst nicht verletzt aus. Es ist also nicht dein Blut. Mario, was ist hier passiert?« Sie lugte über den Wannenrand. Gott sei Dank. Für einen Moment hatte sie befürchtet, dass dort jemand liegen könnte.

»Mario, jetzt sag endlich was!«

Mario wischte weiter wie von Sinnen. Er schüttelte den Kopf und leerte den Eimer in der Toilette aus. Dann ließ er frisches Wasser über den Lappen laufen. Er schaute dabei in sein eigenes bleiches Gesicht im Spiegel.

Viktoria beobachtete ihn und wartete.

»Ich, ich, ich habe keine Ahnung. Eine Frau war heute Nacht hier, daran erinnere ich mich. Ich bin aufgewacht, hatte diese höllischen Kopfschmerzen und wollte mir Aspirin holen, und dann sehe ich das hier.« Er zeigte auf den immer noch blutverschmierten Badezimmerboden und das Handtuch auf dem Wannenrand.

»Welche Frau? Was ist mit ihr?« Viktoria spürte ihren Puls. Hoffentlich hatte Mario keinen Mist gebaut.

Sie erinnerte sich an ihre erste Weihnachtsfeier beim *Express*. Mario hatte sich mit einem anderen Kollegen gestritten. Wie zwei Gockel hatten sie voreinander gestanden, und hätten sie Kämme gehabt – sie wären geschwollen gewesen. Ein Wort ergab das andere. Ein Schubser folgte auf den nächsten.

Marios Kollege schwankte und landete mit dem Ellenbogen auf dem Tisch. Als er sich aufrichtete, steckte eine Glasscherbe in seinem Arm. Niemand behauptete anschließend, Mario hätte ihn absichtlich in das Glas gestoßen, doch gedacht hatten es einige. Und entschuldigt hatte Mario sich nie.

»Die aus der Kantine …« Mario massierte sich seine Schläfen. »Nana oder so.« Viktoria erinnerte sich. Die aus der Kantine. Eine blonde Schönheit, die plötzlich aufgetaucht war und die es ganz offensichtlich auf Mario abgesehen hatte. Viktoria war von ihrer Kleinmädchenmasche genervt gewesen. Denn die Blondine hatte Mario an einem Mittag gleich dreimal angequatscht. Erst entschuldigte sie sich für einen angeblichen Rempler, den er gar nicht bemerkt hatte. Dann fiel ihr die Essenskarte aus der Hand, und sie schaute dem Plastik hilflos nach. Mario wollte sich schon bücken, doch Viktoria war schneller gewesen. Die großen blauen Augen der Blondine funkelten zornig, als Viktoria ihr die Chipkarte reichte und ironisch meinte: »Früher waren es Spitzentaschentücher, heute lässt man also so was fallen …«

Der dritte Anmachversuch war noch plumper. Die Kantinenblondine fragte Mario, wo sich der Geldautomat im Verlagsgebäude befinden würde. Sie sei neu hier und kenne sich im Haus genauso wenig aus wie in Berlin. Blinzel, blinzel. Mario hatte das Manöver durchschaut, und es hatte ihm offensichtlich gefallen. Und ganz offensichtlich hatte er jetzt den Touristenführer für sie gemacht und schon einmal eine kleine Privatführung durch ein luxuriöses Schlafzimmer in einer typischen Berlin-Mitte-Wohnung für sie veranstaltet.

»Sie hat mich genervt«, sagte Mario plötzlich. »Daran erinnere ich mich.«

»Kann ich mir vorstellen.« Viktoria lief durch Marios Wohnung und schaute in alle Ecken.

»Meinst du, sie ist hier noch irgendwo?«, Marios Stimme klang kläglich.

»Was weiß denn ich, was du mit deinen Betthasen so anstellst«, erwiderte Viktoria gereizt.

»Weißt du ja wohl!«

O Mann, er kann es nicht lassen, dachte Viktoria. Selbst jetzt noch nicht, zwei Jahre nach dem denkwürdigen Absturz, bei dem sie jedes peinliche Klischee erfüllt hatten. Kollegen feiern, trinken, flirten. Die Hemmungen fallen, und am Ende landen Kollege und Kollegin bestenfalls im Bett – im schlechtesten Fall auf dem Kneipenklo. Mario und Viktoria hatten es immerhin in ihr Bett geschafft. Sie hatten sich ein Taxi geteilt, und als es vor Viktorias Dachgeschosswohnung in Kreuzberg angehalten hatte, fand Mario es irgendwie viel praktischer, auch mit auszusteigen. Sie hatte nichts dagegen gehabt. Und die Nacht war – das musste sie zugeben – nett gewesen. Der Morgen danach dann allerdings gar nicht mehr. Beiden war ihr Abenteuer mehr als peinlich, doch weil sie sich kannten, fiel es ihnen auch schwer, die übliche Fluchtmasche durchzuziehen. Mario blieb also bis zum Frühstückskaffee und räumte sogar seine Tasse in die Spüle. Erst dann murmelte er etwas von: »Muss dringend nach Hause, Akku aufladen…«, und Viktoria atmete erleichtert aus, als die Wohnungstür hinter ihm ins Schloss fiel. Sie hatten sich noch ein unbeholfenes Abschiedsküsschen auf die Wange gegeben, und das war's gewesen. Und das wäre es auch geblieben, wenn Mario nicht ab und zu – und in den unpassendsten Situationen – auf die Sache zurückkommen würde, so wie jetzt gerade.

»Also, Mario!« Viktoria bemühte sich um Ruhe. »Jetzt zieh erst mal deine dämlichen Handschuhe aus und überleg, woran du dich erinnern kannst.«

Mario zog an den quietschenden Gummihandschuhen und schmiss sie ins Waschbecken. Dann schlurfte er geknickt ins Wohnzimmer und ließ sich auf den weißen Lederhocker vor seinem Sofa sinken.

Hoffentlich hat er kein Blut an seinem Hosenboden, dachte Viktoria.

»Doch, sie hieß Nana«, murmelte Mario leise.

Viktoria nickte ihm aufmunternd zu. »Und weiter?«

»Keine Ahnung. Nana irgendwas. Ist doch auch egal.«

»Nicht, wenn wir die Krankenhäuser abtelefonieren, um zu fragen, ob dort eine Verletzte eingeliefert worden ist.«

»Du glaubst, sie ist verletzt?«

Viktoria verdrehte die Augen. »Ich glaube gar nichts. Aber ich habe Blut gesehen.«

»Ich auch.« Mario ließ den Kopf hängen. »Vielleicht ist sie ausgerutscht. Eine Platzwunde, das könnte doch sein.«

»Vielleicht.« Viktoria klang nicht überzeugt. »Aber warum ist sie weg?«

Mario wusste keine Antwort.

»Sie hieß also Nana …« Sie sah Mario eindringlich an.

»Mein Gott, Victory! Sie *heißt* Nana. Sie ist doch nicht tot.«

Viktoria verkniff sich ein »Wer weiß?« und fragte weiter. »Hast du ihre Handynummer?«

Er schüttelte den Kopf.

»Wenn sie in unserer Kantine gegessen hat, hat sie bestimmt auch irgendwo im Verlagsgebäude gearbeitet«, dachte sie laut nach. »Nana ist auch kein so gängiger Name. Wir müssen sie suchen, Mario.«

Mario schüttelte den Kopf. »Ich weiß nicht.«

»Ich schon. Wenn du Mist gebaut hast, dann wird sie dich anzeigen. Willst du nicht erst einmal mit ihr sprechen? Oder vielleicht herausfinden, ob es ihr gut geht?«

Mario sah auf. »Du hast recht.«

Viktoria grinste. »Wie immer!«

2. Kapitel

In der 29. Woche greift das Baby gezielt nach der Nabelschnur. Damit werden die Verbindungen von Gehirn, Nerven und Muskeln trainiert. Von jetzt an bekommt es bis zur Geburt wichtige Abwehrstoffe über die Plazenta, die es später vor Infektionskrankheiten schützen. Ihr Kind ist jetzt 38,5 cm groß und wiegt 1.150 g.

Und ihm fehlt die linke Hand...

Isa Joss zerknüllte die Schwangerschafts-Informationsbroschüre. Gerade so, als könnte das Hochglanzpapier etwas dafür. Und wofür eigentlich? Dass sich ihre Sorgen nicht aufgelöst, sondern verdoppelt, ach, verhundertfacht hatten. Sie war gerade bei der Ultraschalluntersuchung des Uniklinikums gewesen. Eine Routineuntersuchung. Denn, so hatten es ihr gleich mehrere Ärzte versichert, die Frühwehen, der Grund, weshalb sie hier war, waren nicht so dramatisch. Die bekamen sie in den Griff. Alles wäre gut. Doch dann fanden sie sie nicht. Die Hand. Die linke. Das Papier der Broschüre knisterte. Isa hielt ihre Tränen zurück. Sie hielt sich zurück. Denn wegen der Frühwehen musste sie ruhig liegen. Ihre Bettnachbarin lächelte ihr aufmunternd zu. Sie war Portugiesin. Auch ohne ein Wort Deutsch zu verstehen, spürte sie, dass ihre Zimmergenossin Sorgen hatte. Wiliam würde erst am nächsten Abend kommen können. Isa wollte ihn nicht anrufen, sie wollte ihn nicht beunruhigen. Er war ein besonnener Mann, einer, der sich nicht aus der Ruhe bringen ließ. Ohne diese Fähigkeit wäre er sicher auch nicht so weit gekommen mit seiner Firma. Er organisierte Schwertransporte durch die ganze Welt. Vor fünf Jahren hatte er sich selbstständig gemacht, und niemand hatte an ihn geglaubt. Außer Isa. Die immer an ihn glaubte. Die an ihn glauben musste, weil er der Einzige war, der ihr geblieben war. Außerdem wusste sie, dass Wiliam ein guter Planer und Organisator war. Und sie wusste, wie ruhig er wurde, wenn alle anderen nervös waren. Das war wichtig. Wenn ein Lkw, der überbreite Röhrenteile für eine Windkraftanlage transportierte, durch viel zu enge Straßen, über viel zu schmale Brücken oder viel zu steile Hügel gelotst werden musste, verloren selbst die erfahrensten Fahrer die Nerven. Sie mussten den Truck millimetergenau steuern – und das unter Zeitdruck. Wiliam dirigierte sie – und er beruhigte sie. Und obwohl er keinen eigenen Lkw-Führerschein besaß, akzeptierten sie ihren Chef als denjenigen, der ihnen sagte, wo es langging. Er war kein Mann, der seine Firma vom Schreibtischsessel aus führte. Er begleitete die Touren, er war bei seinen Leuten, wenn es brenzlig wurde, und so vertrauten ihm seine Fahrer in diesen Momenten blind. So wie Isa ihm immer vertraut hatte. Nicht eine Sekunde lang hatte sie es bereut, zu ihm in die Niederlande gezogen zu sein.

Hier, in der deutschen Uniklinik in Münster, fühlte sie sich beinahe wie eine Ausländerin; ihr Deutsch hatte schon einen holländischen Akzent. Doch ihr Arzt hatte ihr die Klinik empfohlen, und Enschede war von Münster nur eine gute Stunde entfernt. Sie kannte die Stadt ein wenig. Von den Weihnachtsmärkten. Davon gab es in Münster reichlich, und halb Holland reiste in der Vorweihnachtszeit in die deutsche Stadt. Der Duft nach frischen Waffeln, nach Glühwein – Isa mochte die Atmosphäre. Doch hier im Krankenhaus war das schöne Münster weit weg. Es roch nach Desinfektionsmitteln.

Wenn Wiliam erfahren würde, dass ihr Baby vielleicht behindert wäre, würde er den Schwertransport anhalten lassen und sich sofort in Enschede ins Auto setzen und so schnell wie möglich nach Münster fahren. Zu geschäftsschädigend und zu gefährlich, fand Isa und kniff ihre Augen zu. Schlafen, dachte sie. Das könnte helfen. Vielleicht wache ich auf, und alles ist nur ein Albtraum gewesen. So, wie die andere Geschichte. Die andere Geschichte, die so schlimm war, dass sie auch nur ein Albtraum geworden war. Ein Albtraum aus einer anderen Zeit, aus einem anderen Leben. Und deshalb nicht wahr.

Es war das erste Mal, dass Mario keine abfällige Bemerkung über ihren Lada-Geländewagen machte. Es musste ihm also wirklich schlecht gehen. Viktoria konzentrierte sich auf die Parkplatzsuche. Ihr war ein Stellplatz in der Tiefgarage des Verlagsgebäudes, einem großen Glaskasten mit protziger Eingangshalle, einfach zu teuer gewesen. Doch wenn sie die Knöllchen addierte, die sie inzwischen fürs Falschparken hatte zahlen müssen, hätte sie doch besser daran getan, ein monatliches Parkentgelt zu entrichten. Inzwischen waren alle Plätze dauerhaft vergeben, und sie konnte nicht mehr in den Genuss eines legalen Parkplatzes in der Tiefgarage kommen. So starrte sie aus dem Seitenfenster, ignorierte die ungeduldigen Huper hinter sich und fand, dass Mario auch keine große Hilfe war. Wie er so bleich und starr dasaß und nur nach vorn schaute, statt nach einer Lücke Ausschau zu halten. Ein bisschen dankbarer hätte er schon sein können. Schließlich war sie sofort nach Feierabend wieder zu ihm gekommen, um ihn in ihr Auto zu schieben, damit sie die mysteriöse blonde Frau suchen konnten.

»Hey, guck doch auch mal mit«, motzte sie ihn an. Doch er antwortete nicht, sondern seufzte einfach nur. Da, ein roter Minicooper scherte aus der Reihe aus. Es würde eng werden, doch Viktoria konnte einparken. Sie hoffte, dass ihr Chef sie vielleicht von seinem Bürofenster aus beobachten würde. Dann würde er sich den nächsten dämlichen Witz über Frauen am Steuer vielleicht sparen. Als sie vor dem Eingang mit der überdimensional großen Drehtür standen, stupste Viktoria Mario noch einmal an.

»So. Und jetzt wach auf und denk nach. Sie hieß, Entschuldigung, heißt Nana?«

Er nickte.

»Sie hat lange blonde Haare, blaue Augen und eine

gute Figur. Soweit ich das beurteilen kann. Du weißt das sicher genauer…« Viktoria grinste, Mario nicht.

»Weißt du sonst noch was? Hat sie vielleicht von ihrem Job hier erzählt?«

Mario schüttelte den Kopf. Viktoria und er gingen Seite an Seite durch die große Drehglastür und standen im Foyer. Ein paar Kollegen vom *Express* rauschten an ihnen vorbei und nickten zum Gruß und Abschied. Es war längst Feierabendzeit. Doch so richtig ruhig wurde es in einem Verlagsgebäude wie diesem eigentlich nie. Mario und Viktoria fuhren mit der Rolltreppe Richtung Kantine. Auf den Hinweisschildern stand natürlich nicht Kantine, sondern Restaurant Blickpunkt, aber gemeint war dasselbe. Dort aßen alle, die hier arbeiteten. Außer natürlich die Chefredakteure und Herausgeber. Die tafelten in echten Restaurants außerhalb des Gebäudes oder ließen sich silberne Tabletts mit Obst, Rohkost oder Sandwiches in ihre Büros liefern.

Um diese Uhrzeit saßen im Blickpunkt weder die Chefredakteure noch deren Angestellte. Es war leer, ein rotes Seil versperrte demonstrativ, aber wenig effektiv den Eingang. Viktoria berührte Mario am Arm. »So, jetzt versuch, dich zu erinnern. Hier haben wir sie doch öfter gesehen.«

Er nickte und schaute auf die leere Salatbar. »Das bringt doch nichts hier, Victory. Komm, lass uns abhauen.«

Viktoria blieb stehen. »In welche Richtung ist sie gegangen, wenn sie mit dem Essen fertig war? Den Ausgang runter, oder ist sie die Rolltreppe hochgefahren?«

Mario grübelte und schaute in beide Richtungen. »Hoch.«

»Sicher?«

Mario nickte. »Sie hatte neulich diesen kurzen Rock an, und ich stand ganz günstig, als sie nach oben fuhr. Den Anblick vergisst man nicht so schnell.« Er versuchte zu grinsen, und Viktoria verkniff sich eine tadelnde Bemerkung.

»Okay. Nach oben. Da sind das Reisebüro, diese PR-Agentur mit der nervigen Pressefrau und die Redaktion von diesem Ratgeber-Yellow-Blättchen, wie heißt es doch gleich …«

Mario legte die Stirn in Falten. »Weiß nicht. Wieso ist das wichtig?«

Viktoria verdrehte genervt die Augen. »Weil deine Nana vielleicht in einem dieser Büros gearbeitet hat und wir so herausfinden können, wie sie mit Nachnamen heißt und ob sie gesund ist oder …«

Mario fiel ihr ins Wort: »*Schlau und Schön* – so heißt das Blatt. Haben sie wahrscheinlich nach dir benannt.« Er grinste.

Viktoria war erleichtert. So langsam wurde Mario wieder normal.

Kai Westmark war demotiviert. Und das schon, bevor er das erste Blatt in der Hand hielt. Schlapp saß er in dem modernen Drehstuhl mit ergonomischer Rückenlehne. Vor ihm häuften sich Papiere, die ihm seine Sprechstundenhilfe kurz vor ihrem Feierabend auf den Schreibtisch gepackt hatte. Natürlich war ihm klar gewesen, dass es dauern würde, bis er Routine erlangt hätte. Und es war ihm auch klar, dass Arzt zu sein auch bedeutete, viel und vor allem lange zu arbeiten. All das wusste er, und all das hätte ihn nicht gestört. Doch dass ihn das, was er tat, so wenig herausfordern und vor allem so wenig erfüllen würde, damit hatte er nicht gerechnet. Seit er denken konnte, hatte er davon geträumt, eines Tages die Praxis seines Vaters zu übernehmen. Die ersten Zweifel kamen, kurz bevor sein Vater starb. Doktor Johannes Westmarks Herz blieb stehen, und Kai hatte sein Erbe angetreten. Er hatte die Praxis in Westbevern renoviert, modernisiert und eröffnet. Es fühlte sich gut an, der Mutter beizustehen, den letzten Wunsch des Vaters zu erfüllen, sein eigenes kleines Reich zu errichten. Inzwischen war er allerdings nicht mehr sicher, ob es nicht eher der Traum seines Vaters gewesen war, dem er hinterhergelaufen war. Müde griff er nach dem ersten Blatt auf dem Stapel.

Sein Handy surrte und ließ die Tischplatte vibrieren. Er griff danach, öffnete die SMS, las sie und lächelte. Dann verschränkte er die Arme hinter seinem Nacken, lehnte sich entspannt zurück und kramte in der Schreibtischschublade nach den Zigaretten. Er schloss die Augen und inhalierte. Schade, dass sie in Berlin ist, dachte er. Und: Schön, dass sie hier war.

Im Innern des Reisebüros war es dunkel. Nur die Schaufenster verkündeten hell erleuchtet, dass die nächste Traumreise fast nichts kosten würde und Fernweh heilbar sei. Viktoria versuchte, die Namensschilder auf den Beratertischen zu lesen. Mit viel Fantasie stand dort Müller, doch es könnte auch Wüllner, Meier oder Schmidt heißen. Sie gab auf. Heute würden sie nicht mehr erfahren, ob Nana hier arbeitete. Die PR-Agentur lag hinter einer schlichten Tür neben dem Reisebüro. Gerda Hinzmann war die Inhaberin und eine unglaubliche Nervensäge. Ihre aufdringlichen Rundrufe in allen Berliner Redaktionen waren legendär, ihr Einstiegssatz: »Es geht mir dieses Mal wirklich nicht um die gute Presse – es geht mir um die Sache…«, war unter Journalisten schon zur Kultfloskel geworden. Ihre Kunden waren kleine Firmen, die sich keine eigene PR-Abteilung leisten konnten, vermeintliche Künstler, Schlagersternchen oder Schauspieler, die nach einem Gastrollenauftritt in irgendeiner Soap dachten, sie seien zu Höherem berufen. Gerda Hinzmann versprach ihnen, sie in die Medien zu bringen, ihnen ein positives Image aufzubauen, sie berühmter, bekannter und reicher zu machen. Und weil sie ihre Versprechen gerne erfüllte, nervte sie jeden, der in den Medien arbeitete, mit ihrem Dauergrinsen und ihren »einzigartigen Künstlern, innovativen Unternehmen, begabten Schauspielern und grandiosen Sängern«. Jeder Redakteur ging ihr aus dem Weg. Also kostete es Viktoria einiges an Überwindung, an ihre Tür zu klopfen. Auch Mario verzog das Gesicht, als hätte er gerade in eine Zitrone gebissen.

Die Tür ließ sich öffnen. Die Hinzmann arbeitete also noch. Als sie Viktoria erblickte, sprang sie auf und eilte auf sie zu. Bussi rechts, Bussi links. »Heiiiiii! Na, das ist ja eine schöne Überraschung am Abend.« Viktoria antwortete mit einem gequälten, aber dennoch strahlenden Victory-Lächeln. Noch bevor sie fragen konnte, ob Gerda eine blonde junge Frau namens Nana kannte, griff diese nach ihrem Mantel, warf ihn über ihre rechte Armbeuge und hakte sich bei Viktoria ein. »Kommt, ihr beiden Hübschen. Ich wollte gerade ins Midi, sonst trockne ich aus – da könnt ihr mich alles fragen, was ihr wollt.«

Viktoria hätte sich am liebsten losgerissen. Doch eine Wodka-Lemon-Länge in der Lounge-Bar im Herzen des Verlagsglaskastens würde sie schon aushalten. Mario folgte den beiden Damen. Wenn er es nicht besser wüsste, würde er glauben, die beiden Frauen seien Freundinnen, dachte er. Er hatte sich noch nicht entschieden, ob er Viktoria dafür bewundern sollte, dass sie sich so gut verstellen konnte – oder verachten. Heute war er ihr dankbar. Sie tat es, um herauszufinden, wie es Nana ging. Sie tat es für sein Seelenheil.

Isa Joss wachte auf und wunderte sich. Sie hätte nicht gedacht, dass sie überhaupt einschlafen würde. Doch es war offensichtlich. Die Krankenschwester, die das Frühstück brachte, hatte sie sanft an der Schulter berührt, und sie war aufgeschreckt.

»Ganz ruhig, Frau Joss«, sagte die Schwester. »Sie haben geträumt.«

Isa nickte und spürte, dass ihre Zimmernachbarin sie mitleidig anschaute. Sie hatte geträumt. Von früher. Wieder einmal. Und es war so verdammt echt gewesen, so real. Sie starrte auf das Graubrot vor ihr. Eine Scheibe Käse lag darauf, ein gelbes Quadrat, das aussah, als sei es aus Gummi. Die Krankenschwester schüttelte noch das Bett auf, dann verschwand sie durch die Tür. Ohne den Blick vom Brot zu nehmen, sagte Isa: »Mein Baby hat vielleicht keine linke Hand. Es wird bestraft, weil ich ein Kind auf dem Gewissen habe. Es war Linkshänder.«

Die Portugiesin lächelte Isa an und biss in ihr Käsebrot. Auf Portugiesisch sagte sie: »Probieren Sie ruhig, schmeckt besser, als es aussieht. Und vielleicht geht es Ihnen besser, wenn Sie etwas im Magen haben.«

Isa starrte an die Wand.

Gerda Hinzmann blieb sich treu. Sie nervte. Viktoria hatte schon ihren halben Wodka-Lemon getrunken, ohne auch nur eine einzige Frage stellen zu können. Stattdessen musste sie die Schwärmereien über Gerdas neueste Klienten über sich ergehen lassen. Jeder Versuch, etwas zu sagen, wurde von der PR-Frau ignoriert und mit noch mehr nichtigen Informationen im Keim erstickt. Viktoria konzentrierte sich auf ihr Getränk. Mario nippte lustlos an seinem Bier. Sie saßen auf riesigen rechtwinklig angeordneten Ledersofas, die es einem unmöglich machten, sich anzulehnen. Würde man es tun, sähe man aus wie ein dreijähriges Kind auf einer Erwachsenencouch. Die Füße würden in der Luft schweben, mit den Händen käme man nicht mehr an die Nussschale, die auf den stylishen Milchglastischchen vor ihnen standen.

Absurd, ging es Viktoria durch den Kopf. Als sie nichts mehr schmeckte, weil der Wodka schon leer getrunken war und nur noch das geschmolzene Wasser der Ex-Eiswürfel durch ihren Strohhalm floss, riss ihr Geduldsfaden. »Gerda«, sagte sie und fasste der PR-Dame dabei scheinbar freundschaftlich an die Schulter. »Wir müssen jetzt leider gehen – sorry. Auftrag.«

Gerda nickte wissend. Klar, ein Auftrag, das ginge vor, das verstünde sie ja. »Aber, Viktoria, denk noch mal über meine Idee mit dem …«

Viktoria lächelte. »Na klar. Mach ich.« Sie stand auf, schlüpfte in ihre Jacke und fragte ganz nebenbei: »Sag mal, deine neue Mitarbeiterin Nana ist doch ganz fit, oder?«

Gerda schaute, als ob Viktoria verrückt geworden wäre. »Mitarbeiterin?«

Viktoria tat cool. »Na, die hübsche Blonde mit den blauen Augen.«

Gerda versuchte zu scherzen. »Du sprichst von mir?« Allgemeines Gelächter.

Viktoria ließ trotzdem nicht locker. »Ach, ich dachte, die Neue bei dir oben im Flur gehört zu dir, macht ja auch optisch was her – hätte also wirklich zu dir gepasst.«

Gerda grübelte und versuchte nach diesem Kompliment tatsächlich zu helfen. »Ne, sorry. Wie soll die heißen?«

Mario konnte nicht mehr ruhig bleiben. »Nana«, blaffte er genervt. Gerda schaute so ausdruckslos wie die

Fische, die im blau schimmernden Bar-Aquarium ihre Runden zogen. Gerade als Viktoria sich zum Gehen umdrehen wollte, kam ein etwa dreißigjähriger Mann mit Jeans und Jackett in die Bar. Schleimig war das einzige Wort, das Viktoria einfiel, als sie ihn sah. Verwundert beobachtete sie, dass er freiwillig auf Gerda zusteuerte und wirklich erfreut schien, sie zu sehen.

Auch Gerda strahlte, als sie Schleimi kommen sah. »Hey, Manuel. Das sind Viktoria Latell und Mario Siewers vom *Express.*«

Manuel nickte kurz in Marios und Viktorias Richtung, schaute sie aber kaum an.

»Das ist Manuel Kolpen von *Schlau und Schön.*«

Viktoria horchte auf. »Kennst du eine Nana? Die beiden Kollegen hier suchen sie.«

Endlich sagt Gerda mal das Richtige, dachte Viktoria.

»Nana? Die Blonde. Klar. Unsere Praktikantin heißt so. Gar nicht mal so unclever. Und sie ist hübsch. Ich meine, sie *war* hübsch ...« Mario knallte sein leeres Bierglas auf die von unten beleuchtete Theke.

Für einen kurzen Moment dachte Viktoria, das Glas würde splittern. Gerda Hinzmann trat einen Schritt vom Edeltresen weg. Nicht, weil sie fürchtete, von Glasscherben befeuert zu werden. Die Beleuchtung hier macht einen miesen Teint, fand sie und betrachtete Marios fahles Gesicht.

»Wieso *war* hübsch? Hat sie 'ne neue Frisur?« Viktoria behielt die Nerven, lächelte scheinbar entspannt und sah Schleimi in die Augen.

Manuel fühlte sich geschmeichelt und ließ ganz nebenbei seinen Blick über Viktoria gleiten. Schwarze Haare, grünblaue Augen, sehr lange Beine. »Ne, sie ist einfach nicht mehr zum Dienst erschienen.«

»Ist sie krank geworden?«

Gerda Hinzmann zupfte an Manuels Ärmel. Das Thema Nana interessierte sie offensichtlich nicht. Doch Viktorias Lächeln war interessanter als ihr Zupfen. Und so antwortete Manuel der Reporterin und nicht der PR-Frau.

»Wir wissen es nicht. Sie ist wie vom Erdboden verschluckt. Ans Handy geht sie nicht. Aber warum interessiert euch das?«

Viktoria wusste nicht, was sie antworten sollte. Also legte sie noch eine Schippe drauf. »Ach, das ist eine lange Geschichte. Erzähl ich dir ein anderes Mal…« Dazu blinzelte sie verführerisch.

Er fiel darauf rein und fragte nicht weiter.

Viktoria legte ihren Kopf schief. »Kannst du mir mal – so ganz unter Kollegen – Nanas Handynummer geben?«

Manuel grinste jovial. »Aber du hast sie nicht von mir.« Dann holte er sein Handy aus der Tasche, tippte und las vor.

Viktoria hatte nicht damit gerechnet, dass Manuel Kolpen die Nummer einer Praktikantin gespeichert hatte, allerdings war Nana ja hübsch und blond, und deshalb passte es zu ihm. Sie schrieb mit. So beiläufig wie möglich warf sie noch ein: »Wie war doch gleich noch Nanas Nachname?«

Manuel überlegte. »Oppen…, Oppen…, ja, genau, Oppenkamp. Die blonde Nana Oppenkamp aus dem düsteren Westfalen.«

Viktoria stutzte kurz, dann lächelte sie ihn dankbar an und blinzelte ihm noch einmal verschwörerisch zu. Anschließend entschuldigte sie sich. »Sorry, unser Auftrag. Wir müssen los! Gerda, Manuel – bis bald.«

Sie griff nach Marios Ellenbogen und zog ihn mit. »Komm schon.« Als sie Gerda und Manuel den Rücken zugedreht hatten, knipste Viktoria ihr Lächeln aus. »Also dafür gibst du mir einen aus, Mario«, raunzte sie den Fotografen an und schüttelte sich.

Er nickte nur und dachte an das Blut in seinem Badezimmer und an die geschwollenen Knöchel an seiner rechten Hand. Was habe ich getan, was – verdammt noch mal – habe ich getan? Das war das Einzige, was er denken konnte.

»Sie müssen doch was essen, Frau Joss. Sonst fallen Sie uns noch vom Fleisch.« Die Schwester räumte das Tablett mit dem Käsebrot ab und schüttelte in gespielter Entrüstung den Kopf.

»Ach«, erwiderte Isa matt. »Ein paar Kilo weniger werden mich nicht umbringen.« Es stimmte. Sie war ein wenig auseinandergegangen. Wiliam war ein grandioser Koch und ein Genießer durch und durch. Und irgendwie hatte er sie auf den Geschmack gebracht. Essen, sonst für sie eine Nebensächlichkeit, war zum gemeinsamen Hobby geworden. Doch während er jede Mousse und jedes Steak in Muskeln umzuwandeln schien, wurde sie moppelig. Glücklicherweise stand ihr die Rundlichkeit. Sie wirkte dadurch fröhlich und gemütlich. Ein Trugschluss, den sie nicht aufklären wollte. Sie war selten fröhlich, und gemütlich war sie noch nie gewesen. Unruhig. Unglücklich. Das hätte gepasst. Doch das wollte niemand sehen – und sie wollte nicht, dass es jemand sah. Wieso sollten andere Menschen damit belastet werden, was sie belastete? Sie hatte schon genug angerichtet. Für immer und ewig genug.

Viktoria schaute auf ihre Armbanduhr. Sie würde zu spät bei ihrer Mutter sein. Sie waren auf ein Glas Rotwein verabredet, gegen 21 Uhr. Es war bereits kurz nach neun, doch das hier konnte jetzt nicht warten. Sie schlug die Autotür zu, warf einen kurzen Blick auf Mario, der nur noch körperlich anwesend schien, und zog ihr Handy aus der Tasche. Mama musste sich etwas gedulden. Auch wenn das ganz und gar nicht die Stärke von Marie Latell war. Zum Glück hatten sie sich in ihrer Wohnung in Schöneberg verabredet. Und zum Glück war ihre Mutter nicht mehr ganz so kompliziert und launisch, wie sie es Viktorias seltsame Kindheit über und auch später noch gewesen war. Sie hatte sich gefasst, die depressiven Verstimmungen blieben – meistens jedenfalls – aus. Doch die Ungeduld, die war ihr geblieben. Egal. Viktoria tippte Nana Oppenkamps Nummer in ihr Telefon. Manuel hatte gesagt, die clevere und schöne Praktikantin käme aus Westfalen. Westfalen! Während Viktoria in ihr Telefon lauschte, musste sie an dieses kleine westfälische Nest denken, in das sie vor ein paar Monaten mit Mario gereist war. In Westbevern war eine brave Hausfrau beinahe Amok gelaufen, weil sie beim Schützenfest nicht mitschießen durfte. Außerdem führte die Spur des Berliner Müggelseemörders in die Provinz. Neben einer Mädchenleiche hatte ein seltsamer Abschiedsbrief gelegen. Und auf dem Papier war ein noch seltsameres Wasserzeichen zu erkennen, eine Ratte, deren Spur direkt ins kleine westfälische Dorf führte. Hätte der Chefredakteur geahnt, was Viktoria in den Tagen auf dem Lande noch erfahren hatte, er wäre vielleicht nicht so enttäuscht darüber gewesen, dass sein Team mit nichts außer Entschuldigungen zurückgekommen war. Doch Viktoria wollte ihm nicht erzählen, was sie selbst kaum glauben konnte. Sie war in Westbevern auf die Spuren ihres Vaters gestoßen, der seit Jahren tot war und von dem ihre Mutter dachte, er hätte sich ihretwegen umgebracht. Doch es war kein Selbstmord gewesen, den Mutter und Tochter über drei Jahrzehnte verdrängt hatten, sondern ein tragischer Unfall in seinem Haus in Westbevern. Seitdem Marie Latell von ihren Schuldgefühlen befreit war, war es besser geworden mit ihrer Depression, mit ihrer Gereiztheit, mit ihrer Verschlossenheit und den ewigen Vorwürfen Viktoria gegenüber.

Viktoria drückte auf die rote Telefonhörertaste auf ihrem Handy und schüttelte den Kopf. »Aus«, sagte sie in Marios Richtung.

Er seufzte. »War ja klar.«

Viktoria legte ihrem Kollegen kurz die Hand auf die Schulter. »Hey, pass auf. Morgen recherchiere ich weiter. Ich finde schon raus, wo die Dame steckt, und ich bin mir sicher, dass es ihr gut geht.« Dann startete sie den Motor. Mario hatte nicht weit entfernt sein eigenes Fotostudio. Er wolle noch etwas arbeiten, sagte er. Doch Viktoria glaubte, dass er nicht in seiner Wohnung schlafen wollte, um nicht an die letzte Nacht erinnert zu werden. Sie fuhr ihn wortlos zum Atelier und schaute ihm mitleidig nach, wie er mit hängenden Schultern Richtung Eingang schlurfte. Dann gab sie Gas. Nicht, weil sie ihre Mutter nicht enttäuschen oder ihre Vorwürfe nicht hören wollte. Nein, sie freute sich einfach auf den Abend mit ihr. Und das war das eigentliche Wunder von Westbevern. Sie musste lächeln. Und an Kai Westmark denken. Den hatte sie auf ihrer Reise in die Provinz und ihre Vergangenheit kennengelernt, und auch er war ein Wunder. Schade, dass er so weit weg ist, dachte sie. Und schön, dass ich ihm so nah war.

Er konnte das Weiße in den Augen erkennen, obwohl es dunkel war. Sie waren so weit aufgerissen, dass der Mond sich darin spiegelte. Dann war es vorbei. Ganz schnell, ganz leise, fast beiläufig. Der Tod hatte es eilig gehabt. Jetzt hatte er selbst es eilig. Weg hier, nur weg hier. Er schaute sich um. Er sah Menschen, sie sahen ihn nicht. Der einzige Zeuge war der Mond. Was für ein Glück! Was für ein Unglück!

3. Kapitel

Viktoria gähnte. Sie hatte eindeutig eine Stunde zu wenig geschlafen und ein Glas Rotwein zu viel getrunken. Als sie Mario erblickte, lächelte sie mild. Er hatte eindeutig *drei* Stunden zu wenig geschlafen und *drei* Gläser Whiskey zu viel getrunken. Blass nickte er ihr zu. Sie winkte ihn zu ihrem Schreibtisch und blätterte in ihrem Notizblock. »Da. Ich habe sie.«

Mario schaute neugierig auf die Buchstaben, die sie dreimal umkringelt hatte. »Das kann ja keine Sau entziffern!«

Viktoria las vor: »*Nana Oppenkamp, Hansaring 28, Münster.*« Darunter stand eine Telefonnummer.

»Und?« Mario tippte mit einem Zeigefinger auf die Nummer. Sein Gesicht hatte wieder ein bisschen Farbe angenommen. »War sie zu Hause?«

»Nein. Sie wohnt in einer WG, und dort wussten sie nur, dass sie ein Praktikum in Berlin macht. Viel mehr konnte ich nicht herausfinden, ich wollte nicht so auffällig nachfragen.«

Er nickte und starrte auf die Adresse. »Münster. Das ist doch gleich neben unserem geliebten Westbevern, oder?«

Viktoria grinste breit.

»Fahren wir hin?«

»Wohin?«

»Nach Münster!«

»Du bist bescheuert.«

»Oh, yes. Aber du noch viel mehr.«

Mario musste ihr recht geben.

»Muss das wirklich sein?«

Viktoria verdrehte genervt die Augen.

Mario war beeindruckt von so viel Schauspielkunst.

»Ja, es muss …«

Guido Willmers Augen wurden zu kleinen Schlitzen. »Und Sie sollten dieses Mal nicht so 'ne Scheiße bauen wie beim letzten Mal in Westfalen.« Viktoria erschrak – scheinbar, senkte die Augen und nickte ergeben.

Ein bisschen zu dick aufgetragen, fand Mario, doch der Chef hatte es geschluckt. Und Viktorias Plan war aufgegangen.

Drei Tage lang hatte sie gewühlt, recherchiert und gesucht, um eine Geschichte auszugraben, die gut genug war, damit der Chef sie dafür nach Münster schicken würde. Der Terminkalender der Stadt gab nicht viel her. Außer einem Urologenkongress, einem Skatertreffen und einer Kleintiermesse fand sie nichts. Die ungeklärten Verbrechen, auf die sie stieß, waren einfach zu unspektakulär, die aufgeklärten Morde zu unblutig. Ausgerechnet in Berlin-Zehlendorf fand sie schließlich, wonach sie suchte. Und hätte doch beinahe das entscheidende Detail verpasst.

Denn wenn Kiara vom Klatsch, die natürlich eine eigene Klatsch-Kiara-Marke hatte, in der Themenkonferenz von all den sogenannten News aus der angeblich so interessanten Berliner Promiszene berichtete, schaltete sie meistens ab. Zufällig hörte sie dieses Mal hin, als ihre viel zu stark geschminkte, viel zu hübsche, viel zu dünne und viel zu überdrehte Kollegin eine wirklich skurrile Geschichte präsentierte. Wahrscheinlich war sie irritiert, weil Kiara an diesem Morgen einen Pickel auf ihrem Kinn hatte, der sie offensichtlich so unsicher machte, dass sie viel leiser sprach als sonst. Oder war sie erkältet? Auf jeden Fall lauschte Viktoria der leiseren Stimme und hörte, dass den Roses Schlimmes widerfahren war. *Den* Roses. Rita und Rudolfo Rose waren eine Berliner Institution. Mitte der Siebzigerjahre hatten die beiden Schauspieler geheiratet und waren seitdem, so die Legende, die auch regelmäßig im *Berliner Express* verbreitet wurde, nicht für einen einzigen Tag getrennt gewesen. Viktoria hatte diese Geschichte nie geglaubt, doch wie viele Berliner war sie mit den Roses groß geworden. Sie kannte die alten Fotos der beiden, auf denen sie aussahen wie echte Hollywoodstars. Sie kannte die Familienserien, in denen sie in den Achtziger- und Neunzigerjahren mitgespielt hatten. Kein großes Fest, keine Feier, keine Gala, auf der man die beiden nicht Arm in Arm, fein gewandet und lächelnd sehen und später in *Gala*, *Bunte* oder im *Express* über sie und ihr dauerhaftes Liebesglück lesen konnte. Seine überwundene Lungenentzündung, ihre Knieoperation. Die Berliner litten mit ihnen, und sie liebten ihre Roses. Und jetzt war ihr Kater Tiger vergiftet worden. Behauptete Rudolfo Rose. Und – als wäre das nicht schlimm genug – sei Rita so unglücklich gestürzt, dass ihr rechtes Auge ganz schlimm zugeschwollen sei, erzählte Klatsch-Kiara stolz. Wie aufs Stichwort sprang der Fotoredakteur in diesem Moment auf und zeigte eine Aufnahme von Rita mit dem Veilchen in die Runde.

Viktoria erkannte es sofort. Faust aufs Auge, dachte sie. Sie hatte als Polizeireporterin schon so manch ein Opfer einer Schlägerei gesehen und wusste, was sie vor sich hatte. Rita war nicht gefallen, sie war verprügelt worden. Und dass in den Ausführungen ihrer erkälteten Kollegin nicht ein einziges Mal Rita, sondern immer nur Rudolfo zitiert wurde, schürte den Verdacht, dass es sich bei dem unglücklichen Sturz tatsächlich um einen handfesten Rosenkrieg der Roses handelte.

Während Viktoria das alles dachte, hörte sie folgenden Satz aus dem hübschen Mund ihrer Kollegin: »Rudolfo Rose hat seinen Tiger von einem befreundeten Rechtsmediziner aus Münster untersuchen lassen. Die Ergebnisse stehen noch aus.«

Viktoria war hellwach. Sie hakte nach. »Hast du den Namen?«

Kiara schaute arrogant in ihre Richtung. »Tiger, sagte ich doch schon.«

»Nein, nicht vom Kater. Vom Rechtsmediziner?«

Kiara zuckte zusammen. Hektisch wühlte sie in ihren Notizen. Viktoria gönnte ihr dieses Gefühl der Unsicherheit, denn so lief das Spiel nun einmal. In der Konferenz wurde gerne nachgefragt und so der eine oder andere Kollege hin und wieder bloßgestellt. Und gerade Kiara war diesbezüglich kein unbeschriebenes Blatt. Doch diesmal fand sie den Namen recht schnell – und las ihn triumphierend vor.

»Professor Metzger!«

Die Antwort war allgemeines Gejohle. Was für ein Name für einen Rechtsmediziner. Metzger!

Viktoria nickte Kiara kurz zu und notierte den Namen. Eine Stunde später wusste sie, dass Doktor Metzger mit Vornamen Frank hieß, siebenundvierzig Jahre alt war, zwei Kinder hatte – und ein absoluter Glücksfall für Viktoria war. Er war ein Cousin von Rudolfo Rose, er war fotogen, sofern man die Archivbilder beurteilen konnte, und er war ihr Kronzeuge in einem Rosenkrieg, den sie aufdecken würde. In Münster! In Nana Oppenkamps Heimatstadt. Die in der Nähe von Westbevern lag. Quasi gleich um die Ecke von Kai Westmark, der so gut roch.

Als er den Raum betrat, wurde sie schwach. Isa weinte. Endlich. Wiliam war da, er würde sie trösten. Er würde wissen, was zu sagen, was zu tun war. Er würde ihre Angst mildern. Er würde ihr zur Seite stehen. Das war es, was er immer getan hatte. Und das war es, weshalb sie bei ihm war. Verliebt war sie nie in ihn. Bei ihm war es gleich die Liebe gewesen. Ohne Schmetterlinge im Bauch, aber mit einer Sicherheit, die sie selbst überrascht hatte.

Er stand in der Tür. Blonde Haare, Grübchen um den Mund, helle Augenbrauen über den blauen Augen, in der Hand ein großes Geschenk in knallrotem Geschenkpapier. Hoffentlich nichts fürs Baby, dachte Isa, und Tränen rannen über ihr Gesicht. Er lächelte, ging langsam auf sie zu und nahm sie in den Arm. Sofort ging es ihr besser.

»Hej, mejn Schatje. What's up, Isa, warum sehe ich Tränen?« Er sprach deutsch mit ihr, niederländisch und auch ein bisschen englisch. Sie hörte gerne sein Kauderwelsch mit dem holländischen Akzent.

Isa erzählte ihm von der Ultraschalluntersuchung. Davon, dass man die linke Hand ihres Kindes nicht sehen könne und dass niemand ihr sagen könne, was das zu bedeuten habe.

Er streichelte ihren Rücken. »*Zoetje*, Süße, hat das kleine Herz denn geschlagen?«, wollte er wissen.

Sie nickte an seiner Brust.

»Gut«, sagte er. »Sehr gut.« Dann fragte er: »Habt ihr die rechte Hand gesehen?«

Sie nickte wieder und schniefte.

»Wir werden Glück haben. Die meisten Menschen sind Rechtshänder«, sagte er und strich ihr über den Hinterkopf.

Die meisten schon, dachte sie. Doch er nicht. Er war Linkshänder. Sie würde ihren rechten und ihren linken Arm geben, wenn sie ihren Fehler von einst wiedergutmachen und wenn sie damit die Gesundheit ihres Babys erkaufen könnte. Doch mit Gott kann man nicht handeln. Sie musste ihre Rechnung bezahlen. Ihr Baby musste ihre Rechnung bezahlen. Das wusste sie jetzt.

»Victory, das war ganz, ganz großes Kino!« Mario klang richtig begeistert. »Wie du dem Alten vorgespielt hast, dass du auf keinen Fall nach Münster willst. Er hat's dir voll geglaubt.«

»Klar.« Viktoria grinste. »Ich kenne ihn doch.«

»Und Klatsch-Kiara, der sind sämtliche Gesichtszüge entglitten, als du vorgeschlagen hast, dass sie zum Rechtsmediziner fahren soll.« Er schlug sich vor Vergnügen auf die Schenkel. Ja, er hatte recht. Viktoria hatte es geschickt eingefädelt. Und dann noch dieser kleine Nebensatz, den sie ganz beiläufig eingeworfen hatte. »Ach, der Metzger, der kommt doch eh bald nach Berlin. Er soll hier die Rechtsmedizin auf Vordermann bringen.«

»Er kommt nach Berlin?« Chefredakteur Willmers hatte angebissen. Viktoria hatte gelangweilt genickt. So, als sei das keine große Sache. »Verdammt noch mal, Frau Latell...« Willmers konnte seine Stimme kaum zügeln. »Wo ist denn Ihr Reporterinstinkt geblieben? Sie fahren da jetzt hin und machen sich an ihn ran. Erzählen Sie ihm, Sie wollten seine Arbeit porträtieren oder so, und finden Sie raus, ob der Köter vergiftet...«

»Katze...« Viktoria schaute nur kurz auf.

Willmers wurde noch ungehaltener. »Ja, verdammt. Ob die Katze vergiftet wurde und ob vielleicht Rita Rose dahintersteckt, und dann machen Sie ihn schon mal schön geschmeidig, damit er – wenn er denn in Berlin ist – immer mit uns spricht, wenn es etwas zu erzählen gibt.«

Viktoria seufzte genervt.

»INFORMANTENPFLEGE, Viktoria! Schon mal was davon gehört?«

Viktoria nickte, und scheinbar widerwillig presste sie ein lang gezogenes »Okaaaay« über die Lippen. Am liebsten hätte sie »Yes« gerufen, doch sie konnte sich gerade noch beherrschen.

Und nun saßen sie – vier Tage, nachdem Mario sein blutiges Badezimmer gewischt hatte – in seinem sauberen gelben Fiat Barcetta und rasten über die Avus.

Nach der ersten Euphorie darüber, dass sie auf Verlagskosten ins Münsterland reisen durften, waren sie wieder ruhiger geworden. Mario, weil er immer noch kein Lebenszeichen von Nana bekommen hatte und ihr Telefon still geblieben war. Viktoria, weil sie an ihre letzte Reise in die westfälische Provinz denken musste.

Nicht nur, dass sie in Westbevern herausgefunden hatte, dass ihre Mutter einst im Gasthof als Kellnerin gearbeitet und dort Viktorias Vater kennengelernt hatte. Nicht nur, dass sie erfahren hatte, dass westfälisches Blut in ihren Adern floss und dass ihr Vater sie über alles geliebt hatte, aber seine Frau nicht verlassen konnte. Nicht nur, dass sie endlich verstand, warum ihre Mutter war, wie sie war. Wegen der Schuldgefühle. Der berechtigten und der unberechtigten. Weil sie dem Vater das Kind nehmen wollte und dachte, er hätte sich deshalb getötet.

Nein, es war weitaus mehr als das! Sie war berührt. Von diesem unscheinbaren Dorf, von diesen unaufgeregten Menschen, von diesem Leben dort, von dem sie nicht wusste, ob es besser war als ihres jetzt. Sie fuhren an Magdeburg vorbei, und Viktoria betrachtete Mario von der Seite.

»Die werden Augen machen, wenn du in Westbevern auftauchst. Immerhin bist du der amtierende Schützenkönig.«

Mario nickte. »O ja. Ich habe den Vogel abgeschossen. Aber sie haben einen Ersatzkönig, habe ich gehört.«

»Was? Das wusste ich ja gar nicht, Euer Majestät. Wer könnte Euch denn ersetzen«, feixte Viktoria.

»Ludger ist mein Stellvertreter.« Mario blieb ganz ernst. »Und das ist auch gut so.«

Sie lachten. Dann waren sie wieder still. Viktoria freute sich. Auf Westbevern.

Auf Kai.

Sie hatten sich seit dem Sommer nicht mehr gesehen, dafür aber den Kontakt nicht abreißen lassen. Eine SMS hier, eine Mail da. Sollte sie ihn jetzt anrufen? Ihm sagen, dass sie schon hinter Magdeburg waren, dass sie in wenigen Stunden bei ihm sein könnte? Viktoria hielt ihr Handy in der Hand.

»Was ist los, Victory? Akku leer?« Mario schaute kurz auf ihr Telefon.

Sie schüttelte den Kopf. »Nö. Nichts. Alles klar.« Dabei war gar nichts klar. Denn auch wenn sie sich kurze Mitteilungen schrieben – gesprochen hatten sie nicht mehr miteinander, seitdem sie nach dem Schützenfest aus Westbevern abgereist waren. Er rief nicht an, also rief sie auch nicht an. Und eigentlich waren sie ja auch nicht auf dem Weg zu IHM. Es galt, Metzger um den Finger zu wickeln und Nana Oppenkamp zu finden. Sie würde wahrscheinlich gar keine Zeit für Kai haben.

Viktoria tippte eine der Hotelnummern ein, die sie sich auf einen ihrer zerknickten Blöcke gekritzelt hatte. Sie und Mario brauchten noch eine Unterkunft in Münster. Bisher war alles ausgebucht – der Urologenkongress! Schlimm fand sie das nicht. Denn eigentlich wollte sie ohnehin lieber zum Gasthaus König. Dort hatten sie und der Fotograf auch beim letzten Mal gewohnt. Wirt Harry und die rosige Wirtin Rosa würden sicher noch ein Plätzchen für sie haben. Das dritte Hotel in Münster sagte ab, und Viktorias Laune stieg.

»Aber ja. Natürlich erinnere ich mich!« Harry freute sich über ihren Anruf. Dann klang er aber ganz traurig. »Zwei Einzelzimmer?«

»Ja, genau.«

»Tut mir leid. Wir haben nur noch ein Doppelzimmer frei – im Moment ist Fahrradhochsaison. Goldener Oktober, Sie wissen schon …«

Viktoria wusste es nicht. Goldener Oktober, Fahrradhochsaison, was für ein Mist! Sie schielte zu Mario rüber. »Doppelzimmer okay?«, fragte sie leise.

Mario nickte gedankenverloren und machte zum Glück keine dämliche Bemerkung.

Also sagte sie: »Ja. Nehmen wir«, und starrte immer

noch auf ihr Handy. Sollte sie Kai jetzt anrufen? Sie ließ es bleiben.

Hätte sie es an seinen Augen erkennen müssen? An seinem Gang? Seinen Händen? Seiner Stimme? Nur seine schwarze Seele hätte ihn verraten – und die konnte niemand sehen. Sie würde sterben – daran konnte sie nichts mehr ändern, das wusste sie mit einer Gewissheit, die sie noch nie zuvor über etwas in ihrem Leben gehabt hatte. Nicht, als sie sich ihm hingab, nicht, als sie beschloss, ihn zu lieben. Nur ihn. Er war zu stark für sie. Und zu kalt. Wie sollte sie sich auch wehren? Er war so nett gewesen. Das Böse sah sie nicht. Sie war naiv. Wie man sich täuschen kann, dachte sie, als die dünne Nadel in ihr kleines Muttermal neben dem Bauchnabel stach. Wie man sich täuschen kann …

4. Kapitel

Wiliam hatte ihr gesagt, was sich unter dem roten Geschenkpapier verbarg. Es war also keine Überraschung für sie. Doch mit der Farbe hatte sie nicht gerechnet. Das Papier raschelte, und ein kleines hellgrün glänzendes Netbook kam zum Vorschein. Isa liebte Grün. Deshalb bestand sie auch darauf, dass ihr Junge ein grünes und kein hellblaues Zimmer beziehen sollte. Ihr Junge, ihr Baby. Sie versuchte, nicht an die Ultraschallbilder und die besorgten Blicke der Ärzte zu denken. Sie krabbelte aus dem Bett und kroch darunter, um das Netzteil in eine Steckdose zu stecken. Dann fuhr sie den Minicomputer hoch. Es sollte ihre Verbindung zu ihm sein, zu Wiliam, zu den Freunden, die sich nicht jeden Tag auf den Weg nach Münster machen konnten. Vielleicht auch zu ihren Eltern. Doch damit würde sie noch warten. Sie sollten sich keine Sorgen machen. Nicht noch mehr.

Wiliam hatte alles so eingerichtet, dass die wichtigen Dinge sofort zu finden waren. Internet, E-Mail, ein paar Spiele – viel mehr brauchte Isa nicht. Textverarbeitungs- und Buchführungsprogramme hatte sie im Büro genug, die wollte sie nach Feierabend nicht mehr sehen. Sie ging ins Internet, klickte weiter auf den Facebook-Link und las die Pinnwandeinträge, Postings und Nachrichten für sie. Dann hatte sie eine Idee. Sie tippte einen Namen ein. Sieh mal einer an, dachte sie. Er ist auch hier.

Frank Metzger begann seinen Morgen im Vierfüßlerstand. Er hob seinen linken Arm und sein rechtes Bein und balancierte auf dem weißen Teppich. Gut, dass Sabine heute die Kinder hatte. Klara und Mika missverstanden seine Rückengymnastik gerne als Aufforderung zum wilden Toben und hängten sich an seinen Arm, kitzelten seine Füße oder spielten Hoppehoppe-Reiter. Er hatte heute Spätschicht, und es sah so aus, als stünde ihm kein stressiger Tag bevor. Um 15 Uhr war der Termin mit der Berliner Reporterin. Er legte sich auf den Rücken und schob sein Becken in die Luft. Seine Wirbel knackten. Dann senkte er sein Becken wieder und ließ seine Beine hin und her pendeln. Gut, dass mich keiner sieht, dachte Frank Metzger. Anschließend machte er Liegestütze, eine Menge. Schade, dass mich keiner sieht, dachte er jetzt und musste über sich selbst lächeln. Frank Metzger war nicht bescheuert. Er wusste, dass er gut aussah, und er wusste damit umzugehen. Wenn diese nagenden Rückenschmerzen nicht wären, würde er sich fühlen wie ein Neunundzwanzigjähriger. Vor allem seit der Trennung von Sabine hatte er das Gefühl, eher jünger als älter zu werden.

Er machte Sit-ups. Fünfzig. Frank Metzger klopfte sich zufrieden auf seinen harten Bauch. Er hatte noch Zeit. Duschen, rasieren, Schaumfestiger in die Haare streichen, nach hinten föhnen, danach ein paar Strähnen nach vorn zupfen. Sein Schönheitsprogramm war schnell und effektiv. Das leichte Grau an seinen Schläfen störte ihn nicht weiter. Denn auch wenn er sich gut gefiel, war es ihm eigentlich gar nicht so wichtig. Seine Arbeit und seine Kinder, das waren die Dinge, die zählten. Genau in dieser Reihenfolge. Und darauf, dass beides sich optimal entwickelte, war er stolzer als auf seine graublauen Augen mit den Hugh-Grant-Lachfalten drumherum.

»Er sieht ein bisschen aus wie Hugh Grant«, sagte Viktoria und hielt Mario den Computerausdruck unter die Nase.

»Wer?«

»Na, wer wohl? Der Metzger, unser Rechtsmediziner.« Sie standen im Stau. Doch sie lagen noch gut in der Zeit, und laut Verkehrsfunk hätte das elende Stop-and-go bald ein Ende.

»Mmmh.« Mario machte nicht den Eindruck, als würde er reden wollen.

»Mario!« Viktorias Stimme wurde lauter. »So geht das nicht. Wir müssen dieses Mal echt was abliefern.«

»Schon klar.« Mario klang immer noch lahm.

»Wirklich? Seit dieser Sache mit deinem blonden Betthupferl …«

Mario verzog das Gesicht zu einer Grimasse. »Sag das nicht so abfällig …«

»… seitdem stehst du neben dir.«

»Ich mache mir einfach Sorgen. Dieses Blut und dass

ich mich kaum an etwas erinnern kann. Und dass ihr Handy aus ist. Mensch, vielleicht ist da… Vielleicht habe ich…«

»Mario – ich frage dich jetzt zum letzten Mal. Muss ich etwas wissen? Hast du Scheiße gebaut?«

Der Stau löste sich auf. Mario gab Gas.

»Und ich sage es dir zum letzten Mal. Ich weiß es nicht. Aber…«

»Aber?« Viktoria wurde noch lauter. »Aber, was?«

»Meine Hand.«

»Was ist mit deiner Hand?«

»Die tat mir weh.«

»Wo? Wie?«

»Na hier!« Mario zeigte auf die Knöchel seiner rechten Hand. »Eigentlich dachte ich, ich habe unglücklich darauf gelegen. Doch es fühlte sich an wie nach einer Prügelei.«

»Wieso weißt du, wie sich das nach einer Prügelei anfühlt?« Viktoria klang genervt.

»Mensch, Victory. Jeder hat sich doch schon mal geprügelt.«

»Ich nicht!« Viktoria starrte Mario an. »Du bist also ein Schläger?« Ihre Stimme klang jetzt schrill.

»O Mann. War ja klar, dass du jetzt so kommst.« Jetzt wurde Mario sauer. »Ich bin kein Schläger, nur weil ich mal jemandem auf die Fresse gehauen habe.«

»Ich fass es nicht.« Viktoria atmete tief durch. »Wem hast du denn auf die Fresse gehauen?«

»Kennst du nicht.«

Viktoria schüttelte den Kopf. »Und warum hast du zugeschlagen?«

»Weiß ich nicht mehr. Da gab ein Wort das andere, der Typ war ein Arsch, der hat total genervt …«

»Nana Oppenkamp hat auch genervt.«

Mario schwieg. Er schmollte.

»Du hast es mir selber gesagt. Du hast dich daran erinnert, dass sie genervt hat.«

Mario fuhr sich durch seine halblangen Haare. »Aber ich schlag doch keine Frauen.« Es klang mehr wie eine Frage als eine Feststellung.

»Bisher dachte ich auch, du schlägst keine Männer.«

Danach war bis zu ihrer Ankunft in Münster nur noch die Frauenstimme vom Navigationsgerät zu vernehmen.

Viktoria schaute auf ihre Uhr. Vor dem Termin mit Frank Metzger hatten sie noch Zeit. Zeit genug, um *Hansaring* in das Navi zu tippen und dorthin zu fahren, wo Nana Oppenkamp wohnte. Mario hielt kurz und ließ Viktoria aussteigen. Sie sollte lieber erst mal alleine klingeln. Außerdem war an der viel befahrenen Straße kein Parkplatz in Sicht.

Viktoria schaute sich um. Sie registrierte ein paar Details, zählte Schritte, schätzte ein. Reporterroutine, die ihr half, später ihren Text lebendiger zu schreiben. Bilder im Kopf sollten die Leser haben. Und dafür sammelte sie sie – die Bilder. Hätte sie einen Notizblock gehabt, hätte sie geschrieben: *Rummelig, viele junge Leute, ein paar Kneipen, Kioske, Supermarkt, laute Straße, Häuser aus der Gründerzeit, nicht besonders protzig, ein paar neue dazwischen, Fahrradfahrer, viele Fahrradfahrer, rüpelige Fahrradfahrer.* Doch sie war ja nicht hier, um eine Reportage zu schreiben. Sie war hier, um herauszufinden, was mit Nana Oppenkamp passiert war. Die Nummer 28 war das auffälligste Haus in der Straße. Die Fassade war mit rot-weißen Rauten bemalt, neben dem Eingang zu einer Gaststätte lag der Hauseingang mit zwölf Klingelschildern. Keines glich dem anderen. Typisch für Häuser, in denen die Leute häufig umzogen. Neben der dritten Klingel von oben standen in grüner Schrift drei Namen. Bussmann, Adams, Oppenkamp. Viktoria drückte den Klingelknopf, nur ein paar Sekunden später surrte der Öffner.

Als sie die Tür aufdrückte, stiegen ihr Küchendünste in die Nase. In der Kneipe von nebenan liebte man offensichtlich Gerichte mit Zwiebeln. Sie atmete durch den Mund. Die Treppe war mit Linoleum belegt, die Wände mit einem schmierig glänzenden Film überzogen. Es war nicht wirklich dreckig, aber auch nicht sauber. Viktorias Schritte hallten im großen Treppenhaus, sie bog um die erste Ecke und sah die geöffnete Tür. Eine junge Frau mit bunter Strickmütze und halblangem Parka wollte gerade gehen. »Oh, ach. Ich dachte, das wäre meine Kommilitonin. Willst du zu Lukas?«

Viktoria nickte.

Das Parkamädchen rief in den Wohnungsflur: »Lukas, für dich«, dann schulterte sie eine Ledertasche und eilte an Viktoria vorbei. Eine dunkelbraune Haarsträhne blitzte unter ihrer bunten Strickmütze hervor.

»Tschüss, Katja!«, ertönte eine Stimme von drinnen.

Nicht blond, falscher Name, anderes Gesicht, schoss es Viktoria durch den Kopf. Kurz darauf erschien ein Mann im Türrahmen. Kurze Haare, schwarze Brille, krummer Rücken, blass.

»Hallo?« Er betrachtete Viktoria neugierig und hustete verlegen.

Sie schritt gleich auf ihn zu und schaute ihm direkt in die Augen. »Hi, ich will eigentlich zu Nana. Ist sie da?«

Er schwieg immer noch.

Viktoria strahlte ihn an.

Etwas zögerlich sagte er schließlich: »Nein. Eigentlich nicht.«

Viktoria ließ sich nichts anmerken. »Wann kommt sie denn wieder? Ich muss ihr dringend etwas geben.«

»Sie ist in Berlin. Macht 'n Praktikum.«

»Ach ja«, Viktoria schlug sich übertrieben auf die Stirn und verdrehte die Augen. »So ein Mist. Hatte ich total vergessen. Wie lange bleibt sie denn dort noch?«

»Keine Ahnung. Vier Wochen oder so.«

»Und wie geht es ihr?«

Der Typ musterte Viktoria misstrauisch.

Sie musste Vertrauen aufbauen, so tun, als kenne sie Nana. »Sind die Kollegen von *Schön und Schlau* auch nett zu ihr?« Vielleicht würde diese Insiderinformation ihn überzeugen.

Er zuckte mit den Schultern. »Glaub schon.«

Viktoria spürte, dass er nicht mehr sagen würde. »Irgendwie geht ihr Handy nicht, oder?«, versuchte sie es noch einmal. Doch er sagte wieder nichts.

Schließlich fiel ihr Blick auf ein Pappschild an der Badezimmertür. Es war ein Halbkreis, auf dem die Namen Lukas, Katja und Nana in je einem Drittelteilchen standen. Ein Papierpfeil zeigte an, wer gerade Putzdienst hatte. Viktoria lächelte noch einmal ihr schönstes Lächeln. »Oh, drückt sich Madame etwa vorm Saubermachen?«

Lukas verstand nicht sofort, dann folgte er Viktorias Blick, ging auf das Schild zu, stellte den Pfeil von Nana auf seinen eigenen Namen und sagte: »So, ich würde dann gerne weiterlernen.«

Unmissverständlicher war Viktoria schon lange nicht mehr rausgeschmissen worden.

Mario empfing sie auf dem Bürgersteig mit einem breiten Grinsen.

Viktoria schüttelte den Kopf und hob entschuldigend die Schultern. »Sorry. Nix Neues.«

»Oh, doch!«, erwiderte Mario großspurig und verschränkte die Arme vor der Brust. »Nana Oppenkamp ist quicklebendig.«

»Hast du sie gerade gesehen, oder was?« Viktoria sah sich um, als könne sie sie auch noch erblicken.

»Ne, reine Recherche.«

Viktoria baute sich vor Mario auf und schaute ihn an. »Nun sag schon. Was weißt du, woher weißt du es, und warum grinst du so dämlich?« Sie musste lächeln.

»Also…« Mario zog das Wort extra in die Länge, und Viktoria boxte ihm freundschaftlich auf den Oberarm. »Gerade kam hier so ein Mädel runtergerauscht…«

»Die mit dem Parka und der Mütze?«

»Genau. Ich hab gedacht, vielleicht ist sie ja eine Nachbarin oder so. Doch dann stellte sich heraus…«

»Sie ist die Mitbewohnerin.« Viktoria war gespannt, was noch kommen würde.

»Sie hat mir erzählt, dass Nana in Berlin sei…«

Das hat mir der Streber aus ihrer WG auch erzählt, dachte Viktoria, schwieg aber.

»Nachdem sie vorgestern noch hier in Münster war.«

Jetzt wurde die Sache wirklich interessant.

»Sie war hier? Lebendig? Unverletzt?«

Mario nickte triumphierend. »Nur traurig war sie. Sie war nämlich zum Sechswochenseelenamt ihres Vaters nach Hause gekommen.«

»Ihr Vater ist gestorben?«

»Genau vor sechs Wochen. Und vorgestern war also dieses Sechswochendings, wo sie alle noch mal gemeinsam in der Kirche beten.«

»Und wieso geht sie nicht ans Handy?«

Mario zuckte mit den Schultern. »So genau habe ich nicht nachgefragt, ich wollte ja schließlich keine schlafenden Hunde wecken. Ich weiß aber, dass ihr Vater in einem Vorort von Münster wohnte. In Handorf. Nana hätte dort auch in ihrem Elternhaus nach dem Rechten gesehen, hat mir das Mädchen mit dem Parka erzählt. Vielleicht wollte sie einfach ihre Ruhe haben.«

»Du meinst, ungestört trauern?«

Mario nickte. »Auf jeden Fall war sie nicht ernsthaft verletzt. Zumindest nicht so, dass ihre Mitbewohnerin das für erwähnenswert hielt. Ich bin also raus aus der Nummer.«

Viktoria nickte abwesend. Sie hatte ein komisches Gefühl bei der Sache. Das Blut war in Marios Wohnung gewesen. Das stand fest. War er wirklich raus aus der Nummer?

Bier bei Harry? 20 Uhr? Viktoria. Kai Westmark las die SMS dreimal, bevor er begriff, dass sie tatsächlich da war. Viktoria Latell wollte mit ihm ein Bier trinken gehen, im Gasthaus König. Sie war von Berlin nach Westbevern fast fünfhundert Kilometer weit gereist, um sich mit ihm zu treffen? Die Arzthelferin öffnete die Tür, und die alte Frau Pottemeier kam langsam mit ihrem Rollator herein.

»Tach, Doktor!«, sagte sie.

Kai Westmark erwiderte ihren Gruß, stand auf und half ihr auf den Stuhl auf der anderen Seite seines Schreibtischs.

Sie schnaufte und murmelte: »Kehr, kehr, kehr. Ösig Wetter van dage.«

Er nickte, ließ sich auf seinem Drehstuhl nieder und erwiderte: »Stimmt. Richtig ungemütlich draußen.«

Frau Pottemeier fummelte an ihrem Hörgerät herum, sie hatte ihn nicht verstanden.

Er zeigte nach draußen und sagte noch einmal lauter: »Richtig ungemütlich draußen.«

Sie nickte. »Am besten würd man den ganzen Tach zu Hause bleiben«, antwortete sie laut.

Er nickte ebenfalls, legte sein Handy in die Schublade, schaute noch einmal auf das Display mit dem blinkenden Briefsymbol und dachte: Genau, sie hätte zu Hause bleiben sollen.

Zwei Tage für den Rechtsmediziner, inklusive Anreise. Das war nicht viel. Aber Viktoria und Mario waren nichts anderes gewohnt. Beim *Express* musste immer alles schnell, zügig, sofort, am besten gestern schon geliefert werden. Waren Text und Fotos dann erst einmal gedruckt, interessierte sich niemand mehr dafür, unter welchen Umständen der Artikel entstanden war. Geschwindigkeitsüberschreitungen, Magenschmerzen, Überstunden, Überstunden, Überstunden – alles war egal. Und irgendwie war es das ja auch. Hauptsache stark sein, tough sein, übermüdet sein – und am Ende mit den Kollegen betrunken über den Chef motzen und sich zuprosten, um noch mehr zu motzen.

Immerhin hatten sie ja noch das Wochenende mit eingeplant. Sie würden wieder in Westbevern wohnen, diesem Dorf, das eigentlich nach nichts aussah und doch so vieles war. Jetzt jedoch steuerte Mario erst einmal durch Münster, Richtung Rechtsmedizin.

Sie haben Ihr Ziel erreicht. Die Frauenstimme des Navis war sich ihrer Sache sicher. Mario und Viktoria ganz und gar nicht. Sie standen auf einem Parkplatz neben einem Universitätsgebäude aus den Achtzigerjahren. Sie konnten sich umschauen so viel sie auch wollten, ein Schild mit der Aufschrift »Institut für Rechtsmedizin« entdeckten sie nicht. In etwa achthundert Meter Entfernung ragten drei seltsam runde Türme in die Höhe. Nieselregen benetzte Viktorias Gesicht.

»Shit, wo sind wir hier?«

Mario zuckte mit den Schultern. Er war immer noch gut gelaunt, zeigte in irgendeine Richtung und übernahm die Führung. »Komm, da sieht es gut aus.«

Viktoria fand zwar nicht, dass es dort gut aussah, aber sie folgte ihm. Im Gehen zog sie ihr Handy aus der Hosentasche. Keine SMS von Kai. Noch bevor sie sich darüber wundern konnte, erschreckte sie ein lautes Quietschen. Ein Fahrradfahrer war in die Bremsen getreten, dann mit einem Schlenker um sie herumgefahren und meckerte.

»Pass doch auf!«

Viktoria schaute ihm nach und bemerkte beinahe die nächste Radlerin nicht, die um die Kurve kam.

»Victory, aufwachen!« Mario rief ihr von der anderen Straßenseite zu. Es dauerte noch drei Fahrradfahrer, bis sie endlich zu ihm gehen konnte.

»Haben die hier keine Autos?«, lästerte sie in Marios Richtung. »Die kann man wenigstens kommen sehen.«

Sie lag da und hörte, wie er die Spuren beseitigte. Die Schritte auf dem Kiesweg, dann das Rascheln. Das Schlagen der Kofferraumklappe. Sein Husten. Sein widerliches Husten. Dann die Autotür. Schließlich startete er den Motor und fuhr weg. Fuhr einfach weg, während sie starb.

Uhrzeit: 15.12 Uhr. Dr. Frank Metzger. Besucher: Viktoria Latell. Daneben die Unterschrift.

Gewissenhaft füllte Viktoria die Liste aus, die vor dem Glaskasten des Empfangs lag, und der Mann dahinter tippte eine Nummer ins Telefon. Die beiden Reporter sollten warten, Dr. Metzger würde gleich kommen, nuschelte er.

Mario drehte sich um. »Langweilig«, war sein einziger Kommentar. Die Rechtsmedizin Münster hätte auch das Einwohnermeldeamt sein können. So unspektakulär sah es hier aus. Helle Fliesen, weiß getünchte Wände, große Fenster, funktionale Möbel.

Viktoria hatte keine Zeit, sich umzuschauen, sie suchte mal wieder in ihrer Tasche nach einem Block, einem Stift und fand nur jede Menge Müll: alte Eintrittskarten, leere Kaugummipackungen, Sand vom Oststrand, der bewies, dass der Berliner Sommer doch gar nicht so mies gewesen war, wie alle sagten – und dass sie dringend mal wieder klar Schiff machen musste. Da, ein Kugelschreiber! Triumphierend griff sie danach und blickte direkt in das Gesicht von Dr. Frank Metzger, der – das sah Viktoria sofort – kein Verständnis für das dreckige Grauen in ihrer Tasche haben würde. Dieser Mann war perfekt und sauber. Ein perfekter Saubermann sozusagen. Ganz schlecht, dachte sie, lächelte ihn an, als sei gerade die Sonne aufgegangen, und ergriff seine Hand.

Ursula Kleinhölter konnte von ihrem Küchenfenster aus den Briefkasten ihres Nachbarn genau sehen. Sie bemerkte das Anzeigenblättchen, das dort herausragte, und war augenblicklich gereizt. Bin ich nun zuständig oder nicht?, dachte sie und ärgerte sich über die jungen Leute, die nie eine Sache zu Ende brachten. Heute hier, morgen dort. Ihre eigenen Kinder waren nicht besser, warum sollte also die Tochter ihres Nachbarn anders sein.

Sie wartete bis nach dem Abendbrot und beschloss, jetzt wieder zuständig zu sein. Sie ging zum Haus gegenüber, öffnete den Briefkasten, nahm die Post heraus und schloss die Haustür auf. Sie legte Post und Anzeigenblättchen auf einen Stapel in der Küche, goss die Blumen im Wohnzimmer und ging nach oben, um nach dem Rechten zu sehen und ein bisschen Staub zu wischen. Es war nicht viel, doch nur, wenn man es regelmäßig tat, wurde es auch nicht viel. Das Zimmer des Verstorbenen war kühl, und es roch frisch. Gott sei Dank gibt es jetzt diese Luftreiniger. Riecht gleich alles viel sauberer, fand Ursula Kleinhölter und atmete die wilde Brise ein. Sie trat wieder auf den Flur und steuerte zum letzten Zimmer, hinten rechts im Flur. Als sie die Tür öffnete, fiel ihr das feuchte Staubtuch aus der Hand. Erst sah es so aus, als schliefe sie. Doch die junge Frau, die dort unter der geblümten Daunendecke lag, war tot. Und so blieb das Zimmer für diesen Tag ungeputzt.

5. Kapitel

Als sie vor der dunklen Tür des Gasthauses König standen, zögerte Viktoria eine Sekunde. Sie atmete durch, spürte den Nieselregen in ihrem Nacken, dann ein leichtes Kribbeln in ihrer Magengegend. Gleich würde sie Harry wiedersehen. Den schmalen Wirt mit dem braven Seitenscheitel, der so wenig wie nötig sagte. Er würde am Tresen stehen, der von warmem Kneipenlicht beschienen wurde. Sie lächelte. Vielleicht würde auch Rosa, die aufdringliche Wirtin, sie begrüßen und ihr ein frisch gezapftes Bier bringen. Beschwingt trat sie ein – und traute ihren Ohren nicht. »Über den Wolken« ertönte tief und durchdringend aus dem Saal nebenan. Fragend schauten sich Mario und sie an.

»Was ist denn hier los?«, fragte sie, doch ihr Kollege hatte keine Antwort darauf. Stattdessen steuerte er auf einen leeren Platz an der Theke zu und bestellte bei der Bedienung, einem jungen Mädchen, zwei Bier.

Viktoria blickte sich um. Von »Über den Wolken« verebbten die letzten Takte, dann hörte sie dunkles Lachen, eine Schiebetür wurde geöffnet, Männer strömten in den Kneipenraum und sammelten sich an der Theke. Niemand nahm sie wahr, niemand begrüßte sie. Viktoria hielt Ausschau nach Harry. Da, endlich entdeckte sie ihn. Er lächelte freundlich und kam auf sie zu, sie streckte ihm ihre Hand entgegen. Doch Harry, der währenddessen einen Bestellblock aus der Hosentasche gezogen hatte, ging an Viktoria vorbei. Er hatte die Leute hinter ihr angelächelt. Sie saßen am Tisch in der Ecke mit Speisekarten in der Hand.

»Hier!« Mario hielt Viktoria ein Glas entgegen. »Prost! Auf meine Recherche.« Er grinste und stieß mit ihr an. Noch bevor sie etwas erwidern konnte, hatten ihn ein paar Männer erkannt.

»Hey, da ist ja der Berliner Schützenkönig«, riefen sie und prosteten ihm zu. Danach tranken und sprachen sie weiter miteinander, als seien Viktoria und Mario gar nicht anwesend.

Viktoria wurde langsam ungehalten. »Sag mal, sind wir unsichtbar?«

Mario tat so, als wolle er die Frage ernsthaft beantworten, und musterte Viktoria von oben bis unten. »Ne, du bist durchaus zu erkennen. Schau, Rosa, die Wirtin hat dir gerade zugenickt.«

»Hab ich nicht gesehen.«

»Ich aber.« Mario war immer noch gut gelaunt. Plötzlich, wie auf ein unsichtbares Kommando, erhoben sich die meisten Männer von den Barhockern und gingen zurück in den Saal. Kurz darauf ertönte »Hoch auf dem gelben Wagen«, und Harry stand plötzlich neben den Berlinern.

»Na, das Lied passt ja. Immer noch mit dem gelben

Barcetta unterwegs?«, fragte er. Dann deutete er auf die inzwischen wieder geschlossene Tür zum Saal. »Der Männergesangverein probt heute, deshalb ist hier so viel los. Möchten Sie was essen?«

Mario nickte, Viktoria schüttelte den Kopf. Sie hatte sich die Begrüßung irgendwie anders vorgestellt. In Berlin hätte sie Harry auf die Wange geküsst oder wenigstens die Hand gegeben. Aber hier reichte offensichtlich ein Nicken. Eines, bei dem man seinem Gegenüber nicht mal richtig in die Augen schaute.

»Was ist los, Victory? Schlecht drauf?«, fragte Mario.

Viktoria verdrehte die Augen. »Du hast ja genug gute Laune, die reicht für zwei«, erwiderte sie und ließ ihren Blick Richtung Eingang schweifen. Kai Westmark war noch nicht da. Er hatte noch nicht einmal auf ihre SMS geantwortet. Aber sie wusste, dass er als Landarzt viel zu tun hatte. Vielleicht hatte er ihre Nachricht auch noch nicht gelesen und wusste gar nicht, dass sie da war. Oder besser, *hier* war.

Mario pikste ein paar Pommes auf seine Gabel und hielt sie ihr unter die Nase. Sie schüttelte den Kopf und blätterte demonstrativ in den Zetteln, die ihr der Rechtsmediziner mitleidig gereicht hatte, als sie nichts zu schreiben gefunden hatte. Der saubere Dr. Metzger hatte natürlich saubere Zettel, und er hatte etwas irritiert geschaut, als er das Knirschen von Viktorias dreckigem Kugelschreiber hörte. Ansonsten lief es gut, denn Dr. Metzger sprach äußerst gerne über seinen Beruf und seine Karriere, die ihn schon in wenigen Wochen nach Berlin führen würde. Institutsleiter bei der Berliner Rechtsmedizin sei ein Posten, von dem er schon immer geträumt habe, erzählte er in seinem kleinen, aufgeräumten Büro. Viktoria schrieb nicht mit. Erst als er in einem Nebensatz sagte, dass er Brandleichen liebe, flog ihr Stift über das Papier. Als sie ihn fragte, ob gerade zufällig eine im Institut sei, zog er anerkennend die Augenbrauen hoch.

»Würden Sie sie sehen wollen?«, fragte er.

»Klar«, antwortete Viktoria und klang dabei wirklich überzeugend.

»Vielleicht kommt morgen wieder was rein.« Er grinste.

Das war der Wendepunkt. Viktoria spürte, dass er sie jetzt mochte. Gut für sie. Und damit dies auch so blieb, befragte sie ihn noch nicht zu seinem berühmten Berliner Cousin Rudolfo Rose und dessen toter Katze Tiger. Sie ließ ihn jedes Detail seiner Arbeit erklären, riss die Augen staunend auf, wenn er ihr von der Lösung kniffeliger Fälle berichtete, und lachte schallend, wenn er schwarzhumorige Rechtsmedizinerwitze erzählte. Als Mario die ersten Porträts machte, schwärmte sie davon, wie fotogen er sei, und wagte es sogar, einen kleinen Flirt zu beginnen, während er einen Totenschädel in die Kamera hielt. »Ich habe mir Rechtsmediziner irgendwie hässlicher vorgestellt.« Als sie sich mit einem kräftigen und etwas zu langen Händedruck verabschiedeten und er ihr dabei offen in die Augen schaute, wusste sie, dass sie am nächsten Tag alles erfahren würde, was sie wissen wollte. »Um acht Uhr sind wir da«, rief sie ihm noch zu.

Und er rief zurück. »Ich freu mich.«

Viktoria war sich sicher, dass er das auch so meinte.

Sie freute sich auch. Sie hatte ihren Job mal wieder gut gemacht.

Pling! Ihr Handy! Sie riss sich zusammen, um nicht zu schnell danach zu greifen, und spürte ihren Puls. Na endlich, dachte sie, schaute auf das Display und kapierte gar nichts. *N5201.257/E745.874* stand dort. Im gleichen Moment betrat Kai Westmark das Gasthaus König und schaute sich um. Er sah immer noch aus wie eine sehr gute Zwei.

Als Marios Handy um 6.45 Uhr Alarm schlug, fühlte sich Viktoria wie in Beton gegossen. Sie würde sich keinen Millimeter bewegen können, sie war wie gelähmt, ihr war kalt, ihr Kopf schien in einer Schraubzwinge zu klemmen, die irgendeine böse Macht gerade immer fester zog, und in ihrem Magen vermischte ein unsichtbarer Bauarbeiter gerade Zement mit Wasser. Ganz langsam tastete sie nach ihrer Decke. Doch die hatte Mario geraubt, der jetzt unter zwei Lagen feinsten Daunen schlummerte. »MARIO!« Der Fotograf lag mit dem Rücken zu Viktoria. »Mach den Wecker aus!« Sie schlug ihm auf die Schulter, doch durch die weichen Decken wurde der Hieb offenbar abgedämpft. Mario schlief seelenruhig weiter.

Stöhnend richtete Viktoria sich auf und saß erschöpft auf dem Bettrand. Das Weckzeichen schrillte in ihrem Schraubzwingenkopf. Es hörte sich an wie: »Kurz, lang, kurz, lang.« Davon hatten sie gestern Abend reichlich getrunken. Mario, sie und Kai. Ein Bier, ein Schnaps, lang, kurz – was für eine teuflische Mischung. Viktoria erhob sich, ging langsam, ganz langsam um das Fußende herum und fand Marios Handy. Endlich. Stille.

Mario öffnete die Augen und grinste Viktoria an, die in Unterwäsche vor ihm stand.

Bevor er etwas sagen konnte, raunzte sie ihn an: »Deckendieb.« Dann stapfte sie in das kleine Bad und trank einen halben Liter kaltes Leitungswasser. Die Schraubzwinge löste sich ein wenig, sie konnte sich wieder an alles erinnern. Auch an Kais seltsamen Blick, als er sie entdeckt hatte. Dann war er näher gekommen und hatte sich einfach mit an den Tisch gesetzt. Keine Umarmung, kein Begrüßungsküsschen, nicht einmal ein Händedruck. Nur ein »Hallo« in die Runde und die etwas förmliche Frage, ob er Platz nehmen dürfe.

Erst als sie den dritten Schnaps getrunken hatten, berührte er sie. Ganz zufällig, an ihrer Hand, als sie sich zuprosteten. Und dann noch einmal, als Mario auf die Toilette verschwunden war und sie plötzlich alleine am Tisch saßen. Da strich er mit seinen Fingern eine Haarsträhne aus ihrem Gesicht und sagte: »Jetzt bist du also wieder da.« Sie konnte nur nicken und dämlich grinsen und »Prost« sagen. Schwupps war der Zauber vorbei und das Bier ausgetrunken.

Und das hatte sie jetzt davon. Kopfschmerzen, ein mieses Gefühl im Magen und ein enormes Schlafdefizit. Während sie das Duschwasser warmlaufen ließ, putzte sie ihre Zähne. Wenigstens gegen den widerlichen Geschmack im Mund konnte sie etwas tun. Der Mund, der gestern so viel gelacht, getrunken und geredet hatte – aber nicht geküsst worden war. Dabei hätte sie richtig Appetit gehabt.

Frank Metzger empfing sie direkt an der Institutstür. Er strahlte über das ganze Gesicht, und die Hugh-Grant-Lachfältchen tanzten um seine Augen.

»Guten Morgen, Herr Professor«, rief ihm Viktoria bemüht fröhlich zu, doch ihre Stimme krächzte verräterisch.

»Wenn man es nicht verträgt, sollte man es vielleicht lassen«, neckte Mario sie, der das Trinkgelage vom Abend zuvor wie nichts weggesteckt hatte.

»Wenn es zur Gewohnheit wird, auch«, erwiderte sie halblaut – und lächelte dabei den Rechtsmediziner sanft an.

»Ich habe eine Überraschung für Sie«, begrüßte der Strahlemann die beiden Reporter. »Wir haben eine Leiche – und ich habe extra auf Sie gewartet.«

Viktoria spürte ihren flauen Magen.

»Oder wollen Sie einen Rückzieher machen?«

Entschieden schüttelten Mario und Viktoria den Kopf.

»Eine Brandleiche?«, fragte Viktoria.

Metzger lachte und winkte ab.

»Schade«, sagte sie mit einem Augenzwinkern und dachte: Gott sei Dank. Hätte sie doch bloß etwas Ordentliches gefrühstückt.

»Na, dann folgen Sie mir mal unauffällig.« Schwungvoll schritt der Professor voraus.

Ein langer Flur, eine Tür nach draußen, ein paar Meter durch die frische Luft – Viktoria inhalierte schnell noch ganz tief –, dann die nächste Tür und ein schmaler Flur. Die Tür zum Obduktionssaal stand offen. Viktoria konzentrierte sich auf die weißen Fliesen am Boden und an den Wänden, sie sah eine Waage aus Chrom, einen Seziertisch aus Chrom – leer. Und einen Seziertisch aus Chrom – mit einer jungen Frau darauf.

»Ich habe Besuch mitgebracht, darf ich vorstellen? Viktoria Latell und Mario Siewers vom *Berliner Express*.« Frank Metzger blickte in Viktorias Richtung. »Dr. Gabriele Jasper und Sektionsgehilfe Michel Vennefrohne, die gerade keine freie Hand haben.«

Viktoria lachte kurz und rau und nickte den Gestalten in ihren grünen Kitteln zu. Gerne hätte sie jetzt gesagt: »Schön, Sie kennengelernt zu haben, wir sehen uns dann später ...« Doch sie zwang sich, ihren Blick auf die Tote auf dem Seziertisch zu lenken.

Sie war überrascht, wie gut sie den Anblick ertragen konnte. Als Polizeireporterin hatte sie natürlich schon Leichen gesehen. Doch meistens nur kurz und aus der Ferne. Die Polizei sorgte dafür, dass sie nicht zu nahe kam, und sie selbst fand das völlig in Ordnung. Die Erschlagenen, die Erwürgten, die Erstochenen und die Zerbrochenen gaben kein schönes Bild ab. Es war schon schwer zu ertragen, sich vorzustellen, wie ein menschliches Wesen hatte leiden müssen. Es zu sehen war noch schlimmer. Also wechselte sie in diesen Momenten in den Gefühlskälte-Modus. Verdrehte Gliedmaßen, Wunden, Blut, aufgerissene Augen, offen stehende Münder, zerrissene Kleidung, die Klinge eines Messers, zerschlagene Gesichter – all das registrierte sie wie ein Sachbearbeiter. Sie schrieb es auf und versuchte, nichts davon in ihr Herz zu lassen. Meistens gelang es ihr – nicht.

Doch jetzt und hier lag die Tote einfach da. Sauber, nackt, unschuldig. Die Mediziner nahmen gerade die äußere Leichenschau vor. Professor Metzger diktierte alles, was er sah, in ein kleines Aufnahmegerät. Viktoria war noch zwei Meter von der Toten entfernt. Sie sah die blonden Haare, die sich auf dem glänzenden Chromtisch ausbreiteten, und trat näher. Leise und vorsichtig, um die Rechtsmediziner nicht bei ihrer Arbeit zu stören. Gerade als sie in das Gesicht der Toten blicken konnte, hörte sie, wie hinter ihr etwas auf den Boden fiel. Sie erschrak und drehte sich um. Marios neue, teure Kamera lag auf den Fliesen. Er selbst stand kerzengerade dahinter und starrte auf die Leiche.

»Eine schlecht verheilte, etwa fünfzehn Zentimeter lange Narbe auf der linken Brust.« Frank Metzger sprach weiter in sein Diktiergerät, die heruntergefallene Spiegelreflex nahm er scheinbar gar nicht wahr. »Älter als ein Jahr …« Dann beugte er sich noch einmal ganz nah über die Leiche, um die Narbe noch genauer in Augenschein zu nehmen. Mario hob seine geliebte Canon auf und kam näher. Viktoria konzentrierte sich wieder und blickte endlich in das Gesicht der Toten. Danach sah sie Mario an. Er nickte nur. Sie atmete tief aus. Dort lag Nana Oppenkamp.

Der erste Schnitt ging quer über die Schädeldecke von Ohr zu Ohr, danach wurde die Kopfhaut über das Gesicht gelegt. Anschließend folgte der Rundschnitt. Sektionsgehilfe Vennefrohne öffnete Nanas Kopf mit einer Handsäge. Frank Metzger hatte bei ihrem Gespräch am Tag zuvor erwähnt, dass man damit präziser arbeiten könne als mit einer elektrischen Kreissäge. Viktoria musste an einen Halloween-Kürbis denken, bei dem man auch erst einen runden Schnitt machte, um danach den Kürbisdeckel hochnehmen und das bittersüße Fleisch entnehmen zu können.

Mario sah nicht mehr, wie Nana Oppenkamps Gehirn auf den Organtisch gelegt wurde. Er sah auch nicht, wie Professor Metzger einen Schnitt von der Drosselgrube, der Kuhle unterhalb des Halses, ansetzte und bis zu den Schamhaaren führte. Er sah nicht, wie Dr. Gabriele Jasper Herz, Lunge, Magen – alle Organe – entnahm, wog und ebenfalls auf den Organtisch oberhalb des geöffneten Kopfes von Nana Oppenkamp platzierte.

Mario Siewers legte seine Stirn auf das Lenkrad des Fiat Barcetta und rührte sich erst wieder, als Viktoria zwei Stunden später an seine Scheibe klopfte.

»Hast du es ihm gesagt?«

»Sollte ich?« Viktoria stand in der offenen Autotür und schaute Mario von oben herab an. »Mensch. Mario, reiß dich zusammen. Ich habe ihm gesagt, dass du gestern ein bisschen zu viel getrunken hast …«

Mario schaute sie traurig an. »Sehr witzig …«

»Er hat uns zum Frühstück eingeladen.«

»Danke. Mir ist der Appetit vergangen.«

»Das ist mir völlig egal. Mir geht es auch beschissen, und du reißt dich jetzt zusammen! Er will mit uns über den Fall reden.«

»Du meinst, er will mit uns über Nana Oppenkamp reden – mein Gott. Victory! Das da drin war Nana. Wie kann denn das sein? Sie war tot.«

»Ach, und ich dachte, sie lebt noch.« Viktoria konnte sich die sarkastische Bemerkung nicht verkneifen. »Sie ist erst gestern gestorben! Mario! Hallo! Ich bin dein Alibi. Du hast damit nichts zu tun.«

Er nickte lahm und erhob sich langsam von seinem Autositz.

Viktoria redete weiter. »Aber ich finde den Zufall einfach zu krass, als dass ich jetzt nicht wissen möchte, was da passiert ist. Wie es aussieht, ist sie aber einfach gestorben.«

»Wie – einfach gestorben?«

»Komm jetzt endlich mit. Metzger wird uns schon alles erzählen. Er steht auf mich …« Viktoria grinste breit, und Mario schaute sie müde an.

»Wer tut das nicht, Baby?«

»Du«, sagte sie und zog ihn sanft am Ärmel aus dem Wagen. Und Kai, dachte sie und spürte plötzlich wieder ihren Magen.

Kai Westmark lutschte auf seinem dritten Pfefferminzbonbon und massierte seine Schläfen. Er wusste, dass er sich hätte rasieren müssen, doch das hätte bedeutet, dass er zu spät in der Praxis erschienen wäre. In seiner Praxis. Es war also eine Abwägungssache gewesen. Würden die Westbeveraner Anstoß an dem stoppeligen Schatten in seinem Gesicht oder an seiner Unpünktlichkeit nehmen – und was wog schlimmer? Er rasierte sich nicht, fuhr die kurze Strecke nicht mit dem Rad, sondern in seinem blauen Golf und öffnete um kurz nach 7.30 Uhr die Praxisräume. Arzthelferin Susanne kam zeitgleich an und blinzelte ihm verschwörerisch zu. War sie gestern auch im Gasthaus König gewesen? Oh, ja. Kai erinnerte sich. Sie hatte ihm zugewinkt, als sie – nüchtern und zu einer angemessenen Uhrzeit – gegangen war. Gerade als er seinen dritten oder fünften Schnaps getrunken hatte. Wegen ihr. Mit ihr.

Die Tür zum Behandlungszimmer öffnete sich, und Karl Linnenbecker trat ein. Er schnäuzte sich in ein Papiertaschentuch. Während er sich setzte, hustete er sehr laut, und seine Gesichtsfarbe war entgegen deren Gewohnheit nicht rot gefleckt, sondern eher weiß. Kai kannte Karl, wie man sich kennt, wenn man im gleichen Dorf groß wurde. Vom Sehen. Irgendwie. Schon immer. Aber nur flüchtig. Sie waren nicht in dieselbe Klasse gegangen, Karl spielte Fußball seit der E-Jugend, Kai erst Handball und später Tischtennis. Karl blies das Jagdhorn, Kai hat nie ein Musikinstrument gelernt, obwohl das seiner Mutter sicher gefallen hätte.

»Na, dich hat's aber erwischt«, begann Kai also ganz formlos das Arzt-Patienten-Gespräch.

»Jau. Ich brauch 'nen Gelben«, antwortete Karl. Er wollte eine Krankschreibung von Kai. Dass er eine mächtige Erkältung hatte, brauchte ihm niemand mehr zu sagen.

Kai wollte ihn trotzdem noch einmal abhören, sichergehen, dass es keine Bronchitis war, an deren Ende die Gefahr einer Lungenentzündung bestünde, erklärte er. Und so machte sich Karl – ein bisschen widerwillig – frei. Kai lauschte auf die Laute, die die Karls Lunge von sich gab. Karl interessierte das nicht. Er wollte lieber plaudern.

»Hast du eigentlich mal wieder was von Nana gehört?«

Kai antwortete nicht. Er horchte auf die grob- bis mittelblasigen Rasselgeräusche, die typisch für eine Bronchitis waren.

»Ihr Vater ist gestorben«, fuhr Karl fort. »Hab öfter in seinem Revier gejagt.«

Kai nickte und nahm das Stethoskop aus seinen Ohren. »Du kannst dich wieder anziehen«, sagte er und griff nach Kuli und Rezeptblock.

»Ganz schönes Luder, die Kleine, ne?« Karl grinste den Arzt an.

Kai reichte ihm das Rezept. »Wir versuchen es erst einmal mit einem Schleimlöser«, sagte er. »Dreimal täglich. Wenn Fieber dazukommt, musst du wiederkommen. Okay?«

Karl nickte. Irgendwie fand er, dass Kai arrogant rüberkam. Man kann gar nicht richtig mit ihm reden, dachte er. Der Herr Doktor hält sich wohl für was Besseres.

»Wie geht's Ihrer Kamera?« Frank Metzger schien wirklich besorgt um Marios Ausrüstung – und um den Fotografen. »Und was ist mit Ihnen? Habe ich Ihnen den Appetit verdorben?«

Mario riss sich zusammen. »Kamera läuft Gott sei Dank. Hab sie gerade erst neu. Und den Appetit habe ich mir wohl eher selber verdorben – Kater.«

Metzger lächelte verständnisvoll, und Viktoria atmete erleichtert auf. Endlich. Mario hatte es begriffen. Arschbackenzusammenkneifen war angesagt. Und er tat es.

Sie konnte sich also voll und ganz auf das Interview mit Professor Metzger konzentrieren. Was nicht leicht war, denn sie saßen in der Mensa der Medizinischen Fakultät der Universität Münster. Um sie herum wuselte es von Studenten und Studentinnen, da wurde gelacht, getratscht, gerufen, geschoben, gerempelt, geflucht. Den Professor schien die Geräuschkulisse überhaupt nicht zu stören. Er hatte offensichtlich Hunger und behauptete, dass es nirgends ein besseres – und preiswerteres – zweites Frühstück gäbe als hier, zwischen all dem Jungvolk.

Ein guter Einstieg für Viktoria. Sie unterhielt sich mit Metzger über dessen künftige Stelle in Berlin.

»Dort ist es sicherlich auch ein bisschen hektischer als im beschaulichen Münsterland«, sagte sie. »Doch wie ich sehe, stört sie das gar nicht.« Sie blickte in das Menschengewusel.

»Nein, da haben Sie recht. Und die Arbeit wird in etwa gleich sein«, ergänzte er. »Obduktion ist Obduktion. Tot ist tot.«

Viktoria schrieb mit. Dann gab er die üblichen Floskeln erfolgreicher Karrieremänner von sich. Metzger freue sich sehr auf die Herausforderung, ein so etabliertes Institut wie das von der Charité in Berlin zu leiten, sagte er. Und – das gebe er offen zu – er freue sich auch auf das kosmopolitische und so spannende Berlin.

»Dickes B an der Spree«, sagte er, und Viktoria lachte gnädig, obwohl sie sich fremdschämte. So jung war der Herr Professor dann doch nicht mehr.

Egal. Weiter. Der Rosenkrieg der Roses stand an. Oder sollte sie erst über Nana Oppenkamp mit ihm sprechen? Sie ging auf Nummer sicher und schwärmte erst einmal von Berlin. Vertrauen bilden, Nähe schaffen – damit fuhr sie immer am besten. »Ich werde Ihnen eine Liste von den wichtigsten Dingen machen, die Sie tun – und die Sie lassen sollten.«

»Was sollte ich denn als Neuberliner lassen?« Täuschte sie sich, oder machte Metzger sie gerade an? Auf jeden Fall lehnte er sich zurück, biss genüsslich in sein Marmeladenbrötchen und musterte sie genau. Zu genau, um es nicht zu bemerken.

»Zum Beispiel sollten Sie niemals einen Busfahrer nach dem Weg fragen oder auf gutes Essen im Fernsehturm hoffen.«

»Vielleicht könnten Sie mir ja helfen? Damit ich auch wirklich nichts falsch mache?«

Viktoria lächelte ihn vielsagend an. Sagte aber nicht Ja. Stattdessen grinste sie und meinte: »Sie könnten ja auch Ihren Cousin fragen. Sie wissen doch – uns entgeht nichts.«

Metzger verdrehte die Augen. Doch er war noch gut gelaunt. »Sie meinen Rudolfo. Oje.«

»Wieso *oje*?«

»Kein Kommentar.«

»Ich hörte, Sie haben seine Katze obduziert?«

»Wer sagt denn so was?« Der Professor klang schon etwas weniger freundlich.

»Rudolfo hat es unserer Frau vom Klatsch erzählt. Aber wie ich sehe, scheint es nicht zu stimmen ...?«

Metzger rang mit sich. Viktoria ließ ihn nicht aus den Augen. Entweder würde er jetzt dichtmachen und gar nichts mehr sagen – oder er würde ihr alles erzählen. Er nahm einen Schluck Kaffee, stellte die Tasse zurück und sah Viktoria kurz in ihre blaugrünen Augen.

»Okay. Aber das bleibt unter uns.«

»Ehrensache.« Sie hatte ihn.

»Rudolfo ist verwandt mit mir, ja. Aber nicht richtig. Seine Frau ist die Stieftochter der älteren Schwester meiner Mutter, die deren zweiter Ehemann mit in die Ehe brachte.«

Viktoria versuchte, die Verwandtschaftsverhältnisse zu verstehen, es gelang ihr aber noch nicht.

»Meine Cousine ist genau genommen nur eine Stiefcousine, und Rudolfo hat sie geheiratet und ist damit mein angeheirateter Cousin. Und er hat mir die Katze tatsächlich geschickt. Tiefgekühlt. Ist das zu fassen? So ein Transport kostet eine Menge, aber das kann ihm ja egal sein. Er wollte, dass ich sie untersuche. Auf Gift.«

»Und?«

»Nichts. Ich habe es nicht getan. Ich kann mich doch schlecht in unseren Obduktionssaal stellen und irgendein Tier dort obduzieren. Die Kollegen würden zu Recht Einspruch erheben. Gift zu entdecken ist außerdem sehr aufwendig, dazu sind toxikologische Untersuchungen nötig, die eine ganz andere Abteilung hier im Hause macht. Nein. Ich habe ihn angerufen und ihm gesagt, dass es nicht geht.«

»Und – war er sauer auf den Cousin seiner Gattin?« Viktoria sprach in einem neckischen Tonfall, so als plaudere sie mit einem alten Bekannten und als sei das Thema eigentlich gar nicht so wichtig.

»Ein bisschen. Aber wir sind – sagen wir mal – ohnehin nicht immer auf einer Wellenlänge. Wir sind schon sehr verschiedene Typen …«

»O ja – das kann man wohl sagen.« Viktoria fixierte Metzger mit ihrem Blick. Er fühlte sich geschmeichelt, sie merkte es.

»Kennen Sie ihn denn?«, fragte er.

»Jeder Berliner kennt die Roses. Sie stehen fast jeden Tag in der Zeitung. Ich hatte aber auch das Vergnügen, die beiden persönlich auf einer Verlagsfeier zu treffen. Aber nur sehr kurz. Meine Kollegin vom Klatsch hat mehr mit ihnen zu tun. Und die hat ja eine ganz ungeheuerliche These …« Viktoria sprach jetzt, als würde sie Metzger in eine Verschwörung einweihen. Sie beugte sich leicht vor und wurde etwas leiser. »Sie glaubt, dass im Hause Rose der Rosenkrieg ausgebrochen sei. Sie glaubt, dass Rita Rose die Katze vergiftet hat.«

»Rita liebt Tiere. Die würde das nie tun.«

»… und dass Rudolfo ihr deshalb ein blaues Auge verpasst habe.«

»Er hat sie wieder geschlagen?« Metzger hatte gesprochen, ohne nachzudenken, jetzt biss er sich selbst auf die Zunge.

»Wieder?« Viktoria hätte am liebsten gejubelt. Doch sie blieb ganz ruhig.

»Frau Latell, Sie haben mir versprochen, dass dies hier unter uns bleibt.« Es war nicht zu übersehen, dass Metzger seine Reaktion bereute.

»Das habe ich.«

»Okay, ich hoffe, ich kann Ihnen vertrauen.«

»Das können Sie.«

»Also gut. Reden wir also Tacheles. Rudolfo ist ein jähzorniger Großkotz. Er denkt, dass er allein für das ganze Geld und den Ruhm der beiden verantwortlich sei. Dabei hat Rita mindestens einen genauso großen Anteil daran. Und ja, er hat sie schon einmal geschlagen. Es ist sogar dokumentiert worden, in unserem Institut.«

»Wie geht das denn?« Viktoria gefiel, wie sich die Sache entwickelte.

»Bei uns im Rechtsmedizinischen Institut können Opfer von häuslicher Gewalt die Gewalttaten dokumentieren lassen, ohne dass danach der Täter angezeigt wird.«

»Was macht das für einen Sinn?«

»Es erleichtert den Opfern, diesen ersten Schritt zu machen. Denn viele scheuen davor zurück, ihren eigenen Mann anzuzeigen. Trotzdem suchen sie Hilfe, Schutz. Sie wollen die Sache nicht auf sich beruhen lassen und sich vor weiteren Gewalttaten schützen.«

»Und Rita Rudolfo ist dafür extra nach Münster gereist?«

»Nein. Sie war ohnehin hier. Wir hatten ein großes Familientreffen, es ist schon Jahre her. Ihre Patennichte feierte Firmung, und Rita kam – mit einem blauen Auge. Ich erkannte sofort, dass es nicht von einem Treppensturz rühren konnte, wie sie uns erzählt hatte.«

»Das hat sie dieses Mal auch behauptet.«

»Verdammt. Ich habe ihr damals von unserer Einrichtung erzählt, als hätte es gar nichts mit ihr zu tun. Und sie ist offensichtlich hingegangen. Ich habe mir später die Akten angeschaut. Seitdem haben wir auch nie wieder über dieses Thema gesprochen. Und so viel Kontakt habe ich sowieso nie zu den beiden gehabt. Die leben in einer völlig anderen Welt.«

Viktoria trank ihren Orangensaft leer. »Dann liegt meine Kollegin also richtig.«

Metzger zuckte mit den Schultern. »Von mir wissen Sie nichts.«

Viktoria schüttelte den Kopf.

»Ich mache mir Sorgen um Rita«, sagte er nachdenklich.

»Ich verstehe.«

»Aber ich glaube nicht, dass sie sich irgendjemandem anvertrauen wird. Sie ist so verdammt stolz – und viel zu abhängig von Rudolfo. Aber er ist noch viel stolzer und abhängig von der Presse ...«

Metzger hatte eine Idee, das sah Viktoria ihm an.

»Könnten Sie ihm nicht drohen?«

»Ich?« Viktoria hatte keine Ahnung, was Metzger sich ausgedacht hatte.

»Sie sagen ihm, dass Sie alles wissen und es öffentlich machen werden, wenn er nicht sofort mit dem Schlagen aufhört und ein Anti-Gewalt-Training absolviert. Sie drohen damit, dass er nie wieder als der strahlende, charmante Rudolfo, sondern nur noch als rüpeliger, mieser Schläger in die Schlagzeilen kommt. Das könnte ihn nervös machen.«

»Glauben Sie?«

»Das hoffe ich.« Viktoria wusste nicht, was sie von Metzgers Vorschlag halten sollte. Doch so übel war ihre Lage nicht. Er machte sie zur Komplizin. Und egal, ob die Rosenkriegnummer nun geschrieben wurde oder nicht, er würde ein Topinformant sein, wenn er in Berlin seine Arbeit aufgenommen hätte. Bingo.

»Ich tu's«, sagte sie und gab ihm ihre Hand darauf.

Mario hatte die ganze Zeit zugehört und sich sehr darüber gewundert, wie die Geschichte sich entwickelt hatte.

Im Großen und Ganzen fand Rita Rose es sehr angenehm, berühmt zu sein. Sie mochte es, wenn die Leute sie bewundernd anschauten und ihr Komplimente machten, wie gut sie sich doch für ihre fünfundsechzig Jahre noch gehalten habe. Sie liebte es, dass sie niemals um Theaterkarten anstehen musste, sondern ein gern gesehener Premierengast war, der zusätzlich zum freien Eintritt auch noch das kostenlose Premierenbuffet genießen durfte. Sie hatte sich daran gewöhnt, dass sich alles um sie drehte, dass die Verkäufer der Edelboutiquen ihr ihren Lieblingssekt reichten, während sie ein Kleid nach dem anderen probierte, dass der Friseur andere Termine absagte, damit er sich um ihre neue Tönung kümmern konnte, dass der Lebensmittellieferant sie ehrfurchtsvoll um ein Autogramm für seine Frau bat. Doch heute wäre sie gerne eine ganz normale unscheinbare Frau ohne jeden Wiedererkennungswert gewesen. Denn heute kaufte sie etwas ein, von dem niemand wissen sollte, dass sie es kaufte. Also hatte sie sich am Morgen nicht geschminkt, hatte die Haare nicht in luftige Wellen geföhnt, und an ihren Füßen trug sie flache Walkingschuhe, die sie noch nie benutzt hatte. Ihr Vorsatz, Sport zu treiben, hatte sich mit dem Kauf der Schuhe schon erledigt. Ohne hohe Absätze mochte sie einfach nicht vor die Tür gehen. Jetzt walkte sie also in bequemen Schuhen über den Berliner Asphalt und stolperte beinahe, weil sie es gar nicht gewohnt war, den ganzen Fuß ohne jedes Klackergeräusch abrollen zu können.

Das Waffengeschäft lag in einer Seitenstraße des Kudamms. Sie hatte es bisher immer nur von außen gesehen, wenn sie von ihrem Italiener in ihre Stadtwohnung geschlendert waren. Im Schaufenster lagen auf olivgrünem Stoff Schlagringe und Messer mit glänzenden Stahlklingen, daneben standen Gassspraydosen. Nie hatte Rita Rose genauer hingesehen. Sie empfand diesen Laden als hässlichen Störfaktor zwischen all den schönen Geschäften mit den ausgefallenen Kleidern und prächtigen Mänteln. Niemals wäre sie auf die Idee gekommen, auch nur eine Sekunde vor der Militariaauslage zu verharren, niemals hätte sie sich träumen lassen, die dunkle Glastür zu öffnen. Heute würde alles anders sein. Heute würde sie eintreten und mit klarer Stimme nach einem Elektroschocker fragen.

Sie hatten ihre Tabletts abgegeben und gingen wortlos an den schwatzenden Studenten vorbei nach draußen. Der Nieselregen war stärker geworden. Ein unangenehmer Wind wehte Viktorias schwarze Haare in alle Himmelsrichtungen, und die feinen Wassertropfen landeten in ihrem Ausschnitt. Gerne hätte sie jetzt auch so einen vernünftigen Schal wie der Professor.

Ihn schien das Wetter nicht zu stören. Er schaute nur blinzelnd in den Himmel und sagte: »Münsterwetter«, dann zog er seinen Schal enger um seinen Hals. »Sie hatten noch ein paar Fragen?«

Viktoria nickte. »Ja, vielleicht können wir gleich noch einmal kurz den aktuellen Fall …«

»… ich weiß nicht, ob daraus ein Fall wird.«

»Ja, gut – okay. Vielleicht können Sie mir noch einmal alles zur Obduktion von vorhin erläutern. Damit ich Einblick in einen ganz normalen Arbeitstag von Ihnen bekomme.«

Mario schaute zu Boden. Er wollte nicht, dass Metzger sah, wie wichtig ihm die Fragen und die Antworten darauf waren.

Metzger öffnete schwungvoll die Institutstür, nickte den Männern am Empfang in ihrem Glaskasten zu und bedeutete den Reportern, ihm in sein Büro zu folgen. Er schloss die Tür auf und schaute auf die Wanduhr. »Okay. Schießen Sie los. Ein bisschen Zeit haben wir ja noch, Frau Latell. Setzen Sie sich.« Er selbst nahm breitbeinig auf einem großen Schreibtischstuhl mit schwarzem Leder Platz, Viktoria und Mario hockten auf einem zu kleinen schwarzen Zweiersofa, auf dem man besser nur alleine saß.

Zum Glück ließ sich Metzger nicht jedes Wort einzeln aus der Nase ziehen. Er redete gerne. Viktoria ermunterte ihn immer wieder mit neckischen Augenaufschlägen, ernstem Gesicht und locker eingeworfenen Bemerkungen.

Nana Oppenkamp war in ihrem alten Kinderzimmer im väterlichen Haus von der Nachbarin tot aufgefunden worden. Der herbeigerufene Arzt fand die Tote in ihrem Bett. Es gab keinerlei Anzeichen von Gewalt, Fremdeinwirken oder eines Einbruchs. Eine erste Leichenschau des Allgemeinmediziners blieb ohne Ergebnis. Da die Tote sehr jung war, erst neunundzwanzig Jahre alt, schrieb er abschließend in den Totenschein unter dem Punkt Todesursache: ungeklärt. In dem Moment, so Metzger, komme die Polizei ins Spiel. Die hinzugezogenen Beamten fanden zwar auch keinerlei verdächtige Hinweise, doch sie informierten wegen des geringen Alters der Toten den Staatsanwalt. Dieser ordnete die Obduktion an. »Und *voilà*, so kam die hübsche Frauenleiche auf meinen Chromtisch!«

Viktoria lachte. »Na, ja. So hübsch fand ich sie mit dem skalpierten Kopf dann auch nicht mehr.«

Mario verfluchte Viktoria für ihre Kaltschnäuzigkeit, die ihm üble Bilder im Kopf bescherte. Doch er riss sich zusammen, auch wenn ihm gleichzeitig heiß und kalt und schwindelig wurde.

Viktoria hatte die Situation jedoch im Griff. Sie bohrte weiter. »Was war das für eine Narbe auf ihrer linken Brust?«

»Ich habe keine Ahnung. Sie ist nicht frisch, aber ein genaues Alter kann man bei Narben nie feststellen. Im ersten Moment dachte ich an eine Brustkrebsoperation. Doch dazu ist die Narbe viel zu groß und viel zu unprofessionell. Die Linien verliefen anders als bei einer medizinischen Operation.«

Viktoria blätterte in ihrem Block. »Ich habe mir aufgeschrieben, dass Sie Organe entnommen haben ...«

»Ja, wir entnehmen immer alle Organe. Das ist Routine. Wir bereiten Präparate daraus vor, und die werden dann toxikologisch untersucht.«

»Ist sie denn vergiftet worden?«

Metzger grinste breit. »Wir sind hier nicht beim Münster-Tatort. Ich glaube eher nicht.«

»Glauben oder wissen?«

»Glauben. Da sind wir Katholiken ganz groß drin. Nein im Ernst. Wahrscheinlich ist sie einfach gestorben.«

»Aber sie war doch noch so jung?«

»Schon. Aber das kommt häufiger vor, als man denkt. Das Herz hört einfach auf zu schlagen, das Hirn erleidet einen Schlaganfall. Wir haben auf jeden Fall keinen Grund, etwas anderes zu glauben.«

Viktoria blätterte weiter in ihren Notizen. »Ah, ich habe mir aufgeschrieben, dass Sie auch ihre Fingernägel geschnitten haben. Wozu?«

»Unter ihren Fingernägeln könnte sich fremde DNA befinden. Die sichern wir so. Also: keine Leichenmaniküre.« Viktoria lachte, und Mario versuchte, es ihr gleichzutun – es gelang ihm nur nicht so recht. Der Kratzer auf seiner rechten Schulter brannte. Nana hatte ihre scharfen Fingernägel rosa lackiert, erinnerte er sich plötzlich.

»Und die Leiche. Kommt die jetzt wieder in die Kühlung? Ich meine, falls doch noch jemandem etwas einfällt.«

»Mit der Leiche sind wir fertig. Die kann jetzt bestattet werden.«

»Ohne dass Sie wissen, woran sie gestorben ist?«

»Ja genau.«

»Und wenn doch ein Verdachtsmoment auftaucht …«

»Dann haben wir unsere Präparate in der Asservatenkammer und untersuchen sie noch einmal.«

»Also, zusammengefasst ist Nana Oppenkamp Ihrer Meinung nach eines natürlichen Todes gestorben.«

Metzger nickte.

Mario griff erleichtert nach seinem iPhone. Es hatte fröhlich in seiner Hosentasche vibriert, jetzt stellte er es aus.

»Wow. Darf ich mal?« Metzger erhob sich von seinem Chefsessel und schaute gebannt auf Marios Superhandy.

Viktoria schüttelte innerlich den Kopf. Unglaublich. Männer und Technik. Jetzt würde gleich eines dieser Gespräche beginnen, von denen sie nichts, aber auch gar nichts verstand.

Schwupp – schon lagen zwei Phones nebeneinander auf dem kleinen Glastisch. Viktoria räumte ihren Sofaplatz, und Metzger hockte sich neben Mario. Die Männer sprachen über Apps, Funktionen, Speicherstärken, Datenpower und das eingebaute GPS-Gerät.

»Ich liebe mein Ding«, sagte Metzger und klang dabei wie ein Zwölfjähriger, der auf Actionheld macht. »Ich cache immer mit meinen Kindern, wenn sie am Wochenende bei mir sind.«

Viktoria schrieb auf. *Getrennt lebend.* Dann fragte sie höflich nach: »Cachen?«

»Ja, Geocaching. Das ist so eine Art moderne Schatzsuche. Schauen Sie mal hier.«

Er drehte sein glänzendes iPhone-Display in ihre Richtung und zeigte auf eine Zahlen-Buchstaben-Kombination. »Hier sind die Koordinaten. Da irgendwo finden Sie einen Schatz. Und der Spaß liegt darin, ihn zu suchen. Der hier lag hinter einem Findling in der Nähe der Schleuse.«

Mario nickte. Er kannte das Spiel, hatte es aber noch nie ausprobiert. Viktoria spürte ein seltsames Kribbeln in ihrem Nacken. Sie kramte in ihrer dunklen Tasche, zog ihr einfaches Handy ohne Apps und eingebautes GPS, dafür aber mit einem dicken Kratzer auf dem Display aus der Tasche und suchte in ihren eingegangenen Kurzmitteilungen. Da! *N5201.257/E745.874*. Sie zeigte Metzger die SMS, die sie am Abend zuvor von einer unbekannten Nummer bekommen und wegen der Ankunft von Kai beinahe vergessen hatte.

Metzger grinste. »Ach, Sie auch? Die Koordinaten können gar nicht weit von hier entfernt sein. Na, dann viel Spaß beim Suchen.«

Erdkunde war nie ihr Fach gewesen. Für Viktoria waren Landkarten weiße Flecken, die sich einfach nicht in ihrem Hirn festsetzen konnten. Selbst die Lage der Himmelsrichtungen konnte sie sich nur mithilfe des albernen Hilfssatzes *Nie ohne Seife waschen* merken. N wie Norden, O wie Osten, S wie Süden und W wie Westen – die Anfangsbuchstaben lösten die Eselsbrücke auf. Stand sie aber auf dem Balkon ihrer Dachgeschosswohnung in Berlin-Kreuzberg und schaute der Sonne bei einem besonders schönen Untergang zu, war ihr nicht sofort klar, dass dort, wo es so schön rotviolett schimmerte, der Westen war. Und jetzt musste sie sich also mit Koordinaten auseinandersetzen, mit Längen- und Breitengraden, die ihr und Mario den Weg zu einem Schatz weisen sollten. Inzwischen hatte sie begriffen, dass Geocaching ein weitverbreiteter Volkssport war. Für sie ein absolutes Rätsel. Wie konnten erwachsene Menschen daran Spaß haben, kleine Schachteln und Dosen mit wertlosem Inhalt zu suchen und zu verstecken? Wer war so dämlich, nachts mit Taschenlampen Reflektoren im Wald zu suchen, um eine Kiste mit – wow – glitzernden Murmeln zu finden.

»Kompletter Schwachsinn«, war dann auch ihr einziger Kommentar, als Mario mit seinem Volkshochschulbeitrag zum Thema moderne Schatzsuche abgeschlossen hatte. Wenn es nach ihr gegangen wäre, würde sie jetzt nicht auf die sich ändernden Zahlenkombinationen auf Marios GPS-Handy schauen. Doch sie gab nach, als er – vom Jagdfieber getrieben – bat: »Bitte – ich bin sooo neugierig.«

Als Mario die Koordinaten in sein Gerät eingab, dauerte es ein paar Sekunden, dann zeigte es an, wo der Schatz versteckt war. »Oh«, sagte Viktoria, und ihr Hirn begann zu arbeiten. Wer auch immer ihr diese seltsame SMS geschickt hatte, er oder sie wollte, dass sie in *Westbevern* einen Schatz suchte. Und selbst wenn sie es nicht zugab – jetzt war sie auch sehr neugierig, was sie dort finden würden.

»Rechts oder links?« Mario fuhr langsamer, der schmale Feldweg gabelte sich.

Viktoria hatte keine Ahnung. Rechts sah sie ein kleines weißes Häuschen, das aussah wie eine Miniaturkapelle, links wies ein Wegweiser Richtung Haus Langen. Ein dickbäuchiger Wanderer mit Rucksack war darauf abgebildet. »Ich schätze links«, sagte sie und schrie kurz darauf: »Achtung! Pferd!«

Mario trat auf die Bremse, das Pferd vor ihnen stieg samt Reiter hoch. Viktoria hielt den Atem an und begann drei Sekunden später zu lachen. Das Tier, ein glänzendes schwarzes, sehr großes und muskulöses Geschöpf, hatte sich schon wieder beruhigt und ließ direkt vor Marios gelbem Barcetta ein paar dampfende Pferdeäpfel fallen.

»Scheiße, war das knapp«, sagte Mario.

»Du sagst es«, kommentierte Viktoria trocken und schaute sich um. Es hatte aufgehört zu regnen, doch der Himmel war grau und fahl. Der Weg, dem sie jetzt in angemessenerem Tempo folgten, nachdem das Pferd sich auf den Seitenstreifen bewegt hatte, schlängelte sich durch triste Felder. Von wegen goldener Oktober, dachte Viktoria. Rostiger Blechoktober würde es besser treffen.

Noch eine Brücke, die über die prall gefüllte Bever führte, eine lang gezogene Rechtskurve, und sie waren da. Mario parkte den Wagen auf glitschigem Laub, und kurz fürchtete Viktoria, sie würden die Böschung hinab in den Fluss rutschen. Sie öffnete die Tür, stieg aus und atmete die vom Regen frisch gewaschene Luft ein. Riecht besser als im Volkspark Friedrichshain, dachte sie und ließ den Blick schweifen. Sie sah zwei Fachwerkhäuser, die links und rechts vom Fluss lagen, sie wurden mit einer dunklen Holzbrücke verbunden, auf der zwei

Teenager standen. Sie hörte ein gleichmäßiges Rauschen.

Mario tippte in sein Smartphone und las aus dem Wikipedia-Eintrag vor: »Haus Langen ist ein ehemaliges Rittergut mit einer Wassermühle. Es liegt südwestlich des Telgter Stadtteils Westbevern an einem Wehr in der Bever kurz vor der Mündung der Ems. Haus Langen verdankt seinen Namen den edlen Rittern von Langen.«

Sie hörte nur mit halbem Ohr zu. Vielleicht hat Kai mich hierhergelockt, dachte sie. Nein, kann nicht sein. Zu romantisch für ihn, überlegte sie. Und wusste nicht, ob sie sich darüber freuen sollte.

Sie stapfte in ihren Wildlederstiefeln durch die nassen Blätter Richtung Brücke. Die Schuhe saugten die Feuchtigkeit gierig auf. »Mist.« Viktoria spürte ihre kalten Füße. Plötzlich hörte sie ein leises Jammern. Sie versuchte, das Geräusch zu orten, schaute sich um, lauschte. Es kam von dem Pärchen auf der Brücke. Das Mädchen weinte. Der Junge starrte in den künstlichen Wasserfall unter ihnen.

Viktoria spitzte die Ohren, gab sich alle Mühe, das Wasserrauschen wegzufiltern, um zu hören, was die beiden zu besprechen hatten. Sie vermutete, dass sie Liebeskummer hatten. Zwischen vierzehn und achtzehn hat man so was noch, dachte sie, und ganz kurz erinnerte sie sich an ihren ersten Kuss. Sie war vierzehn und bis zu diesem Tag der festen Überzeugung gewesen, hässlich und uninteressant zu sein. Nach der Knutscherei im Spielplatzhäuschen war alles anders. Sie war die Schönste, sie schwebte, sie war glücklich. Drei Wochen später machte er Schluss. »Es kommt irgendwie nichts mehr rüber«, hatte er ihr mitgeteilt. Und sie fühlte sich wieder hässlich und uninteressant. Mein Gott, war sie verliebt gewesen, damals. Mein Gott, war sie dämlich gewesen, damals.

»Ich kann nichts sehen.« Sie hörte, was der Junge sagte, während er ins aufgewirbelte Wasser starrte. Er hielt sein Mädchen vorsichtig im Arm. Er hat nicht Schluss gemacht, dachte Viktoria. Er nicht.

»Hier muss es sein.« Mario war neben sie getreten. »Die Koordinaten stimmen.«

Viktoria sah, dass das Mädchen eine kleine Blechkiste in der Hand hielt. Sie trat auf die Brücke, stellte sich neben sie und schaute ebenfalls ins Wasser. »Seid ihr Geocacher?«

Das Mädchen nickte und schniefte gleichzeitig.

Ihr Freund ergriff das Wort. »Sie hat einen tierischen Schreck bekommen. In der Schatzkiste hier lag ein Finger oder so was!«

»Was!?« Viktoria war hellwach.

»Na ja, so ein blutiger Finger eben. Und er ist uns runtergefallen.«

Jetzt schaute auch Mario in das rauschende Beverwasser. »Jetzt gerade?«

Synchrones Nicken.

Mario und Viktoria sahen sich an, dann starrten sie in das schäumende Wasser.

»Da!« Viktoria hatte etwas entdeckt. Aber es war nur ein kleiner Stock, der aus dem Wasser auftauchte.

Mario verließ die Brücke und kletterte einen schmalen Trampelpfad zum Ufer hinab. Er sank im matschigen Ufer ein und verfluchte seine undichten Sneaker. Im trüben Wasser der Bever spiegelten sich die Bäume und der graue Himmel. Es hatte keinen Sinn.

Viktoria beobachtete ihn von der Brücke aus. Als sich ihre Blicke trafen, hoben beide die Schultern und schüttelten den Kopf. Nein, es hatte wirklich keinen Sinn, hier nach einem Finger zu suchen.

Viktoria räusperte sich. »Darf ich mal?« Sie deutete auf die kleine Blechkiste, die das Mädchen immer noch festhielt. Es war erleichtert, den bösen Schatz loszuwerden. Sicherheitshalber verließ Viktoria die Brücke, damit nicht noch etwas herunterfallen konnte, und setzte sich auf eine kleine Mauer etwas abseits. Die Jugendlichen waren ihr gefolgt und standen unschlüssig vor ihr. »Habt ihr schon etwas reingetan?«, fragte sie. Mario hatte ihr vorher erklärt, wie das mit dem Schatzsuchen funktionierte. Wer einen Schatz findet, darf etwas entnehmen und muss dafür eine Kleinigkeit hinterlassen. Doch die Jugendlichen verneinten. Der Finger hatte ihnen den Spaß mächtig verdorben.

Viktoria untersuchte die Dose. Von innen glänzte sie golden, draußen stand in verschnörkelten Buchstaben »Wallners Weihnachtsgebäck«. Blutspuren konnte sie nicht entdecken. Drinnen fand sie, was sie erwartet hatte. Schrott. Ein Plastiktierchen aus einem Überraschungsei, einen Blechring mit Glitzersteinchen, einen blank polierten kleinen Stein, eine Postkarte mit einem

Wasserschloss darauf, einen Angelhaken, eine Glasmurmel und eine Sammelkarte. Auf der Sammelkarte war ein Basketballspieler aus der amerikanischen Basketballliga abgebildet, sein Name war Gordon Bales. Viktoria wollte sie gerade zurücklegen, als ihr Blick auf die Rückseite fiel. Jemand hatte mit schwarzem Stift etwas auf das glänzende Papier geschrieben. Sie hielt den Atem an. *Florian* stand dort. Und: *Finde mich!*

Florian! Viktoria wurde schlecht.

6. Kapitel

Es hatte aufgehört zu regnen. Karl Linnenbecker lenkte seinen dunkelgrünen Nissan Frontera über die Sandpiste und genoss den schlechten Zustand des Weges. Wozu hatte er schließlich gespart und sich den Allrad-Wagen gekauft – na ja, geleast. Das schmutzige Pfützenwasser spritzte zur Seite, Karl riss das Lenkrad scharf nach rechts und blieb auf dem unbefestigten Wegesrand stehen, direkt neben einer Fichtenschonung. Mit der Werkzeugkiste in der rechten Hand stapfte er am Feld vorbei Richtung Luderplatz. Er achtete darauf, nicht auf die zarten Senfpflanzen zu treten, und stieß die Holztür zum Unterstand auf. Es war wirklich höchste Zeit, die morschen Bretter auszuwechseln, sonst würde der nächste Jäger, der hier ansaß, womöglich sein Gewehr verreißen, weil er in einer der Holzdielen versank, während er Gevatter Fuchs im Visier hatte.

Karl machte sich an die Arbeit. Mit einer Zange zog er die rostigen Nägel aus dem Holz. Die verwitterten, weichen Bretter warf er auf einen Haufen. Als er gerade am nächsten Nagel reißen wollte, entdeckte er auf dem freigelegten feuchten Boden unter dem Unterstand einen glänzenden Plastikschnipsel. Er griff danach und spürte eine kleine Hitzewelle in seinem Unterleib. Kondomverpackungen verrotten nicht, dachte er. Dann steckte er den Schnipsel in seine Jackentasche und holte den Zollstock aus seiner Werkzeugkiste.

»Hey, Victory. Was ist los?« Mario kam näher und schaute besorgt in Viktorias blasses Gesicht. Statt zu antworten, hielt sie ihm die Sammelkarte von Gordon Bales entgegen. Mario nahm sie ihr aus der Hand und blieb stumm. Er drehte die Karte, hielt sie weiter entfernt und schüttelte schließlich den Kopf. »Meinst du, das hat wirklich was mit *dem* Florian zu tun?«

Viktoria nickte ernst. »Genau das meine ich.«

»Aber, das kann doch nicht sein.«

Viktoria stand auf. Die beiden Teenager traten von einem Bein aufs andere. »Passt auf, ich behalte die Kiste und kümmere mich um alles – okay?«

Die beiden nickten dankbar, schlurften zu ihren Fahrrädern, die an der Fachwerkmühle lehnten, und radelten davon. Als sie außer Hörweite waren, begann Viktoria wieder zu sprechen.

»Ich verstehe es doch auch nicht. Wieso hier – in Westbevern? Florian ist in Berlin verschwunden!« Sie griff nach der Karte und schaute sie sich noch einmal von allen Seiten an. »*Finde mich!* Das klingt wie ein Hilfeschrei. Scheiße Mario – hat er mir das hier geschickt?«

Mario schüttelte den Kopf. »Das kann nicht sein. Das ist sicher ein blöder Zufall. Es gibt viele Jungen, die Florian heißen.«

»Aber nur einen, der seit fünf Jahren spurlos verschwunden ist.« Sie machte eine Pause und strich mit ihrem Zeigefinger über die Sammelkarte. »Florian war Basketballer...«

Mario wusste nicht, was er sagen sollte. Stumm standen die beiden Reporter im feuchten Herbstlaub. Das Rauschen des kleinen Wasserfalls übertönte ihr Schweigen – beide wussten, dass sie jetzt gerade an den Fall Florian dachten. Denken mussten. Schön waren diese Erinnerungen nicht.

Im Winter vor fünf Jahren war er – kurz nach seinem dreizehnten Geburtstag – nach dem Basketballtraining am Nachmittag nicht nach Hause gekommen. Viktoria hatte als Polizeireporterin darüber berichtet. Mario sollte eigentlich auch an der Geschichte arbeiten, doch er meldete sich krank. In Wahrheit ging ihm die Sache zu nahe. Er kannte die große Schwester des Jungen, doch das brauchte beim *Express* niemand zu wissen. Auch nicht Viktoria.

Mario hatte sie ein paar Wochen vorher auf einem Pressetermin kennengelernt. Bella hatte ihm ein paar Häppchen gereicht. Die Häppchen schmeckten gut, und Bellas Lächeln war auch sehr appetitlich, fand Mario, und so verwickelte er das hübsche Catering-Mädchen in ein Gespräch über Wirtschaftspolitik. Immerhin hatte Mario gerade die Vorstandsvorsitzenden eines Autozulieferungsunternehmens fotografiert. Doch schnell stellten Bella und er fest, dass sie sich mehr füreinander als für die neuen Umsatzzahlen interessierten. Sie verabredeten sich für das nächste Wochenende im Zosch, und Mario war fasziniert von Bellas Fähigkeiten am Kicker. Zu seiner eigenen Überraschung dachte er gar nicht daran, sie möglichst schnell mit nach Hause zu nehmen – er wollte lieber weiter gemeinsam mit ihr gegen die arroganten Studenten gewinnen, die sich als Gegner angeboten hatten. Sie siegten 10:2, vertranken die Siegerprämie – eine Flasche Sekt – und hatten einen wunderbaren Abend. Die Nacht bekam der Fotograf nicht geschenkt. Dafür ein nächstes Date. Und noch eins. Und noch eins. Sie kochte für ihn, sie schlief mit ihm. Sie verabredeten sich wieder.

Dann kam die Absage. Eine kurze SMS von ihr, völlig gefühllos, fand er. Ohne Begründung, ohne Entschuldigung. Einfach nur: »Es geht heute nicht.« Er war sauer. Doch dann erfuhr er, warum es nicht ging. Bellas kleiner Bruder Florian war verschwunden. Die Polizeiredaktion wusste es von der Polizei, die Medien wurden bewusst eingeschaltet, um bei der Suche zu helfen. Der Lokalchef des *Express* teilte die Kollegen ein. Mario schob eine Magen-Darm-Grippe vor. Er war feige. Er rief Bella nicht an. Und als er es dann Wochen später doch tat, war sie weg. Mit tonloser Stimme hatte Bellas Mutter am Telefon gesagt. »Sie ist ausgezogen. Sie hat uns verlassen. Sie auch.« Dann legte sie auf.

Mario spielte nie wieder mit einer Frau Seite an Seite an einem Kicker.

»Wollen Sie in der Loburger Gräfte angeln gehen?« Rosa, die kittelbeschürzte Wirtin des Gasthauses König, stand mit Bestellblock neben Viktoria und schaute neugierig über deren Schulter. Sie betrachtete die Gegenstände, die die Berlinerin sorgfältig auf den dunklen Holztisch gelegt hatte. Viktoria blickte auf. Genervt. Doch vielleicht könnte ihr die rotgesichtige Rosa tatsächlich helfen.

»Wieso Loburger Gräfte, was ist das?«

Rosa tippte auf die Postkarte. »Das hier ist die Loburg. Ein altes Wasserschloss mit 'nem Burgraben drum herum, also einer Gräfte. Da ist ein Gymnasium untergebracht, drüben in Ostbevern. Früher gingen da nur Jungs hin.«

»Aha.« Viktoria überlegte. Natürlich könnte es sein, nein, war es sogar wahrscheinlich, dass mit der Aufschrift auf der Basketballerkarte ein anderer Florian gemeint war. Einer, der nicht aus Berlin kam, sondern vielleicht in Ostbevern auf das Wasserschloss-Gymnasium ging. Einer, der nicht verschwunden blieb. Einer, über den Viktoria nicht jedes Jahr wieder schrieb, um doch noch einen Zeugen zu finden oder einen Hinweis, irgendeine verschüttete Information.

Es war ihr jedes Jahr schwerer gefallen, mit Florians Eltern zu sprechen. Die von nichts anderem reden konnten als von ihrem Jungen. Davon, wie sie jeden Tag von der Arbeit nach Hause kämen und ein paar Sekunden lang diese Vorfreude spürten, dass er sie gleich begrüßen würde. Und davon, wie diese kleine Vorfreude nie erfüllt wurde. An keinem Tag. An keinem verdammten Tag. Viktoria saß jedes Jahr wieder bei den Eltern und schaute in ihre traurigen Gesichter. Sie waren in den fünf Jahren grau geworden, müde und alt.

Florian war jung geblieben. Er war für immer dreizehn. Sein Zimmer war das Zimmer eines Dreizehnjährigen. Bandposter an den Wänden, CDs im Regal, ein am Schrank befestigter Basketballkorb. Das Bett mit Alba-Berlin-Bettwäsche bezogen. Sie hatten alles so gelassen. Florians Mutter wischte jede Woche Staub, ab und zu wusch sie sogar die Bettwäsche. Früher hatte sie mit ihm geschimpft, wenn er wieder einmal nicht aufgeräumt, sein Bett nicht gemacht oder die dreckigen T-Shirts liegen gelassen hatte. Früher. Da war es unordentlich in seinem Zimmer – dafür war die restliche Welt in Ordnung. Heute war nur sein Zimmer ordentlich, der Rest der Welt war durcheinandergeraten.

Viktoria mochte Florians ruhigen Vater, sie bewunderte die aufrechte Mutter. Und sie ertrug es kaum, jedes Jahr wieder ihre Hoffnung zu spüren und zu wissen, dass sich diese nicht erfüllen würde. Sie schrieb große, emotionale Artikel, die meist sogar in der Sonntagsausgabe mehr als gut platziert wurden – doch keines ihrer schönen Worte brachte den Eltern den geliebten Sohn zurück. Dem Chef gefielen die traurigen Fotos, er lobte Viktoria für die gefühlvollen Texte und für den guten Draht, den sie zu den Eltern hatte. Sie schämte sich dafür. Am liebsten hätte sie ihnen gesagt, dass sie ihre Hoffnungen begraben müssten. Doch sie wusste, dass sie dazu erst in der Lage wären, wenn sie ihren Jungen begraben könnten. Und auch wenn sie es niemals gesagt hatten, wusste sie, dass Florians Vater und seine Mutter mit seinem Tod besser leben könnten als mit der Furcht, mit der Ungewissheit, mit der Angst, er musste oder – schlimmer noch – muss leiden. Sie malten sich Dinge aus, die sie nicht aussprechen konnten, die so schrecklich waren, dass sie sie auch nicht denken wollten, es aber taten und darunter litten, als verübte man an ihnen, was ihrem Sohn vielleicht gerade angetan wurde.

Florian. Viktoria sah das Foto von dem Jungen vor sich, mit dem nach ihm gesucht worden war. Mit Hundestaffeln. Mit Polizeihubschraubern. Mit Fahndungsplakaten. Er hatte freundliche braune Augen, sein Pony fiel ihm ins Gesicht, ein schüchternes Lächeln, die Hände in der weiten Jeans versteckt, Basketballschuhe an den etwas zu großen Füßen. Wohin haben sie ihn an jenem Tag getragen? Vor wem sind sie weggelaufen?

Viktoria sammelte den Angelhaken, die Murmel und den anderen Kram wieder ein und legte alles in die Blechkiste, dann nahm sie die Postkarte von dem Wasserschloss in ihre rechte Hand. Mario kam gerade zum Tisch und wollte sich neben sie setzen.

»Da fahren wir jetzt hin«, sagte sie und stand auf.

Mario schaute sie an wie ein großes Fragezeichen.

»Es muss ein Zufall sein! Vielleicht finden wir dort den anderen Florian.« Sie zeigte auf das Postkartenmotiv.

»In einem Schloss?«

»In einer Jungenschule.«

»*Ehemalige* Jungenschule«, verbesserte Rosa die Reporterin. Doch Viktoria und Mario waren schon längst auf dem Weg nach draußen. Es dämmerte bereits, und Mario fragte sich, wie Viktoria um diese Uhrzeit in einer Schule noch an Informationen kommen wollte. Doch er sagte nichts. Er konnte verstehen, dass sie alles versuchen wollte.

In alten Schwarz-Weiß-Filmen wussten die Bösen noch, wie man Beweismittel vernichtet. Sie nahmen ein Streichholz, zündeten das verräterische Dokument, das echte Testament oder den entlarvenden Brief an und ließen das Geheimpapier, wenn es in Flammen stand, ganz entspannt in eine feuerfeste Schale fallen, die damals offensichtlich zur Standardausrüstung eines jeden Schreibtischs gehörte.

Doch Kai Westmark befand sich nicht in einem alten Film, er stand mitten in seiner Praxis und schüttelte den Kopf über seine eigene Dämlichkeit. In seiner linken Hand hielt er ein orangefarbenes Blatt, in seiner rechten ein Feuerzeug, doch wohin sollte er das brennende Papier werfen? Kein Kamin und keine feuerfeste Schale waren in Sicht. Sein Blick fiel auf das weiße Waschbecken, danach auf den Feuermelder an der Decke. Er schüttelte erneut den Kopf und sank auf seinen Schreibtischsessel. Eigentlich hatte er nur die Unterlagen seines Vaters sortieren wollen. Krankenakten, die zu alt waren, als dass sie relevant oder aufbewahrungspflichtig waren, wollte er endlich wegwerfen, andere nach einem neuen System sortieren. Er kam sich vor wie Aschenputtel. Die guten ins Töpfchen, die schlechten ins… Feuer? Er steckte sein Feuerzeug wieder in seine Jeanstasche und griff nach der Schere. Er schnitt kleine, schmale Streifen und Schnipsel aus dem Papier. Die Buchstaben A N A N P N E K P O A P M fielen durcheinander in den Mülleimer. Wer würde sich die Mühe machen, aus diesem Puzzle den richtigen Namen zusammenzusetzen? Nur er wusste die Lösung.

Wirkt durch seine robuste Erscheinung Furcht einflößend und hält potenzielle Angreifer auf Distanz. Die hohe Spannung und Ampereleistung ermöglichen eine sofortige Neutralisierung des Angreifers.

Rita Rose las den Beipackzettel und war zufrieden. Sie hatte es geschafft. Niemand hatte sie erkannt, der Elektroschocker fühlte sich gut und schwer in ihrer Hand an. Neutralisierung! Ja, das war das passende Wort. Sie wollte keine leidenschaftlichen Wutausbrüche mehr. Nie mehr. Sie legte die Eine-Million-Volt-Waffe unter ihr Kopfkissen. Gut, dass sie so viel Platz in ihrer Villa hatten und er im Gästezimmer schlief. Gut für ihn. Sollte er es jemals wieder wagen, sie anzurühren, sie würde die vergoldeten Elektroden zum Einsatz bringen. Das würde sie. Rita Rose schlief gut in dieser Nacht, obwohl – oder weil – sie das harte Plastik des Elektroschockers durch das Kissen an ihrer Wange spürte.

Nie würde er vergessen, wie sein Vater ihn damals angesehen hatte, nachdem SIE in seiner Praxis gewesen war. Dann kamen die bangen Tage danach. Würde sie ihn wirklich anzeigen? Wegen der blauen Flecken, wegen der Würgemale?

Wie hatte sie es nur geschafft, diesen Hass in ihm hervorzurufen? Ich hätte sie erschlagen sollen, hatte Kai damals gedacht. Die Schnipsel lagen auf dem Grund des Papierkorbs. Kai schloss die Augen und stellte sich vor, wie sie sich sortierten – wie jeder Buchstabe an seinen Platz rückte. Das N ganz nach vorn, danach das A. Es folgte das zweite N und wieder ein A. Dann das geschwungene O, Doppel-P und das verschnörkelte E. Dicht gefolgt vom N, K, A und M. Und zum Schluss noch ein P: N A N A O P P E N K A M P. Nana Oppenkamp. Verflucht sei sie in alle Ewigkeit!

Doch er wusste, der eigentlich Verfluchte war er selbst.

»Cola light?« Harry ahnte, was Viktoria brauchte.

Dankbar nickte sie dem schmalen Wirt des Gasthauses König zu. Sie hatte ihr Netbook auf den kleinen, hohen Tisch gestellt, der in einer gemütlichen Nische gleich neben der Theke platziert war. Ohne vom leuchtenden Bildschirm aufzuschauen, fragte sie: »Wieso klappt das jetzt? Sogar das Internet funktioniert über mein Handy. Wo ist das Westbeverner Funkloch geblieben?«

Harry zeigte irgendwo Richtung Himmel. »Neue Antenne!« Er stellte das Glas vorsichtig neben Viktorias Laptop und fragte nicht, was sie suchte.

Wahrscheinlich wusste er, dass sie keine gute Antwort gehabt hätte. Was suchte sie? Was hätte sie sagen sollen?

Es war einmal ein Junge, der Florian hieß und der verschwand. Einfach so. Er war dreizehn, als er vom Berliner Erdboden verschluckt wurde. Doch jetzt, fünf Jahre später, fand die Reporterin, die immer wieder mit traurigen Worten beschrieben hatte, wie sehr die Eltern darunter litten, dass sie nicht wussten, was mit ihrem Kind geschehen war, einen Hinweis. Eine Nachricht aus dem Nichts, die nur angekommen war, weil es in Westbevern jetzt einen neuen Funkmast gab, lockte sie zu einem geheimen Schatz. Und dieser Schatz war voller Rätsel, die sie nur noch lösen musste – und der Junge wäre gerettet, die Eltern wären von ihrem Fluch befreit, und die Reporterin lebte glücklich und zufrieden bis an ihr Lebensende …

Nachdem Viktoria einen Schluck der eiskalten Cola getrunken hatte, konnte sie wieder klarer denken. Sie wusste, dass es im Leben eigentlich keine Zufälle gab – doch sie wusste auch, dass es für nichts eine Sicherheit gab. Also glaubte sie – vorerst – an einen Zufall und tippte ins Google-Suchfenster *Florian Westbevern* ein. Sie überflog die angebotenen Links. Es gab einen Florian, der beim SV Ems Westbevern beim letzten Spiel gegen SG Telgte ein sensationelles Kopfballtor erzielt hatte, einen Reiter, der unter die ersten zehn bei einem Turnier in Münster gekommen war, ein Kind, dass die heilige

Kommunion empfangen hatte, und einen Florian, der als bester Bäckerazubi des Kreises Warendorf ausgezeichnet wurde. Sie hörte auf zu lesen. Es brachte nichts. Genauso wenig wie ihr Besuch auf dem Gymnasium. Außer, dass sie nun wusste, dass es eine Schule gab, die tatsächlich aussah wie aus einem Harry-Potter-Film. Was hatte sie auch erwartet? Dass am Schwarzen Brett ein Zettel hing, auf dem stand: *Florian Meier legt überall Karten aus, auf denen sein Name steht. Es ist ein Spiel. Ein Versteckspiel. Mehr nicht. Es gibt keinerlei Verbindungen zu Berlin. Alles ist Zufall …*

Doch am Schwarzen Brett hingen andere Zettel. Viktoria und Mario waren über den Parkplatz Richtung Schloss gestapft und hatten gestaunt. Die Schule war tatsächlich ein Wasserschloss. Und es lag inmitten eines Parks. »Ist das eine Fata Morgana?« Klar, es gab auch schlichte und moderne Gebäude, die sich vor dem Schloss platziert hatten. Doch im Vergleich zu jeder Kreuzberg- und sogar Grunewald-Schule in Berlin war das hier das reinste Paradies. Ein paar Schüler kamen den beiden entgegen. Sie grüßten höflich.

Mario lachte leise. »Viktoria – sag, dass das hier nicht echt ist.«

Doch Viktoria sagte nichts. Einer der Jungen, er war vielleicht dreizehn oder vierzehn, hatte einen zu langen Pony und große Füße. Auf seiner Schulter hing ein blauer Rucksack. Florian trug auch einen Rucksack, als er verschwand, einen schwarzen Lederrucksack. Wie Florian aussehen würde, wenn er noch lebte? Sie riss sich zusammen und nahm die Freitreppe zum Schloss ins Visier. Sie hoffte, dass sie hinter der schweren Eingangstür der Lösung ihres Rätsels ein bisschen näher kommen konnten. Doch im Halbdunkel des leergefegten Gebäudes fanden sie nichts. Das Schwarze Brett war vollgehängt mit Hinweisen auf Kunst-AGs, Kursangeboten und Flyern für Berufsberatungstermine. Die Theatergruppe suchte noch Mitstreiter.

»Hey, war Flo nicht auch Basketballer?« Mario hatte das Bild zuerst entdeckt. Da hing ein ausgeschnittener Zeitungsartikel. Das Basketballteam der Loburg hatte einen vorderen Platz beim Westfalen-Cup gewonnen.

Schnell überflog Viktoria den Text. Ein Florian kam nicht darin vor. Warum auch? Sie suchten ja keinen Doppelgänger. Sondern den Beweis, dass irgendein Florian aus Westbevern oder aus der Nähe von Westbevern einen Zettel in dem Schatzkästchen hinterlegt hatte.

Was für eine bescheuerte Idee, fand sie jetzt und drehte sich um. Beinahe hätte sie die Nonne umgerannt. Und beinahe hätte sie vor Schreck aufgeschrien, als sie in das ernste Gesicht der Frau schaute.

»Kann ich Ihnen helfen?« Sie klang gar nicht so, als wolle sie helfen. Eher so, als wolle sie die beiden Unbekannten rauswerfen.

»Ich, äh …« Viktoria starrte auf die graue Kluft der Schwester. Sie überlegte, wann sie zuletzt eine Nonne gesehen hatte. Wahrscheinlich in irgendeinem Softporno oder Splatterfilm, den ihr alter Schulfreund Markus immer gerne zu später Stunde aus einem Regal zog und voller Vorfreude in seinen quietschenden, zwanzig Jahre alten Videorekorder schob.

Mario hatte die Gedanken besser beisammen. Er lächelte die strenge Gottesfrau an und sagte: »Wir sind auf der Suche …«

Die Schwester bekam etwas mildere Gesichtszüge. »Sind wir das nicht alle …?«

Viktoria spitzte die Ohren. Hatte sie da nicht einen leicht ironischen Unterton herausgehört.

Mario räusperte sich voller Ehrfurcht. »Ja, das sind wir, Schwester.«

Ein würdevolles Kopfneigen und ein Augenzwinkern waren die Antwort. Viktoria schaltete sich ein. Offensichtlich war die Nonne real und keinem Film entsprungen. Und sie war durchaus sympathisch. Also taugte sie auch als Informantin.

»Wir suchen Florian …«

Die Nonne wartete.

Viktoria ließ sie nicht aus den Augen. »Geht er hier auf die Schule?«

Die Nonne zog die Augenbrauen hoch. »Welchen Florian suchen Sie denn? Und was wollen Sie von ihm?«

»Wir suchen einen Florian, der vielleicht Hilfe braucht …« Die Augenbrauen zuckten noch ein Stückchen höher. Nein, diese Nonne würde sich nicht mit Geschwafel zufriedengeben. Viktoria musste mit der Wahrheit herausrücken. Also tat sie es. Sie erzählte von der Basketballsammelkarte, von dem Fall Florian in Berlin und davon, dass sie eigentlich nur beweisen wollte, dass es reiner Zufall war, dass es eben noch einen Florian gab, der mit dem Berliner Jungen gar nichts zu tun hätte.

Die Schwester hörte aufmerksam zu und schüttelte den Kopf. »Zufälle nennen es die einen. Ich sage Gottes Wille. Sie sollten sich dem stellen, meine Liebe.«

Viktoria lachte, doch es klang bitter. »Wie stellen?«

»Letztlich ist es ganz egal, wer Ihnen die Nachricht in die Schatzkiste gelegt hat. Entscheidend ist, dass sie etwas in Ihnen ausgelöst hat, das Sie noch nicht verarbeitet haben.« Viktoria schluckte.

»Sie müssen den Jungen suchen – ob Sie es wollen oder nicht.«

Viktorias Mund klappte auf.

»Im Übrigen kann ich Ihnen versichern, dass es im Moment nur einen einzigen Florian auf unserer Schule gibt – der allerdings braucht wirklich Hilfe.« Viktorias Herz begann schneller zu schlagen. »Es ist nämlich unser Schulleiter, Dr. Florian Schneider, der wirklich viel zu tun hat.« Die Nonne grinste. »Und der ist Fußballfan, hat mit Basketball gar nichts am Hut, und dass er Nachrichten in Schatzkisten legt, kann ich mir einfach nicht vorstellen.« Sie schaute die beiden Reporter noch einmal gütig an, so, als könnten sie nichts dafür, dass sie so dumm waren, wie sie waren. Dann ging sie.

Und auch wenn Viktoria es nicht sehen konnte, wusste sie, dass die graue Nonne vor sich hin grinste.

»Glauben Sie an Gott, Harry?«

Der Wirt war gerade dabei, die Biergläser mit einem Handtuch trocken zu reiben. Er machte eine Pause, überlegte und sagte: »Vielleicht.« Dann trocknete er weiter.

»Und Sie, Frau Latell?«

Viktoria schaute von ihrem Laptop auf. »Weiß nicht.«

Wie sehr sich die Dinge doch änderten. Vor ein paar Monaten hätte sie noch ohne zu zögern Nein gesagt.

7. Kapitel

Isa Joss wunderte sich darüber, dass sie sich darüber wunderte, wie klein er war. Sie hatte eigentlich eine gute Vorstellung von Längen und Breiten und Gewichten, von allen Maßeinheiten. Ihre Küchenwaage stand nur dumm herum, weil sie sie nie benutzte, und wenn sie mit Wiliam Möbel kaufen ging, brauchte sie keinen Zollstock. Sie konnte gut schätzen, sie wusste, ob das Regal in die Nische neben ihrer Garderobe passen würde oder nicht. Doch bei dem Baby, das ihre Zimmernachbarin jetzt in den Armen hielt, versagte ihr Urteilsvermögen. Es war dreiundvierzig Zentimeter lang und wog zweitausenddreihundert Gramm. Hätte Isa schätzen müssen, sie hätte es nicht gekonnt. »Federleicht und winziger als winzig«, hätte sie gesagt. Bei einem Baby versagte ihr Instinkt. Oder aber, er siegte. Denn wieso will man einen Menschen in Maßeinheiten einteilen? Wieso soll schon ein Baby einer DIN-Norm entsprechen? Sie verdrängte den Gedanken an ihr Baby. Es entsprach auch nicht der DIN-Norm. Die linke Hand … Sie blinzelte ein paar Tränen weg und betrachtete die portugiesische Familie und wie sie sich freute.

Fabio, der älteste Sohn, war auch wieder da.

Isa winkte ihn zu sich. »Hier«, sagte sie und drückte ihm einen Fünfzigeuroschein in die Hand. »Danke für deine Hilfe.«

Er lächelte schüchtern und etwas beschämt. Dann ging er zurück. Zu seiner Mutter und seinem kleinen Bruder. Ganz vorsichtig nahm er ihn auf den Arm.

Er beschützt ihn, dachte Isa. *Er* beschützt ihn.

»Komm, setz dich zu uns.«

Viktoria ignorierte Marios halbherzige Aufforderung. Er saß mit Ludger, den er bei ihrem letzten Besuch in Westbevern kennengelernt hatte, und noch zwei Westbeveranern an einem Tisch und würfelte. Doch Viktoria war nicht nach Schocken, so hieß das Spiel, und nicht nach Schnaps und Bier. Sie hatte eine Idee. Im Internet hatte sie die Geocachingseite gefunden und suchte nun nach Informationen über den Schatz von Haus Langen. Tatsächlich fand sie Einträge von Cachern, also Schatzsuchern. Sie beschrieben, wie sie das Kästchen gefunden und was sie entnommen hatten und wie ihnen das Versteck – ein Hohlraum zwischen Baumwurzeln – gefallen hatte. Die Bewertungen reichten von *coole Location* bis *viel zu leicht zu finden*. Als Absender fand sie Fantasienamen, Spitznamen oder ganze Namen – keine vollständigen E-Mail-Adressen. Sie konnte ihnen also nicht schreiben. Doch auch sie konnte eine Nachricht auf der Plattform hinterlassen.

Viktoria überlegte kurz, nannte sich VLatell und schrieb: »Es geht um Leben und Tod.« Na ja, dachte sie. Auch schon bessere Formulierungen gewählt. Aber der Zweck heiligte die Mittel. »Alle, die den Schatz bei Haus Langen gehoben haben, könnten wichtige Zeugen sein. Bitte unbedingt bei mir melden.« Sie überlegte, wog ab und hinterließ ihre E-Mail-Adresse und ihre Handynummer. Hier in Westbevern würden sich schon nicht so viele Psychos herumtreiben wie in Berlin, hoffte sie und drückte den Senden-Button. Große Hoffnung hatte sie nicht auf eine schnelle Antwort.

»Harry?« Viktoria schaute auf und suchte den zurückhaltenden Wirt. Sie blickte jedoch nur in das rosige Gesicht von Rosa, Harrys Frau.

»Kann ich helfen?«, fragte sie mit einem kleinen Hauch Boshaftigkeit in der Stimme, wie Viktoria fand. Doch für ihre Zwecke war Rosa vielleicht sogar die bessere Wahl, denn die würde bestimmt jeden aus Westbevern und Umgebung kennen.

»Kennen Sie einen Catchi?« Viktoria las die Namen der Schatzsucher von der Geocachingseite vor.

Rosa nickte. »Matthias Grone. Aber fragen Sie mich nicht, warum er Catchi genannt wird.«

Viktoria notierte den Namen und fragte weiter. »Was ist mit R. Winter?«

»Könnte Reinhold Winter sein. Einer von den Dachdeckern. Haben sich gerade selbstständig gemacht, fleißige Jungs – und es läuft gut.«

»Minimi?«

»Keine Ahnung. Wieso wollen Sie das eigentlich wissen?«

»Ich bin auf Schatzsuche«, sagte Viktoria und schaute dabei so, als hätte sie eine eindeutige Antwort gegeben.

Rosa war nicht ganz zufrieden, doch sie fragte nicht weiter, sondern zeigte auf die Eingangstür. »Grüß dich Catchi – ich glaube, die Dame hier interessiert sich für dich.«

Es geht doch nichts über die direkte Recherche, dachte Viktoria und musste an ihren Kollegen Charly Berendsen und seine Polizeireporterweisheiten denken. Charly belächelte die Internetrecherche der jungen Nachwuchsreporter und predigte ihnen immer wieder: »Fragen, Leute! Koscht nix, bringt viel!« Wie recht er hatte.

Viktoria blickte zur Tür, in der also laut Rosa Catchi alias Matthias Grone alias einer der Schatzsucher von Haus Langen stand und sie neugierig musterte. Er kam näher, nickte, und Viktoria staunte nicht schlecht.

Matthias Grone hatte Hände, die größer waren als jede Hand, die Viktoria jemals geschüttelt hatte. Er selbst war auch nicht gerade klein geraten. Er überragte Viktoria locker um anderthalb Köpfe. Von oben herab, aber durchaus freundlich, sah er die Reporterin an und sagte: »Aha… soso… mmmh.« Gerade als Viktoria ernsthaft darüber nachdachte, ob er wirklich verstanden hatte, was sie gefragt hatte, kam doch noch ein ganzer Satz. »Ich hab's dabei.«

»Was?«, fragte Viktoria verblüfft.

»Na, du hast doch danach gefragt, was ich aus der Schatzkiste genommen habe, die im Hohlraum unter dem Baum versteckt war, oder?«

Er hat mich wirklich verstanden, dachte Viktoria. Und: Er duzt mich. »Ja, das habe ich.«

Catchi bestellte ein Bier und kramte währenddessen in der Gesäßtasche seiner Jeans. Ein platt gedrücktes, verschlissenes schwarzes Portemonnaie kam zum Vorschein, das mit Tackernadeln zusammengehalten wurde. Er durchsuchte das hintere Geldscheinfach und zog schließlich ein Busticket heraus. »Hier – ist noch nicht entwertet.«

»Das ist von den Berliner Verkehrsbetrieben.« Viktoria traute ihren Augen kaum. »Wann hast du den Schatz gefunden?«

»Gestern Abend. War mit 'nem Kumpel unterwegs.«

»Kann ich es haben?«

Catchi alias Grone schüttelte den Kopf. »Ich fahr im nächsten Frühjahr nach Berlin. Kegeltour. Und das Ticket ist noch nicht entwertet, hab ich doch schon gesagt…« Er musterte Viktoria misstrauisch.

»Ich weiß. Ich zahl es dir.« Er schaute ungläubig. Erst als Viktoria ihm einen Zwanzigeuroschein unter die Nase hielt, hellte sich sein Gesicht auf. »Na, davon kriege ich ja locker ein Tagesticket.«

»Genau.«

Catchi bekam sein Bier, nahm einen großen Schluck und sah zufrieden aus. »Du bist die Reporterin, oder?«

Viktoria nickte.

Er nahm noch einen großen Schluck. »Da war noch ein Zettel dran.«

»Wo dran?«

»Na, an dem Busticket war so ein gelbes Zettelchen mit dem Klebestreifen dran. Den habe ich aber weggeschmissen.«

»Stand was drauf?« Viktoria saß ganz aufrecht auf ihrem Barhocker.

»Ja, 18.03 Uhr stand drauf. Daran erinnere ich mich. Und ein Straßenname.«

»Welche Straße?«

»Vergessen.«

Viktoria konnte es nicht fassen. »Wie?«

»Vergessen. Irgendwas mit einem Namen vorn, und hinten stand Straße dran …«

Ein Hinweis. Ein echter Hinweis. Und Catchi hatte Gedächtnislücken – das durfte nicht sein.

»Es ist wirklich recht wichtig«, versuchte Viktoria es ganz freundlich, aber mit Nachdruck.

»Zahlen kann ich mir gut merken. Aber Straßennamen – keine Chance …«

Was für ein Trottel! Viktoria war wütend. Sie war so nah davor, und dieser Idiot konnte sich nicht erinnern. Sie zählte ein paar Namen auf, die ihr einfielen. Simon-Dach-Straße, Friedrich-Engels-Straße … Keine Chance. Catchis Hirn blieb leer.

»Kannst du mir deine Telefonnummer geben?«, fragte sie mutlos. »Ich rufe dich einfach noch mal an deswegen, okay?«

Er nickte nur und kramte wieder in seinem Portemonnaie. Erst bezahlte er sein Bier, dann reichte er Viktoria seine Visitenkarte und verabschiedete sich.

Viktoria starrte noch auf das Papier, als die Tür hinter ihm ins Schloss fiel. Matthias Grone war nicht dämlich. Er war Informatiker.

Frank Metzger war müde. Er hatte außergewöhnlich schlecht geschlafen. Normalerweise legte er sich ins Bett und wachte sieben Stunden später, kurz vor dem Weckruf seines Radioweckers, auf. Heute nicht. Heute fuhr er hoch, als Amy Winehouse »Rehab« sang. Sie ist tot, ging es ihm durch den Kopf. Amy ist tot. Und dann erinnerte er sich an den Albtraum, den er gehabt hatte. Es ging um seine letzte Obduktion. Um dieses hübsche blonde Mädchen. Wie hieß es doch gleich? Nana, ein seltsamer Name. Er hatte erst gedacht, sein Kollege hätte sich im Formular verschrieben und sie würde Nina heißen, doch nein. Nana Oppenkamp hieß tatsächlich Nana Oppenkamp. Der Traum war wirr gewesen, er bekam nur noch sinnlose Einzelteile zusammen. Die Reporterin war aufgetaucht, der Fotograf war dabei, und er selbst – o Gott… Frank Metzger setzte sich stöhnend auf. Sein Rücken schmerzte, und er verdrängte ganz schnell die Bilder, die er gerade erinnert hatte. Er hatte Sex mit der Toten gehabt. Auf dem Obduktionstisch. Gut, dass heute Nacht keine Traumdeuterin dabei war, dachte er und marschierte schnell ins Bad. Kaltes Wasser könnte helfen. Er drehte den Wasserhahn auf. Es half. Doch ein Gedanke ließ sich nicht abwaschen, der blieb hängen wie ein Staubfussel, den man nicht los wird. Was war das für eine seltsame Narbe auf der Brust der Toten? Ihr

Krankenblatt hatte darüber keine Auskunft gegeben. Todesursächlich war sie auf keinen Fall gewesen, das war klar. Aber sie war rätselhaft. Metzger ließ seine elektrische Zahnbürste kreisen. Hatte er wirklich nichts übersehen? Hatte er sich vielleicht von den langen Beinen der schwarzhaarigen Reporterin ablenken lassen, hatte der nervöse Fotograf ihn irritiert? Er spuckte den Zahnpastaschaum aus und griff zur gewachsten Zahnseide.

Die Leiche war längst freigegeben, das Obduktionsprotokoll so weit fertig. Als er die Zahnseide in den kleinen Badezimmermülleimer fallen ließ, hatte er einen Entschluss gefasst. Er würde sich gleich am Montagmorgen die Asservate noch einmal genau anschauen und toxikologische Untersuchungen der Proben in Auftrag geben, um alle Eventualitäten auszuschließen. Er gähnte. Noch eine Nacht wie diese konnte er wahrlich nicht gebrauchen.

»Ein Daumen?« Kai lachte, und Viktoria bewunderte seine Zähne. Dem rechten Schneidezahn fehlte ein ganz kleines Stückchen, und das machte aus seinem an und für sich perfekten Gebiss etwas Besonderes, fand Viktoria. Sie müsste ihn unbedingt noch fragen, wie er diese kleine Ecke verloren hatte. Doch sie waren bei einem anderen Thema.

»Die Kids haben einen Daumen in der Kiste gefunden? Das glaubst du doch selber nicht.« Seine Hand lag auf ihrem Po. Sie drehte sich auf die Seite. Seine Hand lag auf ihrer Hüfte. Sie wollte etwas sagen, etwas erwidern. Aber eigentlich auch nicht. Er kam näher, küsste sie. Sie drehte sich auf den Rücken, seine Hand war da, wo sie sie haben wollte. Und seine Hand tat, was sie tun sollte. Und dann dachte sie nicht mehr an den seltsamen Schatzfund an der Bever und auch nicht an seine schönen Zähne – es war wieder so wie die Nacht zuvor.

Kai hatte plötzlich im Gasthof König neben ihr gestanden und sie angeschaut. »Kommst du mit?«, hatte er sie gefragt, und sie hatte ihr Netbook zugeklappt und sich von Mario verabschiedet.

»Warte nicht auf mich.«

Der Fotograf hatte ihr nur zugenickt, ohne aufzuschauen. Er würfelte immer noch mit Ludger und den Schützenbrüdern – und das forderte seine ganze Konzentration. Ein kleines Grinsen hatte sie trotzdem in seinem Mundwinkel entdeckt.

Draußen wehte ein frischer Herbstwind. Viktoria schaute in den Himmel. Sie konnte Kai nicht in die Augen sehen. Wilde Wolkenberge zogen am Vollmond vorbei, der irgendwie größer aussah als sonst. Oder fiel er hier im beinahe unbeleuchteten Westbevern einfach mehr auf als in Berlin?

»Hey, sieht ja aus wie beim Werwolf«, scherzte sie, doch Kai lachte nicht.

»Was willst du hier?«, fragte er stattdessen.

»Ich? Wie? Ich arbeite hier.«

»In Westbevern?« Jetzt lachte er doch, aber es klang nicht fröhlich.

»Ich habe es dir doch erzählt. Wir machen eine Reportage über den renommierten Münsteraner Rechtsmediziner Professor Boerne …«

Kai fiel nicht auf die Tatort-Münster-Anspielung rein. Er lachte immer noch nicht.

»Ich schreibe über Professor Metzger und …«

»Und?«

Kai würde nicht lockerlassen, das wusste Viktoria. »Und es gab da noch was mit einer Frau, mit der Mario etwas hatte und die auch in Münster wohnt. Wohnte.« Viktoria zögerte. Sollte sie ihm alles sagen? Die ganze Wahrheit?

»Und?« Kai hatte offensichtlich gemerkt, dass sie noch nicht fertig war.

»Und ich. Ja. Ich fand es eine gar nicht so schlechte Idee, dich vielleicht mal wieder zu sehen. Also. Nur so. Nur mal so. Du, ich, ach, ich weiß nicht.«

Ich weiß nur, dass ich eine Stammlerin bin, dachte Viktoria und versuchte, sich weiterhin auf den Vollmond zu konzentrieren. »Echt gruselig sieht das aus, Kai. Nun schau dir das doch mal an. Nightmare on Westbeverner Street …« Jetzt fing sie auch noch an, dämlich zu kichern.

Kai lachte immer noch nicht. Er schaute sie an, kam näher.

Viktoria starrte auf seine schwarzen Turnschuhe und hörte auf zu kichern. Wieder schoben sich Wolken vor den Mond. Sie hörte das Knistern seiner Jacke, als wäre es direkt in ihrem Ohr, sie hörte seinen Atem, als wäre er direkt in ihrem Ohr, sie spürte seine Lippen – direkt auf ihrem Ohr. Sie drehte sich zu ihm. Ihr Mund, sein Mund. Sie küssten sich.

»Was ist das?« Viktoria zeichnete mit einem Finger die schwarzgrünen Linien auf seiner linken Schulter nach.

»Eine Urlaubssünde.« Kai klang verschlafen.

»Sieht gar nicht so sündig aus, eher interessant.« Viktoria rückte etwas von ihm ab, um das Motiv besser erkennen zu können. »Leonardo da Vinci, oder? Das Bild ist auf meiner Krankenkassenkarte.«

Kai drehte sich auf den Rücken, schaute sie kurz an und nickte.

»Aber wieso ist der Mann nur halb abgebildet?« Viktoria kannte sich alles andere als gut aus, was Kunst anging. Doch dieses Motiv war Alltagskunst, die sogar sie schon einmal gesehen hatte. Ein nackter Mann, umrahmt von einem Kreis. Die Beine und Arme in zwei verschiedenen Positionen gezeichnet. Eine Proportionenstudie, die Symbol für Medizin und Forschung war, deshalb von Krankenkassen auf deren Chipkarten gedruckt und in Postershops zum Sonderrabatt angeboten wurde. Doch auf Kais Rücken fehlte die Hälfte des Bildes, als hätte jemand die Vorlage in der Mitte durchgerissen.

»Ich weiß auch nicht, warum.« Kai gähnte. »Bisschen zu viel Sangria getrunken – und am Ende hat man Arme, Beine und einen halben Kopf auf der Haut.« Dann blickte er auf seine Uhr.

»Oh, Mann. Ich muss noch mal los in die Praxis. Papierkram.« Er stand auf.

Viktoria fühlte sich unbehaglich, machte Anstalten zu gehen.

»Nein, bleib liegen. Keinen Stress. Du kannst gerne noch hierbleiben.«

Sie ließ sich wieder in die Kissen sinken und schaute ihm nach. Kais nackte Rückseite gefiel ihr. Und das lag nicht nur an der außergewöhnlichen Tätowierung.

Als sie das Wasser seiner Dusche rauschen hörte, griff sie nach ihrem Handy, um zu sehen, ob Kurzmitteilungen eingegangen waren. Mario hatte ihr geschrieben. *Wo steckst du? Das Bett ist so leer ohne dich.* Darunter hatte er eines dieser albernen Grinsemännchen gesetzt. Viktoria konnte nicht verstehen, warum es kaum noch Mails oder SMS ohne Smiley gab. Als könne man Ironie oder einen Scherz nicht auch so erkennen. Sie tippte schnell ihre Antwort – *Ich arbeite* – und setzte bewusst kein Männchen aus Doppelpunkt, Gedankenstrich und Klammer zu dahinter. Schließlich würde sie jetzt auch wirklich arbeiten. Sie könnte schon einmal mit der Rechtsmedizinergeschichte beginnen, dann hätte ihr Chef sie am Montag auf dem Schreibtisch. Sie wollte ihr Netbook starten, doch der Akku war leer. Wieder einmal. Viktoria fluchte. Natürlich hatte sie ihr Aufladekabel nicht dabei. »Dämliche Kuh«, flüsterte sie und schaute sich in seinem Zimmer um. Auf einem abgewetzten schmalen Tisch entdeckte sie Kais Laptop.

»Bedien dich ruhig.«

Sie fuhr herum. Kai stand vollständig angezogen in

der Tür und konnte offensichtlich ihre Gedanken lesen. Dankbar lächelte Viktoria ihn an.

Kai blinzelte ihr nur zu und drehte sich um. »Bis später«, rief er, und schon zog er die Wohnungstür hinter sich zu.

Sie war alleine. Fast alleine.

Unten im Erdgeschoss wohnte Kais Mutter Christel. Viktoria behagte die Vorstellung überhaupt nicht, doch Kai hatte ihr in der Nacht zuvor versichert, dass seine Mutter sich auf keinen Fall in seine Räume wagen würde. Trotzdem. Viktoria fand es irgendwie seltsam, dass ein erwachsener Mann mit seiner Mutter unter einem Dach wohnte. Klar, sie hatte ihre Wohnung unten und er oben. Klar, das Haus war groß genug. Klar, es war eine praktische Lösung. Immerhin hatte er mit dem Einrichten der Praxis genug zu tun gehabt, außerdem war er alleine. Also ohne Frau und Kinder. Warum sollte er nicht in die leerstehenden neunzig Quadratmeter über seiner Mutter ziehen. Er hatte eine eigene Küche, ein eigenes Bad, ein Wohn- und ein Schlafzimmer und – das Wichtigste – sogar einen eigenen Eingang. Seine Eltern hatten vorausschauend geplant. Damals, als sie das Haus Anfang der Achtzigerjahre gekauft und renoviert hatten. Jederzeit konnte man aus dem Einfamilienhaus zwei einzelne Wohneinheiten machen. Damit man, wenn die Kinder dann groß und ausgezogen waren, vermieten könne. Dass der Mieter jetzt der eigene Sohn war, war zwar nie geplant gewesen, war aber natürlich schön. Für alle.

Außer für Viktoria. Sie hörte ein Klappern oder Scheppern. Es klang so, als räumte Frau Westmark ihre Küchenschränke aus oder ein. Viktorias Magen vibrierte leise mit. Wie peinlich, fand sie. Wie schrecklich peinlich. Hier stand die Liebhaberin des Sohnes, und nur eine Etage tiefer werkelte Mama. Wenn Viktoria jetzt das Scheppern in der Küche so deutlich hören konnte, was hatte Christel Westmark gestern Nacht gehört? Viktoria versuchte, es sich besser nicht vorzustellen.

Sie schaute sich um. In Kais Junggesellenwohnung. Alleine schon das Wort Junggeselle war überholt und altmodisch. Zum Glück sah seine Wohnung nicht so aus.

Zeige mir, wie du wohnst, und ich sage dir, wer du bist. Unter dieser Überschrift hatte die Ratgeberseite des *Express* vor ein paar Wochen verschiedene Wohntypen charakterisiert. Ein Psychologe teilte die Wohnenden in vier Grundcharaktere ein. Viktoria ließ den Blick schweifen, bewertete. Sein Bett war groß genug für zwei, seine Bettwäsche war neutral genug für einen Mann. Dunkelbraune Streifen auf beigefarbenem Grundton – in Ordnung. Die Decke war frisch bezogen, was Viktoria verdächtig fand. Hatte er geahnt, dass sie mit ihm mitkommen würde?

Ansonsten konnte sie nur einen praktischen Kleiderschrank von Ikea aus der Pax-Reihe und einen alten Stuhl ausmachen, auf dem sich ein paar Hosen, Shirts und Hemden, aber zum Glück keine gebrauchten Unterhosen stapelten. Demnach war Kai nicht unbedingt der gemütliche, kuschelige Typ mit viel Gefühl und Herz, sondern eher der pragmatische, anpackende, verlässliche Mensch ohne große Allüren.

Das Bad war ihr nächstes Ziel. Hier war alles okay, das hatte sie schon am Abend zuvor registriert. Doch heute konnte sie es sich nicht verkneifen, in den kleinen Schrank in der Ecke zu schauen. Nein, keine zweite Zahnbürste vorhanden. Stattdessen lagen dort zwei Schachteln mit Kondomen. Lobenswert, dachte Viktoria. Der Mann denkt mit. Trotzdem spürte sie einen kleinen Stich irgendwo in der Nähe ihres Herzens. Sie duschte.

Seit zehn Minuten starrte sie auf das leere Dokument auf dem Bildschirm. Das war normal. Immer wenn Viktoria einen Text schrieb, lief es so ab. Sie starrte auf den Computer, blätterte in den Notizen, schaute in der Gegend herum, trank Cola, und irgendwann stand er dann da, der erste Satz. War der geschafft, floss der Rest wie von selbst aus ihrem Kopf in ihre Finger, auf die Tastatur, in den Computer.

Doch heute floss es nicht. Kai hatte nur Orangensaft im Kühlschrank. Und es kam ihr irgendwie falsch vor, hier an seinem Computer zu sitzen, während er Papiere in seiner Praxis sortierte. Am Samstagmorgen?! Zum x-ten Mal in ihrem Leben nahm sich Viktoria vor, endlich ordentlicher zu werden. Ihre Sachen besser beieinander zu halten und immer, wirklich immer, ihr Ladekabel dabeizuhaben. Und sie musste dringend an ihrer Schönschrift arbeiten. Sie versuchte gerade zu erkennen, ob der Satz, den Frank Metzger am Tag zuvor gesagt hatte und der nun in einer wilden Kritzelei vor ihr lag, lautete: »Wir Rechtsmediziner müssen klar deuten« oder »Wir Rechtsmediziner müssen klar denken«. Sie selbst musste beides. Klarer denken, klarer deuten. Nur noch kurz die Mails checken, ging es ihr deshalb durch den Kopf. Und sie schloss das geöffnete jungfräuliche Dokument mit dem Namen »Knochenjob-Metzger« erst einmal wieder.

Ohne groß nachzudenken, ging sie ins Internet und klickte auf die Favoritenfunktion. Als ihr einfiel, dass hier ja nicht ihre Favoriten, sondern die von Kai eingegeben waren, und sie gerade das kleine Kreuz zum Schließen drücken wollte, sah sie es. Kai Westmark hatte die Seite der Geocacher unter seinen Favoriten abgelegt. Er hatte gar nicht erwähnt, dass er auch einer der Schatzsucher war.

Viktoria öffnete ihren E-Mail-Account – und musste lächeln. Neben den üblichen Schnäppchenangeboten diverser Modefirmen, den Pressemitteilungen der Berliner Gerichte und dem Newsletter einer Journalistenplattform hatte sie eine Nachricht bekommen, die sie wirklich interessierte. In der Betreffzeile stand: *Liebesgrüße von Kai.*

Na, der ist aber schnell, dachte sie und lehnte sich entspannt zurück. Sie öffnete die Mail.

Doch statt der erwarteten kleinen sehnsuchtsvollen Nachricht von Kai sah sie nur den Hinweis auf einen Fotoanhang. Sie wunderte sich und wartete, dass sich die Bilder öffneten.

Als sie erkannte, was sie sah, schloss sie ihre Augen. Zehn Sekunden später öffnete sie sie wieder. Doch ihre Hoffnung, ihre Netzhaut hätte etwas Falsches an ihr Hirn gesendet, wurde nicht bestätigt.

Die Bilder zeigten einen geschundenen Frauenkörper. Bild eins zeigte den Abschnitt vom Hals bis zum Schlüsselbein. Am Hals sah man dunkle Verfärbungen, wie Würgemale, auf dem Rücken Blutergüsse. Bild zwei zeigte die Oberschenkel. Wieder Blutergüsse in Dunkelblau und Grünviolett. Einige Schürfwunden. Dann die Hände. An den Handgelenken dunkelrote Verfärbungen, Spuren einer Fesselung. *Liebesgrüße von Kai.* Was sollte das? Viktoria schaute sich den Absender an. Erst jetzt erkannte sie, dass sie Kais Adresse nur ähnlich war. Die Bilder hatte nicht er geschickt. Sie rieb sich die Schläfen, ging mit dem Cursor auf den Antworten-Button und formulierte im Kopf, was sie dem Absender dieser Abscheulichkeiten schreiben wollte. »Was soll das???!!!« Doch sie ließ es. Man sollte anonyme Perverse ignorieren, dachte sie.

Die Haustür fiel ins Schloss. Kurz danach hörte sie einen Wagen starten. Sie schaute aus dem Küchenfenster und sah, dass ein silberner Nissan Micra von der Einfahrt rollte. Endlich. Kai Westmarks Mutter war weg. Viktoria fuhr den Computer herunter, packte ihr saftloses Netbook ein, zog sich ihre Jacke an und stellte das leere Saftglas in die Spüle. Sie wusch es nicht ab. Schließlich hatte er ihr ja auch kein Frühstück gemacht.

»Ja, genau. Ein extrem niedriger Blutzuckerspiegel.« Frank Metzger nickte Viktoria zu, und als würde er das gerade Gesagte bildlich ad absurdum führen wollen, packte er das dritte Stück Zucker aus dem dünnen Papier und ließ es in seinen Kaffee fallen. Viktoria und Mario starrten sich beide an.

Nana Oppenkamps Augenkammerwasser wies einen extrem niedrigen Zuckerspiegel auf, hatte ihnen Rechtsmediziner Metzger gerade eröffnet. Das habe das Ergebnis der Toxikologie ergeben, das er schon mündlich abgefragt hatte, weil er aus irgendeinem Grund das Gefühl hatte, dass an dieser Leiche etwas seltsam sei. Doch der niedrige Zuckerspiegel muss noch gar nichts bedeuten, so Metzger.

»Wie, gar nichts?« Mario hatte seine Sprachlosigkeit als Erster überwunden.

Metzger rührte in seinem Kaffee und zuckte mit den Schultern. Ihn interessierte die Süße seines Kaffees offensichtlich mehr als das Schicksal der obduzierten jungen Frau. Er blinzelte Viktoria verschwörerisch zu. Sein Blick wanderte zu ihrem ernsten Gesicht, verweilte auf den dunklen Haaren und konzentrierte sich dann wieder auf seine Tasse mit dem süßen schwarzen Kaffee. Er räusperte sich und antwortete.

Man könne bei Nana Oppenkamp die Todesursache nicht abschließend feststellen. Ein extrem niedriger Blutzuckerspiegel könne mehrere Ursachen haben. Könne aber auch reiner Zufall sein.

Viktoria nickte. Sie wusste, dass weitere Nachfragen

zum Thema Nana Oppenkamp seltsam gewesen wären. Also beschränkte sie sich darauf, noch ein bisschen mehr über den Arbeitsalltag von Frank Metzger herauszufinden, um mehr Stoff für ihre Reportage zu haben. Sie zerkleinerte den Kuchen auf ihrem Teller, damit nicht auffiel, dass sie kaum etwas aß, denn aus irgendeinem Grund hatte sie keinen Appetit. Außerdem war ein bisschen Disziplin durchaus angesagt, denn Viktoria gehörte nicht zu den Frauen, die essen konnten, was sie wollten. Und ihr fiel es schwer, auf Chips und Gorgonzolanudeln zu verzichten. Dann schon lieber weniger Kuchen essen. Sie legte die Serviette auf die Krümel und schaute sich noch einmal in dem Café um, das Metzger für ihr letztes Treffen vorgeschlagen hatte.

»Sieht es nicht aus wie in Berlin?«, hatte er stolz gefragt, als sie eingetreten waren. Er hatte auf die ledernen Lounge-Garnituren gezeigt, die an kargen, rauen Wänden standen.

Sie hatte höflich gelächelt und innerlich gelacht. In Berlin wurde es endlich wieder gemütlicher, und hier in der Provinz machten sie auf coolen Industriestyle – was für ein Schwachsinn! Sie hätte ihren Kaffee jedenfalls lieber aus altmodischen Zwiebeltassen getrunken als aus diesen schlichten Gläsern, die einen auf Großstadt machten. Und ganz ehrlich: Welcher Hornochse von Innenarchitekt hatte eigentlich die Idee gehabt, dass man sich auf weißen Lederquadern in überdimensional großen Räumen, die Fabrikhallen ähnelten, entspannten könnte?

Viktoria schaute auf die Uhr und lächelte Frank Metzger an. »Mein Gott, so spät schon – wir müssen langsam los«, entschuldigte sie sich.

Mario winkte dem Kellner, Metzger wollte zahlen.

Viktoria grinste. »Spesen«, sagte sie, und er gab auf. Zum Abschied tauschten alle drei ihre Visitenkarten. Metzger zückte also doch noch sein Portemonnaie, und Viktoria entdeckte zwei Kindergesichter. Er hat die Fotos seiner Lieben dabei, dachte sie. Was für ein netter Leichenschneider.

8. Kapitel

Charly Berendsen hielt sich die Ohren zu. Viktoria räumte auf. Die leeren Colaflaschen packte sie in einen alten Karton, einige fielen um, das Glas schepperte.

»Victory, was ist los? Schlecht drauf?«

Viktoria antwortete nicht. Sie riss das obere Blatt ihrer Schreibtischunterlage vom großen Block, zerknüllte es und warf es in den Papierkorb. Danach pfefferte sie alte Kugelschreiber, die schon lange nicht mehr schrieben, in den Plastikeimer. Erst als sie fertig war, ließ sie sich auf ihren Stuhl plumpsen und blickte den Kollegen an.

»Wurde einfach mal Zeit.«

»Stimmt, das war ja kein Schreibtisch mehr, das war eine Müllhalde – du Schlampe.« Charly grinste.

»Leck mich!« Viktoria grinste ebenfalls.

»Gerne!«

Viktoria ging nicht weiter darauf ein. Sie war einfach zu gut gelaunt, um schlecht gelaunt zu sein. Also ließ sie die Zweideutigkeiten von Charly durchgehen und dachte lieber an das vergangene Wochenende. Das gehörte rot eingerahmt. Der Preis für *The Weekend of the Year* goes to Viktoria Latell und Kai Westmark. Viktoria schloss die Augen und startete ihr Erinnerungskino am späten Samstagnachmittag …

Nachdem sie und Mario sich von Leichenschneider Metzger verabschiedet hatten, fuhren sie zum Gasthof König zurück. Etwas unschlüssig. Denn eigentlich waren sie ja fertig mit ihren Recherchen und hätten direkt weiter nach Berlin fahren können.

Doch der Abend und der Sonntag lagen noch vor ihnen. In der Redaktion wurden sie erst am Montag erwartet. Warum also hetzen?

Viktoria tastete in ihrer Tasche nach dem Handy und versuchte möglichst unauffällig nachzuschauen, ob Kai ihr inzwischen gesimst hatte. Es misslang. Mario hatte sie längst durchschaut.

»Na, hat sich dein Liebster noch nicht gemeldet?«

Viktoria knuffte ihn in die Seite, zuckte mit den Schultern und zog ihr Telefon aus der Tasche. Das Ortseingangsschild von Westbevern rauschte an ihnen vorbei.

Als sich gerade die Enttäuschung in ihren Eingeweiden ausgebreitet hatte, weil sie kein Briefsymbol im Display entdeckt hatte, verscheuchte eine fröhliche Hitzewelle das üble Gefühl. Kai Westmark lehnte neben dem Eingang des Gasthauses an der Wand, rauchte entspannt eine Zigarette und sah den beiden beim Einparken zu. Viktoria zwang sich, nicht zu jubeln und stieg ganz cool aus dem Wagen. Sie spürte Kais Blick auf sich – und sie genoss es.

»Hey«, sagte er.

»Hey«, sagte sie.

»Na?«, sagte Mario. »Was geht?«

»Kegeln.« Kai grinste.

»Kegeln?!«

Man konnte Viktorias Enttäuschung hören. Doch Kai ließ sich nicht beirren. »Ihr seid eingeladen. Als Gastkegler.«

»Gastkegler?!« Viktoria hatte mit allem gerechnet. Damit, dass Kai sie abfahren ließ, ohne sich von ihr zu verabschieden, genauso wie mit einem romantischen Abendessen zu zweit. Welche dieser beiden Varianten sie schlimmer gefunden hätte, konnte sie nicht sagen. Denn auch wenn eine Heimreise ohne Abschied nicht wirklich schön war, war für sie die Vorstellung eines perfekten Dinners fast noch bedrückender. Viktorias Puls schnellte bei jeder Kochsendung, in die sie versehentlich beim nächtlichen Herumzappen geriet, sofort bedrohlich in die Höhe, und geradezu beleidigt war sie, wenn in romantischen Liebesfilmen – egal ob in Hamburg-Altona, Berlin-Mitte oder Hollywood gedreht – wieder einer der beiden Liebenden besonders toll kochen oder extrem kreativ backen konnte. Die dämliche Botschaft dahinter: Essen ist Genuss, Genuss ist Leidenschaft, also ist der, der besonders gut kocht, ein guter Liebhaber. Oder so ähnlich. Statt also wirklich erotische Szenen zu zeigen, verweilte die Kamera auf den zarten Händen der Heldin, wie sie voll Hingabe einen Croissant-Teig kneteten oder individuelle Pralinen bastelten, sie gönnte den Zuschauern die künstlerisch wertvolle Großaufnahme von Gewürzen und Kräutern, an denen der männliche Held mit einem scharfen Messer herumschnitt und sie dann in das exotische Abendessen mischte und dabei der Dame seines Herzens einen Rotweinschwenker reichte. Bäh – Viktoria verdarben solche Szenen einfach nur den Appetit auf jede weitere Film- oder Fernsehminute. Denn spätestens, wenn sich in Szene drei die Backofentür öffnete, war klar, dass die Heldin kurz danach den Helden küssen und am Ende des Films eine total individuelle Bäckerei eröffnen würde, in der sie aber niemals etwas essen dürfte, weil sie sonst zu fett für jede weitere Liebesfilmrolle wäre. Männer, die auf Märkten herumstromerten, um an Basilikumsträuchern zu schnuppern, schnupperten sicher auch gerne an anderen Dingen, war Viktorias feste Überzeugung. Schon deshalb war das Happy End dieser Kochorgienfilme eine totale Farce. Das galt für den Film. Und für das Leben, fand Viktoria.

Gut also, dass Kai sich nicht zu einem selbst gekochten Menü aufgeschwungen hatte.

Doch eine Einladung zur spießigsten aller spießigen Freizeitveranstaltungen war … Ihr fehlten die Worte. Entsetzlich! Wer will schon kegeln?

Kai steckte den Zigarettenstummel in den Sand des Ascheimers und ließ Viktoria dabei keine Sekunde aus den Augen.

Guter Blick, dachte sie und versank wieder darin.

»Und, habt ihr Lust?«

»Klar.« Mario war begeistert und stürmte zum Eingang.

Viktoria zögerte. »Ich weiß nicht. Hey, kegeln. Ich

hätte nicht gedacht, dass *du* … kegelst …?« Viktoria schaute Kai zweifelnd an.

»Falsch. *Wir* kegeln. Komm!« Er streckte ihr eine Hand entgegen, sie nahm sie, und so betraten sie den Windfang zum Gasthaus König. Hand in Hand.

An der Theke hatte sich eine kleine Traube von Männern und Frauen in blauen T-Shirts mit leuchtend gelbem Schriftzug auf der Brust gebildet. *Bier-Boys* stand dort, und Viktoria schluckte entsetzt, als sie sah, dass unter Kais Jacke derselbe blaue T-Shirt-Stoff hervorblitzte.

»Krasse Shirts«, kommentiere Mario die Kleidung der Kegelbrüder und -schwestern und begrüßte Ludger, seinen Würfelfreund und Schützenbruder, der offensichtlich auch einer der Kegler war.

Viktoria schaute sich nach einem Fluchtweg um, doch Kai zog sie mit sich durch den langen Flur, der von der Theke abging und an Saal und Toiletten vorbei zur Kegelbahn führt.

»Bier-Boys?«, zischte Viktoria in Kais Richtung.

»Furchtbarer Name, peinliches T-Shirt – ich weiß.« Kai grinste.

Viktoria stöhnte und ließ sich mitziehen. Gut, dass mich hier niemand sieht, dachte sie und blickte direkt in Marios lachendes Gesicht.

Er kniff verschwörerisch ein Auge zu und flüsterte ihr zu: »Abgefahrene Recherche hier. Wir mitten unter den Ureinwohnern.«

In diesem Moment stieß Ludger die Schwingtür zur Kegelbahn auf, und die Bier-Boys und die Bier-Girls –

die aber auch Bier-Boys hießen, weil ein Kegelklub ja nicht zwei Namen haben konnte – setzten sich an einen schmalen Tisch. Von jedem Platz aus hatte man die blank polierte Kegelbahn im Auge, am Ende des Tischs war ein kleiner Metallkasten mit Knöpfen installiert, von dem aus man die Kegel heben und senken und verschiedene Spiele einstellen konnte. Eine Plastikblume stand in einer Ecke und sah verwelkt aus, was seltsam war, denn wenn man schon eine künstliche Pflanze aufstellte, sollte die doch wenigstens von Dauer sein, dachte Viktoria und setzte sich etwas unsicher neben Kai.

Sie kannte zwar einige Gesichter in der Runde – Ludger war dabei, Catchi, der Geocacher, nickte ihr zu, ein paar hatte sie schon bei ihrer letzten Schützenfestrecherche getroffen oder an der Theke gesehen, doch niemand machte sich die Mühe, sie den anderen vorzustellen, die sie noch nie gesehen hatten. Keiner schüttelte ihr die Hand, keiner fragte sie etwas, niemand redete übers Wetter. Sie war einfach da – und das war den Kegelbrüdern und -schwestern offensichtlich ziemlich gleichgültig.

Viktoria hörte Gesprächen zu, die sie nicht verstand. Kurze Stichworte wurden gewechselt, die ihr nichts sagten, Namen genannt, die sie nicht kannte. Bei Topphoffs war ein Kaminbrand glimpflich ausgegangen, im Kindergarten Sternenzelt hatten sie einen Wasserschaden, irgendjemand war gestorben und irgendein Baby gerade geboren. Die brauchen hier keine Zeitung, die ihnen die Welt erklärt, dachte Viktoria. Sie erklären sie sich selbst. Dann war sie dran.

Und natürlich war Viktoria komplett kegeluntauglich. Ihre Kugeln knallten laut auf, rollten lahm über die glänzende Bahn oder plumpsten ohne jeden Schwung in die Rille daneben.

»Pumpe«, grölte die ganze Kegeltruppe, und Viktoria lächelte unsicher.

»Deine Beine sind einfach zu lang«, tröstete Mario sie, der sich etwas besser anstellte.

Als sie sich wieder an den Tisch setzte, flüsterte Kai ihr ins Ohr: »Deine Beine sind perfekt.«

Ludger, der Würfelfreund von Mario, erklärte den beiden Gastkeglern geduldig die Regeln jedes Spiels, und seine Freundin erklärte sie dann noch einmal so, dass man sie auch verstand. Harry schaute alle zehn Minuten kurz herein, um Bestellungen aufzunehmen. »Zwölf neue«, war die kurze Antwort. Gemeint war damit: »Jeder Kegler möchte ein neues Bier.« Viktoria trank nicht jedes Glas aus, und nach der dritten Bestellung wagte sie es, die Bestellung zu ändern. »Zwölf neue – minus eine Cola.«

Jedes Mal, wenn sie nach vorn ging und sich eine der Kugeln nahm, spürte sie, dass Kai ihr nachschaute. Jedes Mal, wenn sie zurück zum Tisch ging, sah sie, wie er sie ansah. Ihr war warm. Ums Herz.

Catchi, der Riese, war erstaunlich gut. Er hatte schon dreimal alle neune geworfen, und bei den Spielen Hohe Hausnummern und Lotterie siegte er auch. Sie prostete ihm zu. Er prostete zurück. »Auf die Schatzsucherin aus Berlin!«

Später summte ihr Handy. Sie hatte eine SMS von Minimi bekommen, einem der Schatzsucher, der auf ihre Nachricht auf der Geocacher-Homepage geantwortet hatte. Sie beugte sich quer über den ganzen Tisch und raunte Catchi zu.

»Kennst du Minimi?«

Er schüttelte den Kopf.

»Das ist auch einer oder eine von den Schatzsuchern.« Catchi schaute interessiert. Sie zeigte auf ihr Handy. »Sie oder er hat einen Finger in die Schachtel gelegt.«

Catchi lachte. »Oh, ja, sah total echt aus, das Gummiteil. Hatte schon überlegt, ob ich ihn mir schnappe. Aber das Ticket für die Berliner U-Bahn war irgendwie weniger eklig.«

Viktoria legte das Handy erleichtert auf den Tisch. Wenigstens die Sache mit dem Finger hatte sich aufgeklärt. Ruhe er sanft auf dem Grund der rauschenden Bever.

»Und?« Kai legte seine Hand kurz auf ihr Knie. »Wie gefällt es dir?«

»Es geht so.« Ihre roten Wangen und ihre strahlenden Augen sagten etwas anderes.

»Lügnerin!«, flüsterte er und küsste sie. Ganz kurz nur, ganz sanft, aber einfach so. Vor all den anderen.

Viktoria hielt die Luft an. Was war das hier? Sie rückte ein wenig von Kai ab. Er nahm einen Schluck Bier und schaute geradeaus. Sie rückte wieder näher an ihn heran. Vielleicht zu nah, dachte sie und wusste nicht, ob es richtig war. Aber sie wusste, dass Mario in dieser Nacht das

Doppelzimmer wieder allein für sich haben würde. Sie würde mit Kai nach Hause gehen. Hand in Hand.

»Nun sag schon, wie war's?« Charly Berendsen holte Viktoria zurück in die Berliner Gegenwart.

»Super«, sagte sie knapp. »Der Metzger ist unser. Hab ihn klargemacht.«

»Ich wusste doch, dass du ein Luder bist.«

»Charly! Du weißt genau, dass ich andere Möglichkeiten habe, Männer klarzumachen.«

»Ja, schon. Leider. Deshalb bist du ja auch die Beste.«

»Du hast es erfasst.«

Charly tat zerknirscht und warf ihr ein Papierkügelchen an den Kopf. »So, Baby, genug gelobhudelt. Ich brauche jetzt 'nen Schokoriegel, sonst unterzuckere ich. Du auch?« Charly zog seine berühmt berüchtigte Süßigkeitenschublade auf, in der auch der eine oder andere hochprozentige Drink gelagert wurde, und kramte zwischen Mars, Twix und Snickers.

Viktoria schüttelte den Kopf. »Ne, lass mal. Sonst krieg ich 'nen Zuckerschock.« Und noch während sie es sagte, spürte sie, wie sich irgendetwas in ihrem Hirn regte. Extrem niedriger Blutzuckerspiegel … Das waren die Worte gewesen, die ihr jetzt wieder einfielen.

Sie öffnete die Website des Verlagsarchivs und suchte nach einer ganz bestimmten Geschichte mit einem ganz bestimmten Zitat. Da sie wusste, dass es eine Gerichtsreportage gewesen war und es um den fast perfekten Mord eines Altenpflegers an einer sehr alten Frau gegangen war, gab sie den Namen der Gerichtsreporterin ein und dazu das Stichwort *perfekter Mord*. Zack – die Suchmaschine zeigte einen Treffer. Die Zeile lautete: »Tatwaffe Insulin – ein fast perfekter Mord«. Sie überflog den Text. Da war das Zitat, nach dem sie gesucht hatte.

»Die Leiche wies einen extrem niedrigen Blutzuckerspiegel auf«, so der Sachverständige vor Gericht. Viktoria atmete tief ein. Sie las weiter. *Nur weil das Testament so stümperhaft gefälscht war, kam die Wahrheit ans Licht. Der Pfleger hatte der Dreiundneunzigjährigen eine Überdosis Insulin gespritzt. Niemand hatte bei der Leichenschau das Einstichloch der Nadel entdeckt.*

»Niemand sucht bei einer Dreiundneunzigjährigen ernsthaft danach«, hatte der Staatsanwalt vor Gericht gesagt. Doch wenn ein Pfleger als Alleinerbe eingesetzt ist, dessen Schrift eindeutig mit der Schrift identisch ist, in der das Testament verfasst ist, schaut man natürlich genauer hin«, so der Staatsanwalt.

Insulin. Extrem niedriger Blutzuckerspiegel. In Viktorias Schläfen pochte es. Während sie Professor Metzgers Nummer wählte, sah sie ihn vor sich, wie er die Zuckerstücke in den Kaffee fallen ließ und von Nana Oppenkamps niedrigem Zuckerwert im Augenwasser sprach.

»Metzger.«

»Latell.«

»Oh, welch schöne Überraschung.«

»Könnte jemand Nana Oppenkamp mit Insulin getötet haben?«

»Oh, Sie kommen aber schnell zur Sache.«

»Haben Sie den Körper wirklich genau untersucht?«

»Danke, mir geht es gut. Und Ihnen? Immer mit der Ruhe, Frau Latell. Was ist denn los? Brauchen Sie in Berlin dringend ein Verbrechen?«

»Ganz bestimmt nicht, wir haben mehr als genug davon. Tut mir leid, Herr Professor.«

Metzger ließ sich besänftigen und dachte über die Frage nach. »Ich habe den Körper genau untersucht. Aber ...«

»Aber?«

»Rein theoretisch kann ich natürlich auch mal etwas übersehen, obwohl ich das nahezu ausschließen kann. Ich mach das ja nicht erst seit gestern.« Er dachte eine Weile nach, räusperte sich. »Ein Einstichloch ist klein, aber ich bin mir fast sicher, dass da nichts war.«

»Fast sicher? Mehr nicht? Und jetzt?«

»Nichts *und jetzt*. Es besteht für mich kein Anlass zu glauben, dass Nana Oppenkamp durch Fremdeinwirkung zu Tode kam. Was haben Sie nur mit dieser Frau?«

»Nichts, gar nichts. Ich finde es nur beunruhigend, dass Sie als erfahrener Rechtsmediziner letztlich nicht zu hundert Prozent einen Mord ausschließen können.«

»Tja, damit muss ich wohl leben. Und Sie auch, fürchte ich.«

»Das kann doch nicht sein. Haben Sie denn gecheckt, ob Nana Oppenkamp vielleicht an Diabetes litt?«

»Haben wir.«

»Und?«

»Ihr Arzt, Doktor Westmark, hat uns heute Morgen bestätigt, dass sie vielleicht darunter litt.«

Viktoria klappte den Mund auf, doch es kam kein Ton heraus. Sie konnte nicht glauben, was sie gerade gehört hatte. Sie räusperte sich.

»Doktor *Westmark* hat gesagt, dass Nana Oppenkamp Diabetes hatte?« Sie klang schrill.

»Haben könnte. Sie habe ihm gegenüber über die typischen Symptome geklagt. Also Müdigkeit, Abgeschlagenheit, übergroßer Durst, Heißhunger und gleichzeitig Untergewicht, doch sie sei nicht von ihm behandelt worden. Und offensichtlich auch nicht von einem anderen Arzt. Und deshalb ist es wahrscheinlich, dass Nana Oppenkamp an Unterzuckerung gestorben ist.«

»Aha.« Ihr fiel nichts mehr ein.

»Frau Latell? Sind Sie noch da?«

Oh, ja sie war da. Doch sie hörte den Professor nicht mehr. Seine Stimme klang wie aus einer anderen Welt. Kai war Nana Oppenkamps Arzt, dröhnte es in ihrem Kopf. Nana Oppenkamp ist tot.

»Frau Latell, denken Sie an meine Cousine? Sie wissen schon – ich mache mir Sorgen.«

Viktorias Kehle war trocken. Sie hustete kurz und versuchte, sich auf Metzgers Frage zu konzentrieren. Cousine? Ach, die Roses! »Mache ich. Danke. Ich … ja. Ich kümmere mich. Auf Wiederhören, Professor Metzger.« Viktoria ließ den Telefonhörer ganz langsam auf die Gabel gleiten.

»Charly, hast du noch einen Whiskey in deiner Schublade?« Charly Berendsen antwortete nicht, sondern warf ihr eine kleine Flasche Johnny Walker zu.

9. Kapitel

Die Abendkonferenz verlief ohne besondere Vorkommnisse. Chefredakteur Willmers hing in seinem großen Drehstuhl und kritisierte gelangweilt das eigene Blatt und die mal wieder viel zu schlampig gebauten Seiten, die viel zu oberflächlich geschriebenen Artikel und die viel zu lahmen Themen. Dass er selbst für all diese Dinge verantwortlich war, störte ihn nicht weiter. Er motzte gerne – und das wussten alle. Viktorias Rechtsmediziner-Geschichte wurde geschoben, und aus dem Plan, eine mehrteilige Serie daraus zu machen, wurde auch nichts. Ein Porträt sollte reichen. Viktoria war es recht. Sie hatte bis Freitag Zeit, es zu schreiben, mehr als genug. Die Sonntagsausgabe des *Express* würde dann auf zwei Seiten über den neuen Mann an der Charité berichten. Viktoria bekam zweihundertdreißig Zeilen Platz.

Dass der Rosenkrieg der Roses noch nicht ausrecherchiert war, akzeptierte Willmers zwar nur mit einem Murren, aber er akzeptierte es. Wahrscheinlich hatten ihn die guten Rechtsmediziner-Fotos von Mario und die freizügigen Aufnahmen einer Bezirksbürgermeistergattin, die dem *Express* exklusiv angeboten worden waren, besänftigt. Auch das war Viktoria recht.

Sie war müde. Das Wochenende steckte ihr in den Knochen. Der Alkohol, die beiden Nächte mit wenig Schlaf und die Erkenntnis, dass Kai Nana Oppenkamp kannte. Sie hatte ihn angerufen, ihn danach gefragt – und er hatte geantwortet. Etwas ungeduldig. Wie sollte er auch wissen, dass die Tote, die Mario und sie in der Rechtsmedizin gesehen hatten, Nana Oppenkamp war. Sie hatten den Namen ihm gegenüber nicht erwähnt. Und ja, natürlich kenne er sie. So wie tausend andere Menschen auch, die man eben so kennt. Über Freunde, über Bekannte, oder wie in Nanas Fall über seine Schwester, die mit ihr in dieselbe Klasse auf das Gymnasium in Handorf gegangen war. Und: Nein, er sei nicht ihr behandelnder Arzt gewesen. Das war sein Vater, und dessen Name war es auch, den sie in ihr Adressbuch unter Hausarzt geschrieben hatte. Er selbst habe sie nur einmal auf ihre Diabetes-Symptome angesprochen und ihr gesagt, sie solle damit zum Arzt gehen.

Es war ein lausiges Gespräch gewesen. Doch vielleicht waren Viktorias Erwartungen zu groß, nach den beiden grandiosen Nächten, die sie gehabt hatten. Sie fühlte sich schlecht. Sie wollte nur noch in ihre Dachgeschosswohnung, in ihre Badewanne, in ihr Bett.

Mario rüttelte an ihrer Schulter. Sie hatte gar nicht gemerkt, dass die Konferenz schon zu Ende war und die Kollegen sich langsam erhoben.

»Neuigkeiten, Victory. Komm!«

»Nein, bitte nicht.« Sie gähnte demonstrativ.

Doch Mario ließ sich nicht abwimmeln. Er schob

Viktoria zu ihrem Schreibtisch und knallte einen Stapel Papier vor ihre Tastatur. »Da! Du wurdest bespitzelt.«

»Was?« Viktoria gähnte. »Erzähl keinen Stuss.«

»Doch. Nana Oppenkamp hat dich durchleuchtet.«

»O nein, nicht schon wieder Nana Oppenkamp. Ich will nicht mehr«, jammerte Viktoria.

Mario blieb hart. »Nenn mich Supermario!«, sagte er mit einem strahlenden Lächeln und klopfte auf die Blätter.

Viktoria gab auf und richtete sich auf. »Also gut: Erzähl!«

Mario war schon auf dem Weg nach Hause gewesen, als er Manuel Kolpen, den Schleimer von der Zeitschrift *Schlau und Schön,* im Foyer des Verlagshauses getroffen hatte. Die beiden Männer nickten sich zu, und Manuel fragte ganz beiläufig: »Und, habt ihr unsere Praktikantin inzwischen irgendwo gesehen?«

Mario verkniff sich die Antwort: »Ja, auf einem Seziertisch.« Stattdessen nickte er traurig und sagte: »Sie ist gestorben.«

Manuel Kolpen blieb stehen. »Was? – Sie ist tot?«

»Ja, ich habe es von einer Freundin von ihr erfahren«, log Mario. Dann hatte er eine Idee. »Sag mal, liegen die Sachen von Nana noch bei euch in der Redaktion?«

Manuel nickte abwesend, er sah sehr betroffen aus. »Sie war doch so jung.«

»Ja, das stimmt. Sehr jung…« Mario hielt seinen Blick gesenkt. »Ihre Freundin hat mich gebeten, Nanas Sachen abzuholen. Die Eltern hätten gerne alles, was an ihre Tochter erinnert.«

»Ja, klar. Woran ist sie denn gestorben?«

»Diabetes, oder so.«

Manuel führte Mario zu Nanas Schreibtisch. In einer Stapelbox lagen ihre Unterlagen. Jede Menge Computerausdrucke von Artikeln, handgeschriebene Notizen. Mario nahm sie an sich. Der Computer war angeschaltet. Als er gerade gehen wollte, kam ein junger Mann, wahrscheinlich der neue Praktikant, und wollte den Rechner gerade herunterfahren.

»Warte mal.« Mario handelte instinktiv.

»Bist du auch Praktikant?«

Der junge Typ mit den gegelten Haaren nickte.

»Habt ihr ein gemeinsames Praktikanten-Passwort?«

Er nickte wieder.

Mario nahm die Maus, ohne danach zu fragen, und ging auf den Internetbutton. Er checkte, was sich Nana Oppenkamp während ihres Praktikums angeschaut hatte. Und staunte nicht schlecht.

»Victory, die hat dich regelrecht gestalkt.«

Viktoria starrte auf die Ausdrucke, die vor ihr lagen. Es stimmte. Hier lagen beinahe alle Artikel, die sie jemals geschrieben hatte. Außerdem fand sie handgeschriebene Notizen, in denen ihre Telefonnummer, ihre Handynummer, ja sogar ihre E-Mail-Adresse notiert waren.

»Gruselig, oder?« Mario wippte auf und ab. Er hatte seine reinste Freude an seinen aufregenden Ergebnissen.

Viktoria war geschockt. »Sehr gruselig.« Sie blätterte durch die Seiten. Ihre Kommentare, ihre Reportagen, ihre Interviews – über jedem Text stand ihr Name oder ihr Kürzel VY, wegen Victory. Sie zog ein Blatt heraus. *Wo ist Florian?*, stand in dicken Lettern darüber. Es war einer der ersten Texte über den vermissten Jungen gewesen. Damals hatten alle noch Hoffnung, dachte Viktoria, überflog die Buchstaben, die Worte und blieb hängen.

Der Artikel beschrieb genau, wer wann wo Florian zuletzt gesehen hatte. Um 16.00 Uhr die Nachbarin im Hausflur in der Maximilianstraße, um 16.30 Uhr der Kioskbesitzer im Grundweg, um 18.00 Uhr in der Kabine der Nordturnhalle in der Ernst-August-Straße die Mitspieler der Basketballmannschaft. Ernst-August-Straße. Eine Straße mit Namen. Mit Vor- und Zunamen.

Viktoria wühlte hektisch in ihrer Tasche und fand die Karte wider Erwarten sofort. Sie war verknickt, dreckig, aber da. Sie wählte die Nummer, hörte das Freizeichen, dann das Knacken in der Leitung.

»Grone!«

»Hallo, Catchi. Hier ist Viktoria. Aus Berlin.«

»Ah … Ja, klar, die Pumpenkönigin. Wie ist die Lage?«

»Geht so. Sag mal. Kennst du die Ernst-August-Straße?«

»Häh? Ne, so eine Adresse kenne ich nicht …« Viktoria sackte zusammen.

»Also hier in Westbevern nicht. Aber, warte mal …«

Viktoria hielt die Luft an.

»Du hast mich doch nach diesem Straßennamen auf dem Zettel im Schatzkästchen gefragt. Ich bin mir ziemlich sicher, dass das der Straßenname war, der da stand.«

»Nur ziemlich sicher?« Viktoria richtete sich wieder auf.

»Ganz sicher. Auf dem gelben Post-it, das an der BVG-Karte klebte, stand 18.03 Uhr und Ernst-August-Straße. Doch. Ja.«

Viktoria hielt den Hörer noch in der Hand. Langsam drehte sie sich zu Mario um. »Ich glaube, wir haben einen echten Hinweis auf Florian.«

Der Fotograf schaute sie verständnislos an. »Und was hat das mit Nana Oppenkamp zu tun und damit, dass sie alles von dir und über dich ausgedruckt hat?«

»Ich habe nicht die geringste Ahnung.«

10. Kapitel

Die Ernst-August-Straße in Schöneberg war unauffällig, unbekannt und nicht besonders lang. Als Viktoria vor der grauen Turnhalle mit den bunten Graffiti stand, hätte sie sich am liebsten wieder in ihr Auto gesetzt und wäre davongefahren. Weg von den Erinnerungen an die traurige Geschichte von Florian. Doch sie blieb. Wie hatte die Nonne auf dem Ostbeveraner Gymnasium gesagt? Sie musste sich dem stellen.

Also ging sie entschlossen auf das Gebäude zu. Das Licht einer Straßenlaterne spiegelte sich im zerkratzen Glas der Eingangstür. Sie blieb stehen und schaute sich um. Hier hatten sie ihn zuletzt gesehen. Beim Training. Florian hätte ganz normal gewirkt, so wie immer, sagten seine Freunde.

Er war ein guter Basketballspieler, kein Überflieger. Er war beliebt und ein eher ruhiger Junge. Redete nur das Nötigste, behielt das meiste für sich. Auch an jenem Abend, als er verschwand, hatte er nichts erzählt. Er sei als Erster fertig gewesen mit dem Duschen und habe zum Abschied die linke Hand gehoben, das war's. Tschüss, und keiner sah ihn je wieder.

Ein Mädchen kam mit einem Fahrrad angeradelt,

die Bremse quietschte. Sie stellte es mit Schwung in den Ständer und kettete es fest. Ein paar andere kamen kichernd über den Bürgersteig. Volleyball oder Badminton? Viktoria tippte auf Volleyball. Die Teenager waren groß, die meisten trugen enge Jeans und lange Haare. Ihr Trainer, mindestens eins neunzig, begrüßte sie und schloss die Tür auf. Oder sie spielen Basketball, dachte Viktoria. So wie Florian. Sie schaute auf die Uhr. Es war zwei Minuten nach acht. Auf dem Zettel, den Catchi aus der Schatzkiste genommen hatte, stand 18.03 Uhr. Warum hatte jemand diese Uhrzeit auf einen Zettel geschrieben? Was war um 18.03 Uhr passiert? Was sollte der Hinweis?

Viktoria war alle Fakten noch einmal durchgegangen, sie hatte alle Zeiten im Kopf. Florian hatte die Umkleidekabine um kurz vor 18 Uhr verlassen. Sein Heimweg war höchstens siebenhundert Meter lang. Einmal rechts, einmal links, eine Fußgängerampel, das war's. Als seine Eltern den Weg später abliefen, um ihren Jungen zu suchen, fanden sie einen seiner Handschuhe neben dem orangefarbenen Mülleimer, direkt an der Ampel. Er war ihm wahrscheinlich aus seiner Jackentasche gefallen. Vielleicht, als er gewaltsam in ein Auto gezerrt wurde, vielleicht war er auch im Kampf von seiner Hand gerissen worden. Fand dieser Kampf um 18.03 Uhr statt? Man fand kein brauchbares DNA-Material an dem wasserabweisenden Stoff, es gab keine Zeugen. Oder hatte doch jemand gesehen, was passiert war? Hatte dieser Jemand ihr den Hinweis ins Schatzkästchen gelegt?

Viktoria stand vor der Turnhalle, aus der jetzt Licht nach draußen schien. Sie drehte sich um, die Halle im Rücken. Florian war nach rechts gegangen. Sie blickte auf den Bürgersteig, übersah die Hundehaufen, die sie nicht mehr sehen wollte, weil sie ihr auf die Nerven gingen, und stellte sich vor, wie Florian über den salzigen Schneematsch ging, der in jener kalten Nacht dort lag.

Ein Mädchen, das sich verspätet hatte, kam angelaufen, die Sporttasche schlug ihm gegen die Hüften, es atmete schwer. Dann kam der Bus.

Viktoria schaute auf die Uhr. 20.03 Uhr. Der Bus hielt auf der gegenüberliegenden Straßenseite an der Haltestelle. Die Türen öffneten sich mit einem Seufzer, und Viktoria brüllte: »Halt! Warten Sie. WARTEN SIE!«

Ohne nachzudenken, stürmte sie über die Straße und umrundete das Fahrzeug von vorn. Der Fahrer schüttelte nur den Kopf. Doch er wartete. Viktoria sprang auf die untere Stufe und kramte ihr Portemonnaie heraus. »Fährt diese Linie immer um drei nach?« Der Fahrer nickte. »Det macht drei Euro …«

Viktoria kramte in ihrem Münzfach und ließ das Geld auf den Metallkasten neben ihm fallen.

»Auch um 18.03 Uhr?« Er nickte wieder und zog das Ticket aus dem Kasten.

»Auch dieselbe Strecke wie jetzt?« Sie nahm das Ticket.

»Wat ’n sonst? Ick denk mir doch nicht jeden Tach ’nen neuen Weg aus.«

Viktoria ließ sich gleich auf dem ersten Sitz hinter dem

Fahrer nieder und schaute aus dem Fenster. Auf welchem Platz saß Florian?, dachte sie, als die Türen sich schlossen und der Bus losrollte. Wohin ist er gefahren? Und: Wieso ist er damals nach dem Training nicht nach Hause gegangen?

Er hatte richtiggelegen. Es war das einzige nicht renovierte und schön herausgeputzte Haus in der Weserstraße. Und natürlich waren die Klingelschilder mit einem Tag eines unbegabten Graffiti-Künstlers überschmiert, und im Flur unten stand ein Einkaufswagen. Nanas Freundin wartete an der Tür und fummelte an ihren Rastalocken herum. Es schien sie nicht sonderlich zu überraschen, dass ein wildfremder Fotograf sie angerufen hatte, um sie nach Nana Oppenkamp zu befragen. Sie bat ihn mit tonloser Stimme herein.

Genauso hatte sie schon am Telefon geklungen. Und obwohl es unmöglich war, hätte Mario schwören können, dass der Duft von Räucherstäbchen durch den Telefonhörer gekrochen kam, als er mit ihr gesprochen hatte. Die Nummer hatte er in Nanas Unterlagen gefunden. Wie sich herausstellte, war das Rastamädchen eine ehemalige Klassenkameradin aus Handorf, die ein paar Jahre nach dem Abi nach Berlin gezogen war. Kontakt mit Nana hatte sie eigentlich nicht mehr, obwohl sie früher echt »'n gutes Ding laufen hatten«. Sie hatten denselben Job an der Uniklinik gehabt.

»Total easy und echt auch spannend.« Nana und sie waren Simulationspatientinnen. Sie mussten den Medizinstudenten Symptome vorspielen, und diese mussten die richtige Behandlung vorschlagen.

»Jobs gibt's, die gibt's gar nicht«, sagte Mario, den es herzlich wenig interessierte, womit sich Rastagirl ihr Geld verdient hatte. Er wollte wissen, ob Nanas Freundin irgendetwas über Nana wusste, etwas, das erklärte, warum sie so interessiert an Viktorias Artikeln war.

Doch schon, als er das Mädchen mit den Pluderhosen in der Tür hatte stehen sehen, wusste er, dass es idiotisch war, herzukommen. Warum wühlte er noch in einer Sache, in der es nichts mehr zu wühlen gab? Der Rechtsmediziner hatte doch auch gesagt, es sei alles in Ordnung. Aber diese Sammelleidenschaft für alles, was mit Viktoria zu tun hatte, war dann doch seltsam.

Die Freundin wusste nichts. Sie hätte Nana zwar in den nächsten Tagen treffen wollen, aber dazu sei es nicht gekommen. Dann schlurfte sie ins Nebenzimmer und kam mit einem Fotoalbum in der Hand zurück. Hier, das ist von unserem letzten Klassentreffen vor ein paar Jahren. Unsere Schule lädt immer zum Altschülerinnentreffen, und da ihre Mum gerade ihren sechzigsten Geburtstag gefeiert hatte, sei sie auch da gewesen.

Sie tippte mit einem Finger auf ein blondes Mädchen in der ersten Reihe des Gruppenbildes. »Das da ist Nana.« Ohne Zweifel. Das war Nana. Die blonden Haare trug sie offen, sie lächelte verhalten. Die oberen Knöpfe ihrer weißen Bluse waren offen.

Sexy, dachte Mario und schaute genauer hin. »Darf ich?«, fragte er und zückte die Kamera, um das Bild abzufotografieren. Das musste er unbedingt Viktoria zeigen.

Die Liste wurde mit jeder Station länger. Viktoria schaute sich um und schrieb die Haltestellen auf und das, was sie dort sah, was ihr auffiel, was besonders schien.

Apotheke, Lidl, Sparkasse, Kinderspielplatz. Döner, Falafel, Klamottengeschäft.

Ärztehaus, italienisches Restaurant, Schneiderei.

Es war aussichtslos. Wie sollte sie herausfinden, wohin Florian damals wollte? Und wie konnte sie sicher sein, dass er tatsächlich mit dieser Linie gefahren war? Die Antwort war klar: Gar nicht.

Ein Hinweis in einer kleinen Kiste in Westbevern. Wie wahrscheinlich war es, dass es wirklich ein echter Hinweis war? Vielleicht wollte sie jemand einfach mal gründlich an der Nase herumführen. Sie locken mit dem Köder Florian. Doch wer hatte Interesse daran, dass sie sich den Kopf über einen verschwundenen Jungen zerbrach?

Sie schrieb weiter. Trotzdem und trotzig. Sie würde das jetzt durchziehen: Zeitungsbude, Currywurstbude, Massagesalon, Klub … Ihr Block war schon fast voll, als ihr Handy klingelte.

»Hallo, Kleine. Ich sitze gerade mit einem Wein im Café Adler. Auch Lust?«

Viktoria schaute auf die Uhr. »Passt perfekt. Ich steige gleich sowieso aus. Viertelstunde, okay?«

»Wieso aussteigen? *Du* fährst *öffentlich*?« Viktoria hörte, wie ihre Mutter lachte. Sie fuhren gerade an Dussmann, dem Bücherkaufhaus, vorbei, das irgendwie immer geöffnet hatte und voll war. Viktoria stand auf. Unter den Linden würde sie aussteigen. Den Rest der Strecke entlang der Friedrichstraße wollte sie zu Fuß gehen. Frische Luft schnappen, nachdenken. Und diese sinnlose Busfahrt vergessen.

Als sie sie sah, war sie wieder einmal überrascht, wie schön sie war. Viktorias Mutter saß an einem einfachen Holztisch in der Ecke und rauchte. Ihre schlanken Finger hielten die Zigarette und gleichzeitig ein großbauchiges Rotweinglas. Ihre Haare trug sie jetzt kürzer. Der Bob stand ihr gut und ließ sie noch jünger und ein bisschen französisch aussehen. Die Lippen, tja, die waren ohnehin eine Sache für sich. Sie verliehen Marie Latell diesen Hauch von Lolita – und das, obwohl sie schon die fünfundfünfzig überschritten hatte. Sie schaute auf, entdeckte ihre Tochter und winkte sie zu sich. Die beiden Frauen umarmten sich. Ein bisschen unbeholfen. Vor wenigen Monaten noch hätte Viktoria diesen Widerwillen gespürt, der sie immer überkam, wenn ihre Mutter ihr zu nahekam. Sie war es einfach nicht gewohnt. Ihre Mutter war keine Mama zum Umarmen gewesen. Trotzdem hatten sie es getan, sich umarmt, sich Küsschen auf die Wangen gegeben, die nicht guttaten. Marie Latell war in all den Jahren, in denen sie ihre Tochter alleine großgezogen hatte, nie wirklich anwesend gewesen. Nicht physisch, nein. Sie lebte einfach in ihrer Welt und das Mädchen in einer anderen. Oder war es umgekehrt?

Egal, jetzt war es besser. Jetzt wollten sie es besser machen. Beide.

Viktoria ließ sich auf einen Stuhl sinken und bestellte sich ein Bier.

»Was ist los? Ist dein Auto kaputt, oder warum bist du mit dem Bus unterwegs?« Marie konnte sich ein schräges Grinsen nicht verkneifen. Ihre Tochter hasste öffentliche Verkehrsmittel, und sie liebte ihren alten Lada-Geländewagen. Viktoria zuckte nur mit den Schultern. »Ach, keine Lust, darüber zu reden. Hast du wieder Überstunden gemacht?«

Marie arbeitete im Kreuzberg Museum, und da eine neue Ausstellung anstand, war es normal, dass sie länger arbeitete. Sie erzählte von dem überspannten Künstler, der alle in den Wahnsinn trieb, und den knappen öffentlichen Geldern, die kaum für die Werbeflyer gereicht hatten.

Viktoria fiel es schwer zuzuhören, sie musste an Florian denken. Daran, dass er jetzt achtzehn wäre und mit seiner Freundin am Nebentisch sitzen könnte, ein Bier bestellen dürfte oder sogar einen Whiskey. Er könnte, er dürfte, er wäre volljährig, erwachsen. Wenn er denn nicht verschwunden wäre am 15. Januar vor fünf Jahren.

Es gab sie, diese Fälle, in denen Kinder verschwanden und jahrelang gefangen gehalten wurden. Versteckt hinter Garagenwänden, unter Kellerdecken, ferngehalten vom Tageslicht, gefesselt, gefoltert, gefügig gemacht. War Florian so ein Fall? War er vielleicht sogar erwachsen geworden? Irgendwo, an einem Ort, den niemand kannte und den niemand kennenlernen wollte. 18.03 Uhr, der Bus, die Sammelkarte – Florian! Lebte er noch? Sie trank einen großen Schluck und konzentrierte sich wieder auf ihre Mutter.

»Kennst du diesen ehemaligen Handballspieler Kretsche oder so?«

Viktoria hatte keine Ahnung, wie ihre Mutter auf einmal auf ein Sportthema gekommen war, aber sie antwortete. »Klar. Stefan Kretschmar, den kennt doch jeder.«

»Der hätte mich vorhin beinahe umgerannt.«

»Der echte Kretschmar?«

»Ja. Der ist viel größer, als ich gedacht habe, und männlicher.« Marie kicherte.

Der Rotwein wirkt schon, dachte Viktoria.

»Er hat sich bei mir sehr nett entschuldigt.«

»Na, immerhin.« Viktoria fand die Geschichte nicht so aufregend wie ihre Mutter.

»Aber ich war einfach nicht schnell genug. Ich hätte ihn einfach auf ein Bier einladen sollen.«

»Mama, das wäre total peinlich gewesen!« Viktoria schüttelte den Kopf. »Außerdem, was willst du denn mit 'nem Sportler? Du stehst doch mehr auf die intellektuellen Männer.« Sie grinste.

»Hat er nicht ein Buch geschrieben?« Marie schmollte ein wenig übertrieben. »Also, dann kann er nicht doof sein.«

Viktoria nahm noch einen Schluck Bier. »Mama! Ein Buch sagt doch gar nichts!«

»Hast du es gelesen?«

»Nein! Aber andauernd schreibt irgendein prominenter Sportler ein Buch. Sogar von Boris Becker gibt es eins. Außerdem ist Kretschmar viel zu jung für dich.«

Marie lächelte sanft. Das Verhältnis zu ihrer Tochter hatte sich eindeutig geändert. Sie foppten sich, sie zogen sich auf – aber sie verletzten sich nicht mehr.

Viktoria lächelte auch. Ihre Mutter wollte sie zwar offensichtlich aufziehen, aber zuzutrauen wäre es ihr durchaus, einen wildfremden Sportler mit an den Tisch zu bitten. Wie gut, dass es Viktoria also erspart blieb, mit einem Ex-Handballstar über dessen Buch sinnieren zu müssen. Sie wollte ein neues Bier bestellen. Doch irgendetwas hielt sie davon ab. Irgendetwas, das gerade gesagt worden war.

Buch. Sportler. Star. Die drei Worte hallten in ihrem Kopf nach. Wäre es vielleicht möglich …? Könnte es sein? Nein, sie verwarf den Gedanken. Nahm ihn jedoch sogleich wieder auf und wurde ihn nicht mehr los. Sie musste es wissen, jetzt gleich. Sie bat ihre Mutter um Entschuldigung und rief bei Mario an.

»Hey, Großer! Du hast doch so ein tolles Smartphone. Kannst du was für mich eingeben?«

»Victory, ich muss dich unbedingt sprechen, ich weiß jetzt, was …«

»Gleich, erst bin ich dran. Schau doch mal nach, wann das Buch von Gordon Bales erschienen ist.«

Sie buchstabierte den Namen.

»Ja, Gordon Bales, der Basketballer.«

»Der, der auf der Sammelkarte in dem Schatzkästchen abgebildet war?«

»Genau der. Und wenn du schon beim Nachschauen bist, dann finde doch auch bitte heraus, ob er am 15. Januar vor fünf Jahren in Berlin war.«

»Ist das nicht? Ich meine … Du meinst wirklich den Tag, an dem Florian verschwunden ist?«

»Genau den!« Dann legte sie auf.

Das leise, kurze Fiepen ihres Handys weckte sie auf. Viktoria lag auf ihrem Sofa. Ihr Nacken tat weh, sie hatte unbequem neben dem Netbook und ihren Notizen gelegen, im Fernsehen lief gerade eine Dokumentation über Vulkane. Langsam richtete sie sich auf und griff nach dem Telefon.

»Na?« Kai Westmark, der Meister der kürzesten aller Kurzmitteilungen, hatte sich also doch noch gemeldet. Unter anderen Umständen hätte sie sofort auf die beiden Buchstaben mit dem Fragezeichen geantwortet, doch ihr Kopf war einfach zu voll mit Dingen, für die zwei Buchstaben niemals ausgereicht hätten.

Sie hatte den richtigen Riecher gehabt. Marios Rückruf gestern Abend bestätigte es. Am 15. Januar vor fünf Jahren war der US-Basketballstar Gordon Bales in Berlin gewesen. Er war auf Promo-Tour für sein autobiografisches Buch *So High*, das es sogar für kurze Zeit in die Bestsellerlisten geschafft hatte. Am Anfang seiner großen

Karriere hatte er auch ein paar Jahre bei Alba Berlin gespielt und deshalb am Abend des 15. Januar in der Stadt eine Autogrammstunde gegeben.

»Wo?«, hatte Viktoria gefragt. Die Antwort von Mario ließ ihr Herz schneller klopfen.

»Bei Dussmann in der Friedrichstraße.«

Das konnte kein Zufall sein. Florian war an dem Tag verschwunden, an dem Gordon Bales in der Stadt war. Florian war Basketballfan. Auf der Sammelkarte in der Schatzkiste war Gordon Bales mit Victory-Gruß abgebildet, die Uhrzeit des Busses, der direkt bis zum Kaufhaus Dussmann fuhr, stand auf dem Post-it, das Catchi gefunden hatte. Vielleicht wollte Florian an diesem Tag nach dem Training gar nicht nach Hause. Vielleicht war er einfach in den Bus gestiegen, um ein Autogramm seines Idols zu ergattern. Vielleicht hatte man einfach immer nur an der falschen Stelle gesucht …

»Victory, noch was. Ich weiß jetzt, was Nana gefehlt hat.«

»Wie gefehlt hat, was meinst du?« Viktoria wollte nicht über die tote Nana nachdenken, Florian – um den ging es jetzt.

»Die Narbe auf ihrer Brust.«

»Was ist damit?« Viktoria interessierte es nicht.

»Sie hatte dort ein Tattoo. Ein ziemlich großes.«

»Aha.« Viktoria war genervt, Mario sollte sie jetzt endlich mit seinem Betthasen in Ruhe lassen.

»Ich hab's abfotografiert. Das Bild, auf dem man sieht, dass sie dort ein Tattoo hatte.«

»Schön. Gut. Morgen?« Sie konnte sich jetzt wirklich nicht mit irgendwelchen Tätowierungen beschäftigen. Florian hatte vielleicht einen anderen Weg genommen, als alle Ermittler fünf Jahre lang geglaubt hatten. Das war wichtig. Zum Glück ließ Mario endlich locker.

»Morgen – okay. Wir sehen uns in der Redaktion.«

Und dann war sie – wieder mit einem Bus – nach Hause gefahren. Sie hatte keine Lust mehr gehabt, ihren Lada von der Turnhalle abzuholen. Sie wollte nach Hause, auf ihr Sofa – und ins Netz. Nachschauen, was sie über Gordon Bales fand. Nachschauen, ob es Fotos von der Veranstaltung gab. Und dann war sie eingeschlafen.

Sie nahm ihr Handy. Was sollte sie Kai antworten? Ihr fiel nichts ein. Sie wollte ihm keine SMS schicken. Sie wollte ihn anfassen und riechen und küssen. Sie gähnte und stellte den Fernseher aus. Sie schaute noch einmal in ihren Laptop. Sie hatte ein paar Artikel über die Autogrammstunde von Gordon Bales gefunden, auch der *Express* hatte darüber berichtet. Es gab sogar ein Foto, doch es zeigte nur den Star in Großaufnahme, die anderen Zeitungen hatten das Ereignis nur vermeldet und – wenn überhaupt – kleine Porträtfotos dazu gestellt. Meike Niemüller hatte das Bild von der Autogrammstunde für den *Express* gemacht. Morgen würde sie mit ihr reden, dachte sie. Morgen. Sie sah, dass sie eine E-Mail bekommen hatte. Doch sie war zu müde, um sie zu öffnen. Morgen. Auf dem Weg in ihr Schlafzimmer zog sie sich aus, ließ die Sachen achtlos auf den Boden gleiten und fiel in ihr Bett. Es kam ihr auf einmal so groß vor. Viel zu groß für sie allein. Sie würde Kai antworten. Morgen.

»Dich brauche ich!« Viktoria hatte Glück. Meike Niemüller hatte den Frühdienst am Fotografentisch. Sie war gerade dabei, die Angebote diverser Fotoagenturen durchzugehen, um etwas für die Konferenz zusammenzustellen. Auf dem Bildschirm rekelten sich nackte Paare in diversen Stellungen – für die tägliche Sexseite des *Express*.

»Was machst du denn schon hier?« Sie lachte und drehte sich auf ihrem Stuhl um.

Viktoria mochte das leicht kehlige Raucherlachen der Fotografin. Und sie mochte die Fotografin. Viktoria erklärte ihr, was sie suchte. Und Meike konnte sich tatsächlich an den Fototermin bei Dussmann erinnern.

»Es war tierisch voll. Die ganzen Teenager drängelten. Und ich war super genervt, weil die alle so groß waren, dass ich kaum ein Foto machen konnte.«

»Hast du mehrere Bilder gemacht? Auf dem, das im *Express* gedruckt wurde, sieht man nur Gordon Bales in Großaufnahme.«

Meike überlegte. Dieser Termin war keiner der ganz wichtigen gewesen, doch Promis speicherte sie meistens in ihrem eigenen Archiv. Sie zog ihren Laptop hervor und startete das Programm. Sie gab das Datum ein, wartete und seufzte. »Ne, sorry. Muss ich schon gelöscht haben. Gordon Bales spielt ja auch schon länger nicht mehr, oder?«

Viktoria wollte noch nicht aufgeben.

Doch Meike schaute auf die Uhr. Sie hatte zu tun, musste noch ihr Angebot für die Konferenz fertig machen. »Sorry, Viktoria. Aber jetzt geht echt nichts mehr …«

Viktoria nickte. Auch sie musste an ihren Schreibtisch und die Polizeimeldungen aus der vergangenen Nacht und vom frühen Morgen auf zeitungstaugliche Geschichten checken.

Zum Glück hatte Charly heute Frühdienst. Er war verantwortlich dafür, dem Chef der Lokalredaktion die richtigen Themen mit den richtigen Worten vorzuschlagen. Viktoria druckte ein paar Meldungen aus, die ihr einer ihrer Polizeiinformanten gemailt hatte, und schob sie auf Charlys Schreibtisch. Dann schaute sie in ihr privates Mailfach. Sie hatte ein schlechtes Gewissen. Auf Kais SMS hatte sie immer noch keine Antwort gefunden. Warum nahm sie nicht einfach den Hörer in die Hand und rief ihn an? Sie öffnete den E-Mail-Account und erkannte den Absender sofort. Es war wieder die Adresse, die der Mailadresse von Kai so ähnlich war. Mit ungutem Gefühl öffnete sie die Post. Hoffentlich schickte ihr nicht wieder irgend so ein Irrer Fotos einer misshandelten Frau.

Sie las den Text: *Ich habe das hier gefunden, und Sie sollten es lesen! Passen Sie auf sich auf!*

Kurz überlegte sie, ob sie die Mail sofort löschen sollte, doch dann öffnete sie zögernd den Anhang. Dort fanden sich E-Mails, die Kai Westmark – die Adresse war wirklich seine – an *Honey101* geschickt hatte. Was für eine beschissene Mailadresse, dachte sie, als sie die Mails widerwillig und mit schlechtem Gewissen las.

Das einzige Gefühl, das ich für Dich empfinde, ist Hass. Und ich glaube, insgeheim willst Du gehasst werden. Du willst, dass ich Dich wie Dreck behandele – also tue ich es.

Sie las den Text noch einmal. Und noch einmal. Als könnte sie damit den Inhalt, die Worte ändern. Doch es wurde mit jedem Mal schlimmer. Hatte Kai das wirklich geschrieben? Es klang nicht nach ihm. Es konnte nicht sein. Sie las weiter. Sie las die nächste Mail. Sie las sie wieder und wieder.

Denkst Du, ich empfinde Mitleid, wenn ich Dich bluten sehe, wenn ich Deine Wunden sehe – vergiss es! Stirb meinetwegen.

Viktoria schaute sich um. Sie fürchtete, jemand könnte lesen, was sie gerade las. Kai, Kai, was hast du da geschrieben? Dann öffnete sie die letzte Mail, sie war kurz und sachlich, aber sie war auch die bedrohlichste von allen.

Geh ruhig zur Polizei, Du weißt, was dann passiert.

Viktoria lehnte sich in ihren Stuhl zurück. Ihre Hände zitterten, als sie einen Schluck Cola nahm. Wenn diese Worte wirklich von Kai geschrieben worden waren, dann war er, dann … Sie wollte sich gar nicht ausmalen, was und wer er dann war. Ein Mensch, erfüllt von Hass. Einer, der jemandes Tod wünschte. Sie las die letzte Mail noch einmal, las auch die ersten Mails erneut. Ja, es war eindeutig. Er hatte *Honey101* gedroht. Er schrieb von Wunden und von Blut. Viktoria musste an die Bilder denken, die ihr auch geschickt worden waren, die sie verdrängt hatte, von denen sie dachte, sie seien von irgendeinem Idioten gemailt worden. Die Würgemale, die Blutergüsse – die geschundene Frau. War diese Frau *Honey101*? Was hatte Kai Westmark dieser Frau angetan? Sie dachte an seine Hände, seine wunderbaren Hände, die so wunderbare Dinge mit ihr getan hatten. Hatten diese Hände auch furchtbare Dinge getan?

11. Kapitel

Insulin! Frank Metzger wollte es sich selbst nicht eingestehen, aber der Anruf der Berliner Reporterin hatte ihn nicht mehr losgelassen. Sie hatte ein Samenkorn gelegt, und jetzt wuchsen Kraut und Rüben in seinem Kopf. Insulin war schwer nachzuweisen. Ein kleines Einstichloch war leicht zu übersehen. Vielleicht hatte Viktoria Latell den richtigen Riecher, einen besseren als er. Nein, es konnte nicht sein, vor allem durfte es nicht sein. Nana Oppenkamps Leiche war ordentlich nach allen Regeln der Kunst und ohne Fahrlässigkeiten obduziert worden. Sie sollte ruhen sanft. Doch genau das war der Punkt. Nana Oppenkamps Leiche lag noch immer nicht in einem Grab. Denn bislang gab es niemanden, der ihre Bestattung bezahlen wollte. Die Sachbearbeiterin, die beim Ordnungsamt für die ordnungsbehördliche Bestattung zuständig war, hatte genau acht Tage Zeit, einen Angehörigen zu finden, der zahlungspflichtig war. Doch Nana Oppenkamps Eltern lebten nicht mehr, verheiratet war sie nicht, Kinder über achtzehn gab es auch nicht, Enkel noch weniger, und auch von Geschwistern war dem Standesamt nichts bekannt. Wenn sich kein Freiwilliger mehr fand, musste Nana Oppenkamp vom Amt in einem anonymen Urnengrab bestattet werden. Und bis dahin lag sie – gekühlt – im Institut und bereitete Frank Metzger leichte Kopfschmerzen.

Also gut, dachte sich Metzger, ich werde noch einmal nachschauen. Ausnahmsweise.

Als der kühle Leichnam erneut vor ihm lag, musste er kurz an die schwarzhaarige Reporterin und den etwas tollpatschigen Fotografen denken. Und an seine Cousine Rita Rose. Er hoffte, dass sich Viktoria Latell an die Abmachung hielt und, erstens, all die Informationen für sich behielt, die er ihr über die Roses gegeben hatte, und zweitens dafür sorgte, dass sein angeheirateter Cousin seine Frau für immer in Ruhe lies.

Metzger massierte seine schmerzenden Schläfen und konzentrierte sich wieder auf die Tote. Wo könnte man ein kleines Einstichloch am ehesten übersehen? An welcher Stelle würde ein Mörder eine Spritze mit einer tödlichen Dosis Insulin ansetzen, um nicht entdeckt zu werden? Er zog jede Hautfalte auseinander, hob die Haare, suchte an den Wurzeln, spreizte die Finger, die Zehen auseinander, nahm auch die rätselhafte Narbe auf ihrer Brust noch einmal unter die Lupe. Dann schaute er sich jedes Muttermal an. Nana hatte nicht viele davon. Sie wäre sicher nicht an einem Hautkrebs gestorben, dachte er. Dann hielt er inne. Aber vielleicht an einer Überdosis Insulin.

Frank Metzger rieb sich kurz die Augen und ärgerte sich. Dann rief er seine Kollegin über das Haustelefon an. »Kommst du mal. Ich glaube, ich habe hier was entdeckt. Und ruf die Kripo auch gleich an. Wir … äh … ich hatte hier etwas übersehen.«

Die Konferenz war zu Ende. Guido Willmers, der Chefredakteur, hatte mal wieder schlechte Laune gehabt und maulig die Angebote der Ressortleiter kommentiert, die daraufhin – ebenfalls übel gelaunt – die Arbeit an die Reporter verteilten, die daraufhin maulig die Aufträge entgegennahmen. Auch Viktoria meckerte, obwohl es eigentlich nichts zu meckern gab. Sie sollte lediglich die Reportage eines Volontärs umschreiben, der einen ganzen Tag und eine ganze Nacht auf einer Feuerwache zugebracht hatte und das Ganze etwas zu hölzern und schulaufsatzartig abgeliefert hatte. Dazu kam, dass bei seinem Vierundzwanzig-Stunden-Einsatz nicht ein einziger wirklicher Einsatz gefahren worden war. Lediglich der Mülleimer auf den Toiletten der Wache hatte kurz Feuer gefangen, nachdem einer der Männer eine Kippe hineingeworfen hatte. Und genau das durfte er nicht schreiben, erklärte der Volontär Viktoria. Er hätte es den Feuerwehrmännern versprochen.

Viktoria machte sich also daran, aus einem Schulaufsatz einen knackigen Text zu formulieren. Kein Problem für Victory. Eigentlich. Doch nach den schrecklichen Mails von Kai an *Honey101*, die ihr nicht mehr aus dem Kopf gingen, war ihr überhaupt nicht danach. Sie hätte eigentlich lieber geheult.

»Konferenz aus?« Mario war am Telefon.

»Sorry, hab es heute Morgen nicht in die Redaktion geschafft.« Viktoria hörte ein Kichern im Hintergrund. Eines, das ein paar Oktaven höher klang als das Lachen von Mario. »Oh, du hast Damenbesuch?«

Mario antwortete nicht, sondern lenkte mit einer Gegenfrage ab. »Hast du schon etwas rausgefunden? Über Florian und Gordon Bales?«

Viktoria riss sich zusammen. »Ne, leider hat Meike keine Fotos mehr von der Autogrammstunde.«

»Verstehe. Aber ich habe noch etwas über Nana Oppenkamp rausgefunden. Diese seltsame Narbe, du erinnerst dich …«

»Ja. Auf ihrer Brust.«

»Genau – ich weiß jetzt, was da mal war.«

»Ein Tattoo – du sagtest es schon. War es so hässlich, dass sie es sich weglasern ließ?«

»Keine Ahnung. Es war eher seltsam.«

Viktoria konnte sich immer noch nicht für Nana Oppenkamp interessieren. Kai und die schrecklichen Mails, die lahme Feuerwachereportage. Es wurde ihr langsam zu viel. Also murmelte sie gelangweilt: »Aha.«

»Es waren Beine und Arme drauf, ein halber Mensch.«

»Ein halber Mensch?« Viktorias Stimme war plötzlich schrill.

Sie sah ihn vor sich. Kai. Kai, wie er das Zimmer verlässt. Sein gerader starker Rücken, die breiten Schultern und darauf die Tätowierung. Sie hatte es außergewöhnlich gefunden, dass er sich das berühmte Motiv von Leonardo da Vinci hatte stechen lassen, ihr hatte das Motiv gefallen, sie hatte es mit ihren Fingern nachgezeichnet, sie hatte es geküsst. Die Proportionenstudie eines Menschen, wissenschaftlich exakt, ästhetisch einwandfrei mit Armen und Beinen in verschiedenen Stellungen. Er hatte es als Urlaubssünde abgetan.

»Victory, bist du noch dran?«

»Ja.«

»Alles klar?«

»Nein.«

»Dieses Tattoo von Nana. Es sah so aus wie diese berühmte Zeichnung, die ständig auf irgendwelchen Postern zu sehen ist. Von Michelangelo – glaube ich«, Mario redete weiter.

»Nein, von Leonardo da Vinci. Ich habe es vor Kurzem noch gesehen. Ich meine, ich habe die andere Hälfte gesehen. Die andere Hälfte von dem vitruvianischen Menschen.«

Viktorias Stimme war brüchig geworden. Mario war immer noch fröhlich. »Ich schick dir das Bild rüber, dann kannst du es dir ja mal ansehen.« Sie legte auf. Sie bräuchte die Mail von Mario gar nicht zu öffnen, sie wusste, wie das Tattoo aussehen würde. Kai, was bist du für ein Mensch? Kai, verdammt noch mal, warum hatte Nana Oppenkamp dieselbe Tätowierung wie du?!

Meike Niemüller saß konzentriert vor dem großen Bildschirm der Fotoredaktion. Ohne aufzuschauen, rief sie

Viktorias Namen durch das Großraumbüro, in dem sie nur wenige Meter voneinander entfernt saßen.

»Ich habe eine Idee. Wegen des Fotos, das du gesucht hast. Von der Autogrammstunde. Ich schau mal, ob das Original im Archiv gespeichert ist. Vielleicht war ja mehr zu sehen, und sie haben nur einen Ausschnitt davon gedruckt.«

Viktoria schwirrte der Kopf. Sie versuchte, nicht weiter an Kai und dessen Geheimnisse zu denken. Florian war jetzt wichtiger. Sie wippte nervös mit ihren Beinen.

»Da!« Beide Frauen rückten gleichzeitig näher an den Bildschirm. Meike hatte recht gehabt. Das Foto, das am Tag nach der Autogrammstunde im *Express* zu sehen war, war beschnitten worden. Auf dem Original sah man viele Teenager, die sich um den Star drängelten. Einer von ihnen war von hinten zu sehen. Er trug einen schwarzen Rucksack.

Karl schlug den letzten Nagel ein. Die neuen Bretter hatte er vorher gut gestrichen, sie würden lange halten. Er räumte sein Werkzeug in die Metallkiste. Die Nägel, die er nicht gebraucht hatte, lagen in seiner Jackentasche, er kramte nach ihnen, fühlte den kleinen Rest der Plastikverpackung des Kondoms zwischen dem spitzen Stahl und hielt kurz inne. Dann ließ er die Nägel in das kleine Fach oben in der Werkzeugkiste fallen, umschloss den bunten Schnipsel, den er immer noch nicht weggeschmissen hatte, mit seinen Fingern, öffnete mit der anderen Hand den Reißverschluss seiner Cordhose, glitt mit einer Hand in die Öffnung und erinnerte sich.

Sie war so unglaublich scharf gewesen, an jenem Abend. War es vor fünf Jahren? Egal. Lang ist's her. Er hatte am Tresen vom Gasthaus König mit ein paar Jungs, mit denen er vorher auf Treibjagd gewesen war, gesessen. Treibjagd, ha, wie passend.

Sie alle hatten gut gegessen und bestellten gerade ihr drittes oder viertes Bier, als die Tür aufging, Nana Oppenkamp hereingerauscht kam und direkt auf ihn zuging. Er kannte sie nur flüchtig, sie war eine Schulfreundin von Kai Westmarks Schwester und mit ihr auf einigen Partys aufgetaucht. Ihr Hintern war echt gut, die langen blonden Haare, ihr offenes Lachen – klar, dass sie ihm aufgefallen war. Doch sie hatte sich nicht für ihn interessiert. So viel stand fest.

Doch jetzt hatte sich die Sache ganz offensichtlich geändert. Sie interessierte sich für ihn. Sogar sehr. Tobias und die anderen feixten ein bisschen, als sich Nana neben ihn gestellt hatte und auf Tuchfühlung ging. Wenn sie gehört hätten, was sie ihm ins Ohr flüsterte, wären sie sicher still gewesen. Er selbst traute seinen Ohren ja kaum, als sie ihm sagte, dass sie sich jetzt gleich mit ihm treffen wollte. Allein.

»Die anderen sollen uns nicht stören«, sagte sie vieldeutig und berührte ganz leicht seine Hand.

»Auf dem Weg nach Haus Langen, dort, wo der kleine Pfad zur Tausendjährigen Eiche abgeht, da ist am Feldrand so ein Unterstand«, hauchte sie.

»Den kennst du doch, so als Jäger.«

Karl fühlte sich geschmeichelt. Er hätte nicht gedacht, dass sie etwas über ihn wusste. »Klar kenn ich den Luderplatz«, hatte er erwidert.

Sie hatte sich mit ihrer Zunge über die Lippen geleckt, als sie das Wort wiederholte. *Luderplatz.* Ja, das gefiel ihr.

»Bring dein Gewehr mit, dein Jagdwerkzeug, ein Seil«, flüsterte sie ihm ins Ohr, und ihre Hand lag dabei auf seinem Knie. »Ich steh auf harte Sachen.« Dann legte sie ihren Zeigefinger auf ihre Lippen und verschwand.

Er wartete zehn Minuten. Die anderen sollten nichts mitbekommen. Er trank sein Bier in Ruhe aus und genoss die Vorfreude, als er in seinen Nissan stieg und Richtung Haus Langen fuhr. Zum Luderplatz.

Sie wartete schon im Unterstand auf ihn. Saß in der Ecke, die Beine lässig übereinander gekreuzt, und trank aus einer kleinen Flasche Sekt.

»Prost«, sagte sie und hielt ihm das Getränk hin.

Er trank. Als sie ihm beinahe sachlich sagte, was sie von ihm erwartete, begann seine Halsschlagader zu pulsieren.

»Mach es mir brutal!«, sagte sie und zerrte selbst an ihrer Bluse. Er hörte, wie der Stoff riss. Sie nahm seine Hand, legte sie auf ihre Brust. Flüsterte: »Tu mir weh!«

Karl wollte sie anfassen, ihre Haut fühlen, er zerrte an ihrem BH. Zog ihren Kopf zaghaft an ihren Haaren in den Nacken.

Doch das reichte ihr nicht. Sie zischte ihn an, dass er ein Seil nehmen und sie damit an den Händen fesseln solle, dass er sie mit seinem Gewehrkolben zu Boden drücken solle, dass er ihren Slip herunterreißen solle.

Ihm wurde heiß, hektisch verschnürte er das Seil, riss an ihrer Unterwäsche, schob den Jeansrock über ihre Hüften, sah ihre Oberschenkel, ihre Scham. Er wollte sie streicheln, berühren, anfassen. Er ließ das Gewehr fallen, mit dem er sie schlagen sollte, und streifte sich seine Hose ab, jetzt würde er bekommen, was er wollte. Jetzt.

»Drück mir die Kehle zu, drück sie mir zu!«

Karl roch ihren salzigen Schweiß, er wollte ihre Brüste berühren, wollte, dass sie sich an ihn schmiegte, ihre Beine um ihn schlang.

Sie packte seine Hand, legte sie an ihre Kehle. »Drück zu«, bettelte sie. »Ich mag es, wenn ich Angst habe.«

Karl drückte zu, vorsichtig, ein bisschen mehr. Sie sollte nicht ersticken, sein Unterleib bewegte sich auf und ab.

»Schlag mich mit deinem verdammten Gewehr. Schlag mich!«

Er spürte, wie seine Erektion nachließ. Verdammt. Er wollte sie doch nur ficken. Einfach nur ficken!

Nana keifte: »Nun mach schon. Drück zu.«

Ihre schrille Stimme nervte, sie nervte. Sie sollte endlich still sein. Dann schlug er zu. Einmal. Zweimal. Noch einmal. Sie lag ein paar Sekunden reglos da. Ihre Lippe war aufgeplatzt.

Sie öffnete die Augen. »Endlich«, sagte sie.

Als er sie küsste, schmeckte er ihr Blut.

Nana sah schlimm aus. Ihre Kleidung war dreckig und zerrissen, das Gesicht blutig und angeschwollen. Er konnte sie nicht anschauen. Schweigend saßen sie in seinem Geländewagen.

Kurz vor dem Ortseingangsschild von Westbevern setzte er sie ab, Nana Oppenkamp hatte darauf bestanden. Er hatte ihr angeboten, sie nach Hause zu bringen, doch sie hatte abgelehnt. Er war froh, als sie die Autotür zuschlug. Und er war froh, dass niemand auf der Straße war.

Als er sie in seinem Rückspiegel sah, wie sie so dastand und ihre Arme um sich selbst geschlungen hatte, fiel ihm nur ein Wort ein: Vogelscheuche.

Ihr war klar, dass sie ihn fragen musste. Vielleicht würde Kais Antwort sie von all ihren bösen Gedanken befreien. Vielleicht. Doch hier – in Hör- und Sichtweite sämtlicher Kollegen – würde sie das Gespräch nicht führen. Sie würde ihn später anrufen. Später. Vielleicht. Nein, bestimmt. Sie musste wissen, warum er und Nana Oppenkamp dieselbe Tätowierung hatten. Dabei lag die Antwort eigentlich auf der Hand. Die beiden waren ein Paar gewesen. Irgendwann einmal. That's it. Sie hatte Kai gegenüber auch nicht sämtliche Exfreunde oder Exliebschaften erwähnt. Konnte sie es ihm also verübeln, dass er Nana nicht erwähnt hatte?

Ihr Blick fiel auf den Stapel der ausgedruckten Artikel, die alle von ihr geschrieben worden waren und die Nana so akribisch gesammelt hatte.

Was hatte Mario gesagt? – »Sie war regelrecht besessen von dir.«

Viktoria rieb sich die Schläfen. Sie hatte das Gefühl, in ihrem Kopf läge ein Tausenderpuzzle, das aus ganz viel gleichfarbigem Himmel bestand. Es war schwer und zäh, die vielen blauen Teilchen einander zuzuordnen. Doch irgendetwas passte. Irgendetwas. Sie musste mit dem Rahmen anfangen, mit den Eckteilchen. Eins nach dem anderen. Sie nahm sich ein Blatt aus dem Papierkorb und schrieb auf die Rückseite:

+ Der Startpunkt: Nana und Mario. Der blutige One-Night-Stand. Warum das Blut, warum ist sie verschwunden? Zufall? Verschweigt Mario etwas?
+ Nana und Kai. Einst eine große Liebe? Ein gemeinsames Liebestattoo? Warum ist ihres herausgeschnitten worden? Wer hat das getan? Warum hat er seines noch?
+ Florian. Sind die Hinweise echt? Hat Nana etwas damit zu tun? Sie wusste, dass Viktoria der Fall Florian sehr beschäftigte.
+ Florian. Ist er wirklich mit dem Bus gefahren? War er bei der Autogrammstunde von Gordon Bales?

Als sie alles aufgeschrieben hatte, überflog sie die Notizen noch einmal. Sie knüllte das Papier zusammen und warf es in den Mülleimer.

»Ich bin total bescheuert«, sagte sie laut. Und keiner ihrer Kollegen in Hörweite widersprach.

»Schau mal, Charly!« Viktoria reichte ihrem Kollegen aus der Polizeiredaktion den Ausdruck, den Meike ihr gegeben hatte.

»Der da, den man von hinten sieht, könnte das Florian sein?«

»Du meinst *den* Florian?«

Sie nickte.

Charly kannte die Geschichte des vermissten Jungen natürlich. Er hatte in seiner Polizeireporterzeit schon häufiger über verschwundene Kinder berichten müssen, er hasste diese Geschichten. Er war froh, dass er in diesem Fall nicht so nah an den Betroffenen war wie Victory. Und er war auch nicht sicher, ob es in diesem Fall überhaupt einen Fall gab. Florian passte nämlich nicht in das typische Schema. Er war – so makaber das klang – mit seinen dreizehn Jahren schon beinahe zu alt für einen mordenden Kinderschänder oder einen pädophilen Entführer. Denn das fürchteten doch alle irgendwie, auch wenn es keinen konkreten Hinweis gab.

Für Charly Berendsen war Florian ein Ausreißer, der keinen Bock mehr auf seine Eltern hatte.

Vielleicht wollte er das aber auch nur glauben. Fakt war, dass ihm die Geschichte nicht so zu schaffen machte wie ihr. Charly las die Bildunterschrift.

»Du meinst, er war am Tag seines Verschwindens bei der Autogrammstunde von Gordon Bales?« Viktoria zuckte mit den Schultern.

»Wie kommste denn da drauf?«

Sie schüttelte den Kopf. »Nun sag schon, Charly – ist

der Junge da vorn, ist das Florian mit seinem Lederrucksack?«

Charly zog die Mundwinkel nach unten. »Man erkennt ja kaum was.«

Viktoria wurde langsam ungeduldig. »Das weiß ich auch, du Klugscheißer. Könnte er es denn sein?«

»Können kann vieles. Klar, er ist schlank, er trägt einen Rucksack, aber, nee, Victory – ich kann es dir nicht sagen.« Er gab seiner Kollegin das Bild zurück. »Wer hat dir denn erzählt, dass er da gewesen sein soll? Vielleicht wollte dich ja nur einer verarschen.«

Viktoria legte das Foto in einen ihrer überquellenden Gitterkörbe. Sie spürte, wie zwei blaue Puzzleteilchen in ihrem Kopf ganz nah zusammenrückten. Sie mussten nur noch aneinandergesetzt werden, dann wäre eine Ecke fertig.

Verarschen? Wollte sie jemand verarschen? Nana Oppenkamp hatte all ihre Artikel gelesen. Auch die, die Viktoria über Florians Familie geschrieben hatte. Die gefühlvollen Zeilen, die emotionalen Schlagzeilen. Wenn sie nicht dumm war, hat sie gemerkt, wie wichtig Viktoria die Geschichte mit Florian war. Hat sie kurz vor ihrem Tod die Sammelkarte und das BVG-Ticket in das Schatzkästchen gelegt, um sie nach Berlin zu locken? Hat sie eine falsche Fährte gelegt? Und ist Viktoria ihr, hungrig nach einer fetten Beute, nach der Lösung des Falls, nach einer Sensation, gefolgt? Weg aus Westbevern, weg von Kai?

Isa Joss war überrascht von der Bandbreite der Gefühle, die vor wenigen Stunden von ihr Besitz ergriffen hatten und noch immer andauerten. Das stärkste war die Erleichterung.

Ihr Junge war gesund. Kerngesund. Dreitausendneunhundert Gramm schwer, einundfünfzig Zentimeter groß. Die Hand hatte einfach nur versteckt hinter seinem Körper gelegen, das war's.

Dann war da der Stolz, der sie durchflutete, wenn sie ihn anschaute. Wenn sie ihren Mann anschaute, der ihn im Arm hielt. Ihr Sohn war wunderschön. Und da war noch diese große Wut. Über die Schmerzen, die sie überrollt hatten, über die Hebamme, die ihr geraten hatte, das Kind ohne jedes Betäubungsmittel zu bekommen, die ihr gesagt hatte, sie sollte dicke Socken mit in den Kreißsaal nehmen, weil sie sonst kalte Füße bei der Geburt bekäme, die ihr also verschwiegen hatte, dass kalte Füße wahrlich das geringste Problem waren, das Isa unter der Geburt hatte. Sie hatte Todesangst. Warum hatte ihr niemand gesagt, wie brutal alles sein würde, wie blutig, wie unfassbar weh es tun würde.

Jetzt lag sie da, in einer albernen Netzunterhose, die die riesigen Vorlagen hielt, die das viele Blut aufsaugten, von dem ihr auch niemand erzählt hatte und das aus jeder der Wöchnerinnen herauslief wie eine nie versiegende Quelle.

Isa versuchte aufzustehen, sie stöhnte auf. Der Dammschnitt! Wiliam schaute sie besorgt an, sie lächelte. Die Schmerzen würden vergehen, ihr Junge würde eines Tages ganz sicher mit beiden Händen einen Ball fangen können.

Als sie von der Toilette zurückkam, standen sie an ihrem Bettende. Sie schauten nicht auf, sie schauten nur auf ihn. Auf ihren Enkelsohn. Wiliam machte das einzig Richtige, er legte seinen Sohn in die Arme seiner Schwiegermutter. Wie lange habe ich sie nicht mehr so gesehen, dachte Isa und wusste die Antwort längst. Fünf Jahre lang. Fünf Jahre lang, in denen sie vergeblich darauf warteten, dass Florian klingeln würde, dass er nach Hause kommen, dass er in seinem mauligen Tonfall sagen würde: »Was gibt's heute zu essen!«

»Mama, Papa…« Isa wusste, dass es jetzt sein musste. Sie war es ihrem Jungen schuldig, der für nichts etwas konnte.

Ihre Eltern schauten auf, Tränenschleier in den Augen.

»Ich muss euch etwas sagen.«

12. Kapitel

Wirklich schön hier. Viktoria stand vor dem weißen mannshohen Eingangstor, das von geklinkerten Säulen eingerahmt wurde, in denen die blank polierte Gegensprechanlage aus Messing glitzerte. Der Grunewald war in ein herbstliches Rotgemisch getaucht. Wohin sie auch schaute, sie erblickte nur gepflegte Gärten, frisch gestrichene Gartentore. Menschen sah sie nicht. Die waren entweder nicht da, weil sie das viele Geld für ihre teuren Häuser verdienten, oder sie hockten in ihren warmen Villen. Nur ein paar Eichhörnchen hoppelten über den Weg.

Sie hatte es endlich hinter sich. Das Gespräch mit Rudolfo Rose. Es war kurz gewesen und alles andere als herzlich. Doch sie hatte gesagt, was gesagt werden musste. Er hatte sie nicht hereingebeten, und dass sie überhaupt bis zur Haustür gelangen konnte, verdankte sie nur der jahrelangen, sehr rosefreundlichen Berichterstattung des *Express*. Die Reporterin wurde vorgelassen – schließlich wusch eine Hand die andere im Showgeschäft …

Rudolfo hatte selbst geöffnet, was die Sache leichter machte. Er begriff schnell, was Viktoria ihm vorwarf, und seine Augen wurden genauso schnell zu schmalen

Schlitzen. Ungeheuerlich seien ihre Behauptungen, haltlos, er würde sofort seinen Anwalt rufen und den *Express* wegen übler Nachrede verklagen.

Doch Victory ließ sich nicht einschüchtern. Sie blieb freundlich und fuhr fort: »Herr Rose, wir beide wissen, dass Sie Ihre Frau geschlagen haben. Und es liegt an Ihnen, ob es bald auch noch zweihundertfünfzigtausend Leser wissen – oder ob es unter uns bleibt.«

Er ließ sich nichts anmerken, doch sie erkannte eine gewisse Neugierde in seinem Blick.

»Sie haben jetzt genau zwei Möglichkeiten.«

Er schnaufte wütend und wollte gerade etwas erwidern, als sie ihn unterbrach.

»Sie werden jetzt – in meinem Beisein – einen Termin mit diesem Therapeuten vereinbaren …« Viktoria zog eine Karte aus ihrer Manteltasche. »Mit ihm werden Sie ernsthaft an Ihrem Gewaltproblem arbeiten.«

Roses Augenbrauen zuckten.

»Sie werden bei keiner Sitzung fehlen. Und Sie werden Ihre Frau nie wieder schlagen. Sollten Sie eine dieser Bedingungen …«

Rose schnappte nach Luft. »Sie wagen es, mir Bedingungen zu stellen?«

Viktoria blieb ganz ruhig. »Sollten Sie eine der beiden Bedingungen nicht erfüllen, liefere ich meinem Chefredakteur eine Eins-a-Schlagzeile. Ich habe Zeugen, Fotos, jede Menge Material …«

Er schnaufte. »Wer? Welches Schwein hat Ihnen …« Er ging einen Schritt auf Viktoria zu.

»Herr Rose. Lassen Sie uns sachlich bleiben.« Viktoria lächelte und reichte ihm die Visitenkarte des Therapeuten und ihr Handy.

Rose zögerte. Doch er tat es. Er tippte die Nummer widerwillig ein – und verabredete einen Termin.

»Ich werde das kontrollieren«, sagte Viktoria. »Wenn Sie nicht regelmäßig zu Ihren Sitzungen gehen, dann …«

»Das ist ein ungeheuerlicher Vorgang«, erwiderte Rose.

»Das finde ich auch«, sagte Viktoria. »Wie kann man nur eine Frau schlagen?« Sie sprach extra laut.

Rose wurde nervös, schaute sich um – die Nachbarn!

»Sind wir uns einig, Herr Rose?«

Er nickte. Die Hände zu Fäusten geballt.

»Sie kriegen das Problem in den Griff?«

Er nickte erneut, die Fäuste in den Hosentaschen. Fast schien es, als ließe er die Schultern hängen.

Viktoria fand, dass er irgendwie kleiner aussah als sonst.

»Es war ein Ausrutscher. Die Katze, sie hat ihr bestimmt was ins Fressen gemischt, sie mochte sie nie.«

Viktoria schaute ihn streng an. Er hörte auf, sich zu verteidigen.

»Okay. Okay.« Er hob seine Hände. »Es kommt nicht mehr vor.«

Viktoria schaute ihm in die Augen und hätte nicht sagen können, ob er log oder nicht. Von wegen: Augen sind die Fenster zur Seele, oder Tränen lügen nicht. Schwachsinn! Auch Massenmörder, Kinderschänder, Terroristen und Sadisten haben mitunter schöne blaue Augen oder einen Blick, der einen zum Lächeln bringt oder dazu, darin zu versinken. – Und selbst im Moment der schlimmsten Tat, wer weiß schon, wie sie da geschaut haben? Und die, die es wissen, die leben nicht mehr. Viktoria schüttelte den Kopf. So eine beschissene Laune wie heute hatte sie wirklich lange nicht mehr gehabt.

Professor Metzger war hocherfreut über Viktorias Anruf. »Sie haben das ganz großartig gemacht«, lobte er ihren Einsatz im Grunewald. Und er war sich fast sicher, dass Rudolfo seine Cousine fortan in Ruhe lassen würde.

»Er ist kein typischer Schläger«, sagte er und kicherte.

Viktoria war verwundert. »Was ist daran so komisch?«

»Die Katze, also Tiger, sie ist wirklich vergiftet worden.« Metzger lachte jetzt sogar.

»Mein Gott«, Viktoria stimmte mit ein. »Sie haben das Tier also doch obduziert?«

Metzger flüsterte jetzt fast. »Ja, aber das bleibt unter uns.«

Viktoria versprach es. »Rita Rose hat also wirklich die Katze getötet?«

Metzger lachte noch lauter. »Ich fürchte, ja.«

Viktoria lachte zwar mit, ärgerte sich aber auch ein bisschen, dass sie sich diese Top-Story durch die Lappen gehen lassen musste. Sie stand im Wort, und deshalb würde sie nicht in der nächsten Konferenz mit ihren Insider-Informationen auftrumpfen können. Wie gerne hätte sie gesehen, wie ihre vorlaute Klatschkollegin unter ihrem Make-up blass wurde, weil ausgerechnet eine Polizeireporterin in ihrem Bereich gewildert und fette Beute gemacht hatte. Schade, schade, schade. Sie wollte schon auflegen.

»Ach, eine Sache noch. Sie haben sich doch so für die Tote interessiert, bei deren Obduktion Sie anwesend waren.«

Viktoria hielt die Luft an. Was kam denn jetzt?

»Sie hatten wirklich den richtigen Riecher, Frau Latell.« Metzger räusperte sich. »Die junge Dame ist höchstwahrscheinlich an einer Überdosis Insulin gestorben.«

Viktoria verstand es nicht. »Ich dachte, sie sei wegen ihrer Zuckerkrankheit gestorben.«

»Das dachte ich ja auch. Doch das Gegenteil ist wohl der Fall. Sie ist an einem Diabetes-Medikament gestorben. Ich habe ein Einstichloch gefunden, das diese Vermutung erhärtet. In einem kleinen Muttermal war es versteckt. Kaum sichtbar. Selbst für mich.«

Viktoria atmete tief durch. »Also hat ihr jemand das Medikament gespritzt, an dem sie gestorben ist?«

»So sieht es aus. Jemand hat es ihr gespritzt. Die Polizei hat die Ermittlungen bereits aufgenommen.«

Es fühlte sich schlecht an. Falsch. Doch es war richtig. Sie wollte nichts sagen, wollte ihr Handy auf den Grunewalder Asphalt schmeißen, es zertreten und dann mit ihrem Kopf gegen die alten Bäume rennen, ihre Stirn an der Rinde aufschlagen. Doch sie saß einfach nur da. Wie versteinert.

Kai hatte gelogen. Er hatte seine Chance gehabt. Ach was – er hatte sogar mehrere Chancen gehabt. Er hatte sie alle vertan. Sie hatte ihn gefragt, ob er Nana Oppenkamp kennen würde, und er hatte gesagt, dass sie eine Freundin seiner Schwester gewesen sei. Mehr nicht. Sie hatte ihn gefragt, ob er wisse, dass sie tot sei, und er war ihr genervt ausgewichen.

»Ja, wieso. Was soll das. Was hast du mit der?« *Mit der*. Es klang so abfällig, wie er es sagte, so kalt. Sie hatte ihn nach der Tätowierung gefragt, nach den E-Mails, in denen er ihr den Tod gewünscht hatte, und er hatte nichts mehr gesagt. Er hatte aufgelegt.

Sie machte weiter. Sie rief Mario an und bat ihn herauszufinden, ob die Berliner Freundin von Nana Oppenkamp vielleicht deren private E-Mail-Adresse hätte. Sie wartete. Zehn Minuten später schickte Mario eine SMS. Nanas E-Mail-Adresse lautete: *Honey101*, auch die Domain war identisch. Jetzt gab es kein Zurück mehr. Ihre Hände zitterten. Es fühlte sich falsch an. Schlecht. Es war Verrat. Aber es war richtig.

»Viktoria Latell hier. Können Sie mich mit der Kriminalpolizei Münster verbinden? Ich möchte bitte jemanden sprechen, der mit dem Fall Nana Oppenkamp betraut ist.« Sie wartete.

»Latell. Viktoria Latell. Ich habe eine wichtige Aussage zu machen.«

13. Kapitel

Lukas Adams hielt seine Brille unter den warmen Wasserstrahl und rieb die Gläser mit Spülmittel sauber, dann trocknete er sie mit Küchenpapier. Er sah jetzt deutlich klarer. Nicht nur wegen der sauberen Gläser. Nana war tot. Ein für alle Mal. Und ganz egal, was er auch tun würde, sie würde nicht zu ihm zurückkommen. Nie. Das hatte er endlich begriffen.

Er nahm das Brettchen mit dem Nutellabrot und setzte sich damit vor seinen Rechner. Da war sein Platz. Hier aß er. Hier dachte er nach. Hier lernte er, und manchmal schlief er hier auch ein, den Kopf auf die Tischplatte gelegt, das Rauschen der Festplattenlüftung summte sein Nachtlied. Er biss vom Brot ab und begann mit dem Hintergrundbild. Man sah nur eine Haarsträhne von ihr. Nur er wusste, dass es Nanas Haare waren, die vor dem Objektiv getanzt hatten, als sie Enten auf dem Aasee fotografiert hatte. Er löschte das Bild. Die Erinnerung an die Tretbootfahrt, die zutraulichen Enten, Nanas windzerzauste Haare, die Erinnerungen an diesen perfekten Sommertag, die hatte er in seinem Kopf – dafür brauchte er den Computer nicht. Er machte weiter. Nebenan hörte er die Stimmen der Polizeibeamten. Sie waren in Nanas Zimmer. Sie wühlten in ihren Schubladen, in ihrem Schrank, in ihrer Wäsche. Er wollte gar nicht daran denken, wie wütend sie wäre, würde sie es sehen. Sie konnte sehr wütend werden.

Er löschte all ihre Mails. Es stand ohnehin nicht viel darin, was er aufbewahren wollte. Kaum ein persönliches Wort, keine Formulierung, die sein Herz gewärmt hätte. Ihre Post war nicht gut gegen Nordwind. Sie ließ ihn frösteln.

Dann kam der letzte Akt. Er wollte es erledigt haben, bevor die Polizisten zu ihm kämen. Denn das wollten sie, ihn befragen, ihn ausfragen. Er deinstallierte das Programm, mit dessen Hilfe sie ihre Mails verschickt hatte. Die letzte Nachricht war erst einen Tag zuvor versandt worden, fiel ihm auf. Er grinste. Wer auch immer diese Post von einer Toten gelesen hat, würde sicherlich einen Schreck bekommen haben. Er widerstand dem Drang, ihre Mails zu lesen. Er musste es ihr versprechen. Erst als er es geschworen hatte, hatte sie ihren BH geöffnet.

Dabei war es am Anfang anders gewesen. Leichter. Unbeschwerter. Sie hatte ihn geneckt, ihn Streber oder Nerd genannt und ihn mitgenommen in das Leben da draußen. Er war es gewesen, der auf Distanz blieb, am Anfang. Er konnte sich nicht vorstellen, dass sie ihn meinte. Doch sie überzeugte ihn. Sie küsste ihn. Sie liebte ihn. Und er verfiel ihr. Mit Haut und Haaren, und, was am schlimmsten war, sogar sein Hirn hatte sie erobert.

Dann wurde sie kühler. Und er begriff es nicht. Sie wurde trauriger. Und sie tat ihm leid. Alles, was sie von ihm wollte, alles wollte er für sie tun. Er installierte ihr das E-Mail-Programm, er erklärte ihr, wie man Absender auf dem Handy unterdrückt, er kaufte für sie ein, er erledigte Botendienste.

»Ich habe doch kein Auto, Lukas. Kannst du mal?«

Er tat es. Er machte sich zum Deppen.

»Bitte erzähl doch nicht überall herum, dass wir zusammen sind.«

Er schwieg. Immerhin hatte sie von Zusammensein gesprochen. Das war doch schon etwas. Dachte er.

Inzwischen wusste er es besser. Er nahm den Karton und klemmte ihn sich unter den Arm. »Bin gleich wieder da«, rief er den Beamten in Nanas Zimmer zu. Dann ging er durch den Hausflur nach draußen. Er stieß die schwere Tür zum Hinterhof auf und roch die Ausdünstungen des großen Müllcontainers. Er hielt die Luft an und schob den Deckel nach oben. Die Kiste fiel weich auf Kartoffelschalen, schimmeliges Brot und Kaffeesatz. Der alte Herr aus dem zweiten Stock würde nie begreifen, dass diese Dinge in die Biomülltonne gehören.

Lukas grinste. Na ja, Diabetesmedikamente gehörten sicherlich auch nicht in den Restmüllcontainer.

Dieser verdammte Geruch. Nach Schweiß und Aftershave – und nach Verrat. Kai Westmark riss das Fenster auf. Er atmete die feuchte Luft ein, ihm war schlecht. Speiübel. Am liebsten würde er kotzen. Auf die Blumen vor seinem Praxisfenster. Ja, dann hätten sie was zu reden. Seine Patienten. Seine Nachbarn. Ganz Westbevern hätte etwas zu reden. Aber das hatten sie auch so. Die Polizei beim Doktor, so was passierte hier auch nicht jeden Tag. Kai lehnte sich an den Fensterrahmen, kühlte seine Stirn am Glas und versuchte, nicht mehr an das Aftershave und den Schweiß der Beamten zu denken. Oder war es sein Schweiß, der so roch? Er hatte gespürt, wie sich Pfützen unter seinen Achseln gebildet hatten, als sie ihn befragten. Zum Glück hatte er seinen Kittel an, der die Flecken im T-Shirt verbarg.

Sie hatten ihn nach Nana befragt. Schon wieder. Es war, als wäre keine Zeit vergangen, seit damals. Es war, als hätte sie ihn wieder in ihren Krallen. Und er strampelte wieder um sein Leben.

»Dr. Westmark?« Die Arzthelferin lugte herein. »Kann ich den nächsten Patienten schicken?«

»Sicher.« Ruhig bleiben, ermahnte er sich selbst. Ruhig bleiben. Er schloss das Fenster.

Sie wollten wissen, ob er noch Kontakt zu Nana Oppenkamp gehabt hätte – kurz vor ihrem Tod. Wann er sie zuletzt gesehen hätte. Ob es stimme, dass sie und er einmal ein Paar gewesen waren, wann das gewesen war. Wie sie sich getrennt hätten – und natürlich fragten sie ihn auch nach der Vergewaltigung. Obwohl die Anzeige fallengelassen worden war. Sie fragten ihn nach Nana Oppenkamps Blutergüssen, nach ihren Würgemalen, ihrer zerfetzten Kleidung.

Er wollte nichts mehr davon hören, gar nichts. Er schloss die Augen und sah seinen Vater vor sich. Wie er vor ihm stand, wie versteinert, groß, übergroß.

»Junge, hast du mir etwas zu sagen?«

Kai Westmark fuhr sich mit beiden Händen durch die Haare, über das Gesicht. Am liebsten hätte er den Spiegel zerschlagen, am liebsten hätte er es herausgeschrien. Sollten es doch alles sehen und hören: Nana Oppenkamp war schon tot für ihn, bevor sie starb.

Die Tür öffnete sich. Der nächste Patient. Kai Westmark reichte ihm die Hand.

14. Kapitel

Als sie auf seinem Klo saß und den schiefen Stapel mit den *Playboy*-Heften neben sich, die ungewaschenen Socken unter dem zahnpastaverklebten Waschbecken und die Tube mit der Enthaarungscreme für Männer auf dem Wannenrand betrachtete, war ihr klar, dass sie nicht viel tiefer sinken konnte. Nicht mal schlecht war ihr, dabei hatte sie mehr als fünf Averna-Cola getrunken. Kein gutes – kein gesundes – Zeichen. Sie griff nach der Klorolle, deren Papier vom Duschwasser wellig geworden war, und spülte ab. Es war drei Uhr in der Nacht. Sie hockte sich auf den Wannenrand.

Ficktoria. So hatten einige besonders witzige Schulkameraden sie früher genannt. Wenn sie sie jetzt sehen könnten, sie hätten ihren Spaß. Oder sie wären beeindruckt. Patrick war Anfang zwanzig, durchtrainiert, clever und komplett enthaart. Viktoria nahm die grüne Tube in die Hand und öffnete sie. Die Enthaarungscreme roch nach Minze. Auch Patrick roch nach Minze und nach Hugo Boss. Und Patrick versuchte, so zu sein wie die Models aus der Hugo-Boss-Werbung. Schön. Cool. Schön cool.

Sie kam sich mies vor. Nicht nur jetzt, auch vorher

schon. Als sie seine Zunge in ihren Mund ließ, als sie in sein Bett stieg, als sie ihm zuschaute, wie er sich abrackerte, wie er seinen hübschen Körper mit ihrem Körper zu einer ästhetischen Gesamtheit vereinen wollte. Sie hätte es nicht tun sollen. Volontäre flachlegen. Das war doch eigentlich ein Job für die anderen.

Sie blieb sitzen. Wäre ihr doch wenigstens übel gewesen, dann hätte es gepasst. Zu ihr. Zu diesem Tag. Es war der 15. Januar. Der Tag, an dem Florian nach dem Basketballtraining verschwand, er jährte sich wieder. Viktoria hielt kurz ihre Hände und Unterarme unter das kalte Wasser. Ihre Augenwinkel waren von Wimperntusche verklebt, sie wusch sich das Gesicht, Reste der schwarzen Farbe hielten sich hartnäckig unter ihren Wimpern. Anschließend öffnete sie die Tür zu seinem Flur, die Tür zu seinem Zimmer. Er lag auf dem Rücken. Der enthaarte Brustkorb hob und senkte sich gleichmäßig.

Leise schloss sie die Schlafzimmertür wieder und verschwand. Sie würde kneifen. Sie wollte nicht mit Florians Eltern sprechen. Sie würde sich krankmelden und Patrick für den Job vorschlagen. Er war gut. Er war unverbraucht. Er würde ihnen in die Augen sehen können, er würde ihre Hoffnung teilen, er würde nicht sagen, was sie ihnen endlich sagen würde: »Vergessen Sie es! Man wird ihn niemals finden. Irgendein Kinderficker hat ihn umgebracht.«

Als sie eine Stunde später unter ihrer Dusche stand, als das Shampoo in ihren Haaren schäumte, das Duschgel die Spuren der letzten Nacht beseitigte, fühlte Viktoria Latell sich immer noch dreckig.

Nachdem sie sich abgetrocknet hatte, wickelte sie sich in ihre Bettdecke und löschte seine letzte SMS. Als Kai Westmarks »Na?«, das er ihr vor genau drei Monaten geschickte hatte und auf das sie nie geantwortet hatte, für immer verschwand, ging es ihr besser.

Sie konnte endlich weinen.

15. Kapitel

Lukas Adams mochte die Grabstätte. Weil sie so fröhlich wirkte. Gar nicht bedrückend oder düster. Während er das Leben und die Menschen oft als kompliziert und undurchschaubar empfand, erschien ihm der Friedhof als eine unkomplizierte Sache. Hier war alles ganz einfach. Hier gab es nur die Toten und die Trauernden. Nana war auf Staatskosten in einem anonymen Grab auf dem Friedhof Lauheide beerdigt worden. Lukas hätte das Geld nicht aufbringen können, und Verwandte gab es keine. Er kam einmal die Woche her und setzte sich auf eine der Bänke, die neben den schön drapierten Steinen zum Gedenken einluden. Und er gedachte. Ihr, ihrer Liebe und der Geheimnisse, die sie mit ins Grab genommen hatte.

Die Polizei wusste immer noch nicht alles. Sie wusste ja sogar weniger als er. Anfangs hatten sie Kai Westmark in Verdacht gehabt, doch sie ließen ihn gehen.

Er selbst musste jemand anderen gehen lassen. Nana. Es wurde Zeit. Das wusste er schon lange. Doch ein bisschen wollte er sie noch bei sich haben, ein bisschen wollte er noch bleiben. Es war warm an diesem Junitag. Er beobachtete einen Zitronenfalter. Er flatterte kreuz und quer über die Wiese mit den Gräbern – federleicht wie eine Seele, wunderschön wie Nana.

Der Schmetterling verschwand, flog weiter, suchte sich neue Gräber, neue Tote, neue Trauernde, die ihm nachschauten.

Nana Oppenkamp, dachte Lukas, du bist schuld. Hättest du mich wirklich und wahrhaftig geliebt – wir könnten ihm jetzt nachjagen. Zusammen, lachend, lebendig.

Es gab schlechtere Außentermine. Viktoria und Mario standen am Reichstagsufer, den Reichstag im Rücken, die Spree vor sich und die Sonne über ihren Häuptern. Das Ufer war weiträumig abgesperrt. Polizisten scheuchten die neugierigen Touristen weiter. Es gestaltete sich äußerst schwierig, die Schaulustigen in ihrer Sensationsgier zu bremsen, denn hier war eindeutig etwas Spannendes im Gange. Etwas, was sie nachher ihren Liebsten daheim erzählen konnten und was besser war als jedes Berliner-Bärchen-Mitbringsel. Viktoria gähnte und schob sich ihre XXL-Sonnenbrille auf die Nase. Mario fotografierte die Einsatzfahrzeuge der Feuerwehr, die Polizeiwagen, die Taucher, die ab und zu an die Wasseroberfläche kamen und Handzeichen machten.

Leichenfund hatte es im Polizeifunk geheißen, den eine zwielichtige Agentur im Auftrag des *Express* regelmäßig auf zeitungstaugliche Geschichten abhörte. Der Chefredakteur hatte sie losgeschickt, weil sonst nichts los war.

»Wenn es wieder nur ein besoffener Penner ist, vergessen Sie die Sache«, gab er ihnen noch mit auf den Weg.

Niemand erwartete also etwas. Auch Viktoria nicht. Große Erwartungen waren ohnehin nicht ihr Ding. Nicht mehr.

Sie und Mario hatten einen ganz guten Platz. Sie waren zwar relativ weit weg, konnten aber von ihrem erhöhten Standort aus alles überblicken.

Viktoria kramte in ihrer Tasche und zog eine Kaugummipackung heraus. Sie war leer. »Shit«, fluchte sie und ließ das platte Papier zurück in die Tasche fallen. Dann suchte sie nach Ersatz. »Ah, geht doch!«, sagte sie schließlich und steckte sich den ultrafrischen Kaugummi in den Mund. Gleichzeitig tat sich unten am Wasser etwas.

Die Wasserleiche wurde geborgen. Ein Raunen ging durch die Menge der Schaulustigen. Dann war es still. Das, was sie sahen, brachte sie zum Schweigen. Eine aufgequollene, unförmige, kaum noch menschlich aussehende Gestalt lag in einem schwarzen Gitternetz, das zwei Taucher vorsichtig ans Ufer zogen, an dem der Rettungswagen wartete.

Was für ein Hohn, dachte Viktoria. Hier würde niemand mehr gerettet werden. Sie atmete durch den Mund, denn sie wusste, dass Wasserleichen sogar über große Entfernungen hinweg einen schrecklichen Geruch verbreiteten. Jetzt bei diesen Temperaturen war es am schlimmsten.

»Stell dir vor, du kochst ein Hühnchen und lässt es danach fünf Wochen lang im Topf vor sich hingammeln.«

So hatte Charly Berendsen es ihr zu erklären versucht. Sie war nicht besonders scharf darauf, seine Behauptung zu überprüfen, und atmete weiter durch den Mund.

Marios Fotoapparat klickte ununterbrochen, obwohl die Bilder, auf denen die Leiche zu sehen war, sowieso nicht gedruckt werden durften. So weit ging die Pressefreiheit dann doch nicht.

Viktoria zwang sich, nicht wegzuschauen. Die Taucher hievten jetzt gemeinsam mit den Kollegen an Land das schreckliche Leichenpaket aufs Ufer.

»Eine Wasserleiche im Sommer ist eine explosive Sache.« Charlys Worte klangen noch in ihrem Ohr. »Wenn man sie anfasst, kann sie aufplatzen.«

Ihr Blick schweifte ganz automatisch ab, suchte nach etwas, das ihrem Magen weniger zu schaffen machte, blieb kurz an dem Kripobeamten hängen, der ans Ufer trat und den sie von anderen Fällen kannte, und landete schließlich bei einem dritten Taucher, der gerade aus der Spree kletterte und dabei eine etwas unglückliche Figur machte. Kermit der Frosch ist eleganter, dachte Viktoria und wollte über den tollpatschigen Mann im schwarz-roten Neoprenanzug lachen. Das Lachen blieb ihr jedoch im Halse stecken. In seiner Hand hielt Kermit einen nassen Rucksack. Einen schwarzen Rucksack. Florians Rucksack.

Viktoria war froh, dass Meike Niemüller fuhr. Sie hätte sich nur schwer auf die Straße konzentrieren und während der Fahrt auch nicht in ihren Unterlagen lesen können. Wobei das eigentlich egal war. Sie wusste ja alles. Alles über den Fall Florian. Alles, was man als gute Polizeireporterin wissen musste – und noch mehr. Und jetzt wusste sie also auch, dass er tot war. Ertrunken in der Spree. Gefunden mehr als fünf Jahre später. Der Kultur sei Dank. Denn dass Taucher die aufgequollenen Überreste des Jungen fanden, lag daran, dass ein Kunstwerk ins Wanken geraten war. Die sogenannten *Loving Girls*, die als Gegenpart zu den berühmten Friedrichshainer *Fighting Men* am Reichstagsufer installiert worden waren und die eher aussahen wie zwei Strichmännchen, wackelten und drohten in der Spree zu versinken. Die Taucher sollten die Installation neu verankern.

Dabei fanden sie Florian, dessen Rucksack sich im Drahtgestell unter Wasser verfangen hatte und der deshalb nicht weiter ab- und aufgetrieben worden war. Die Polizisten hatten keinen Zweifel, dass es sich um seinen Rucksack handelte. Die gelbblaue Alba-Berlin-Brotdose fanden sie noch im Innern, Überreste seiner Trainingskleidung ebenfalls. Der Zahn- und Knochenabgleich würde den Rest ergeben. Der Leiche fehlten die Ohren und die Nase, sie waren von Ratten und Fischen abgefressen worden, auch der Rest war kaum noch vorhanden. Doch die Schädelknochen waren intakt, seine Kiefer ebenfalls, das meiste vom Skelett. Die Obduktion dieser Überreste ließ nicht auf stumpfe Gewalt schließen.

All das hatte Frank Metzger als neuer Chef der Berliner Rechtsmedizin Viktoria unter der Hand und vorab gesagt. Er hielt sich an sein Versprechen. Weil Viktoria dafür gesorgt hatte, dass Rudolfo Rose sich an seines hielt. Rita ging es anscheinend gut. Sie und ihr Mann hätten eine Art Abkommen geschlossen, verriet Metzger.

»Er lässt sie machen, sie lässt ihn machen, bei Einladungen lächeln sie zu zweit, ansonsten macht jeder sein Ding.« Es schien zu funktionieren. Sie hatten sogar eine neue Katze.

»Mist!« Meike Niemüller trat in die Bremsen ihres Ford Fiestas. Ein Mercedes hatte ihr den Parkplatz weggeschnappt. Sie wendete, setzte schnell zurück und hielt hinter einem Bulli in der Anwohnerparkzone. Noch eine Frau, die einparken konnte, dachte Viktoria. Meike drückte ihre Zigarette im übervollen Aschenbecher aus.

»Was ist los, Victory? So still? Scheiß Termin, oder?«

Viktoria nickte. Sie hatte einen Kloß im Hals. Zum Glück hatte der Fotochef Meike mitgeschickt. Nicht alle Fotografen waren so sensibel wie sie. Und die meisten quatschten, wenn einfach mal Ruhe angesagt war. Und hier, in diesem Fall, bei dieser Geschichte, hätte sie am liebsten auch einfach die Klappe gehalten. Es erschien ihr zynisch, die Eltern eines Jungen, der gerade tot geborgen worden war, zu fragen, wie es ihnen jetzt gehe. Es erschien ihr zynisch, überhaupt irgendetwas zu fragen. Sie knallte die Autotür zu und schaute am schönen Haus von Florians Eltern empor. Saniert, frisch gestrichen, hohe Räume, grüner Innenhof – eine gute Gegend, um aufzuwachsen.

Sie drückte auf den Klingelknopf.

»Ja?« Es war die Stimme von Christoph Jahnke, Florians Vater, die aus der Gegensprechanlage ertönte.

»Latell hier.«

Der Summer ging, sie musste ihn nicht einmal überreden. Warum ließ er sie rein?, fragte sie sich. Sie wäre gerne unverrichteter Dinge wieder in die Redaktion gefahren.

»Sie wollen mit niemandem sprechen«, hätte sie gesagt. Doch der Chef wäre durchgedreht. Noch hatte der *Express* einen Vorsprung vor der Konkurrenz. Und den sollte sie gnadenlos ausnutzen. Wenn sie erst einmal mit Florians Eltern gesprochen hatte, würden die Reporter der anderen Zeitungen nichts mehr erfahren. Dafür sollte sie sorgen. Die Tür für die anderen schließen. Bis jetzt hatte es oft geklappt. Schließlich war sie ein Profi. Viktoria war tough, mit allen Wassern gewaschen. Und ihr war schlecht.

Als sie Barbara Jahnke in der geöffneten, großen Jugendstiltür stehen sah, ging es ihr nicht viel besser. Florians Mutter lächelte. Sie streckte die Hand aus und nahm Viktoria in den Arm. Fast so, als gelte es, die Reporterin zu trösten. Viktoria fühlte sich unbehaglich, Meike hielt sich höflich im Hintergrund. Von innen hörten sie die ruhige Stimme von Florians Vater.

»Kommen Sie rein. Tee oder Kaffee?«

Tee oder Kaffee? Viktoria konnte nicht glauben, dass er das gefragt hatte. Dass sein Sohn tot war, wusste er erst seit einem Tag. Sie wusste nicht, was sie erwartet hatte. Aber einen perfekten Gastgeber bestimmt nicht.

Als sie alle vier an dem großen Küchentisch saßen, schien die Sonne durch das Balkonfenster und zauberte Diskokugeleffekte auf die Kiefernholzplatte und die hellgrünen Tassen.

Viktoria versuchte, sich an das Licht bei ihren letzten Besuchen zu erinnern. Nie war es hell gewesen. Nie. Sie schaute nach draußen, sah den Berliner Himmel, den knallblauen Berliner Himmel.

Florians Mutter folgte ihrem Blick. Sie lächelte, während eine Träne über ihre Wange lief. »Ich bin froh, dass wir ihn jetzt begraben können«, sagte sie mit brüchiger Stimme.

Ihr Mann nickte, schweigend.

Die Vorhänge waren sonst zugezogen, dachte Viktoria. Deshalb war es hier immer so dunkel.

Alle am Tisch warteten auf Viktorias Fragen. Doch sie fragte nicht.

»Ich möchte Ihnen etwas erzählen.« Viktoria rührte in ihrer Tasse und schaute auf ihren Kaffee. »Ich werde es auch noch der Polizei sagen, aber zuerst wollte ich mit Ihnen sprechen.«

Florians Mutter nickte.

Und dann erzählte Viktoria von dem Hinweis, den sie bekommen hatte. Davon, dass sie glaube, dass Florian nach dem Training nicht nach Hause gegangen sei. Dass sie ihn vielleicht auf einem Foto erkannt habe, von einer Autogrammstunde eines Basketballstars. Und sie erzählte, dass sie es auf sich beruhen ließ, weil sie dachte, es sei eine falsche Fährte gewesen, auf die sie jemand hatte locken wollen. Dass sie deshalb nichts gesagt hätte. Dass es ihr jetzt leidtäte, denn wenn sie den Mund aufgemacht hätte, hätte man ihn vielleicht früher finden können. Ein paar Monate früher…

Sie rührte immer noch im Kaffee. Dann endlich schaute sie auf und blickte in ihre Gesichter. Sie hatte Unverständnis erwartet, vielleicht sogar Zorn – aber Florians Vater schüttelte milde den Kopf.

»Es war keine falsche Fährte. Unsere Isabella hat sie gelegt – und Sie sind ihr gefolgt.«

»Isabella?«

»Unsere Tochter. Florians große Schwester. Sie hat Ihnen den Hinweis in eine Schatzkiste gelegt – oder vielmehr legen lassen.«

Viktoria erinnerte sich an Isabella. Sie hatte lange rote Haare und war nach dem Verschwinden ihres Bruders ausgezogen. Bei keinem von Viktorias Besuchen war sie da gewesen, nur die Fotos hatte Viktoria gesehen. Eine junge, sehr hübsche, fröhlich wirkende Frau. Vielleicht hätte sie ihren Eltern helfen können mit ihrer Fröhlichkeit, hatte sie damals gedacht und nicht verstanden, warum sie gegangen war. Warum sie ihre Familie im Stich ließ. Ihre Eltern, um die Viktoria sie beneidet hatte. Die ohne ihren Vater aufgewachsen war, nur mit ihrer Mutter, die eine Macke hatte.

Florians Mutter stand auf und kam mit einem Fotobuch wieder. »Hier, das hat sie uns vor ein paar Tagen geschickt. Sie hat jetzt einen Sohn. Niklas Florian Joss. Er ist jetzt acht Monate alt. Sie leben in Holland.«

Viktoria blätterte in dem Album, sah in blaue Kinderkulleraugen und verstand nichts.

»Niklas Florian Joss?« Ihr fiel nichts Besseres ein, als den Namen zu wiederholen.

Meike Niemüller schaltete sich vorsichtig ein. »Darf ich?« Sie wollte ein paar Bilder von den Eltern machen. Die nickten, schauten in die Kamera und wandten sich dann wieder Viktoria zu.

Isabella Jahnke, die große Schwester von Florian, hatte ihren Bruder an jenem kalten Januartag vor fünfeinhalb Jahren überredet, nach dem Training nicht nach Hause zu kommen. Sie wollte alleine sein. Oder besser: zu zweit sein. Sie hatte sich mit einem Fotografen verabredet, in den sie sich ernsthaft verliebt und den sie nach Hause eingeladen hatte. Ihre Eltern waren auf einer Eigentümerversammlung der Hausgemeinschaft, die mindestens bis 21.30 Uhr gehen sollte. Also sagte sie ihrem Bruder, er solle um 18.03 Uhr in den Bus, der vor der Turnhalle hielt, steigen und bis zum Kaufhaus Dussmann fahren. Dort würde sein Idol, Gordon Bales, der berühmte Basketballstar aus den USA, Autogramme geben und sein neues Buch vorstellen. Sie gab ihm Geld für das Buch und bat ihn, dass er nicht vor 21 Uhr zu Hause sein sollte.

Als er nicht kam und seine Eltern bei ihrer ersten – noch hoffnungsvollen – Suche einen Handschuh von ihm fanden und deshalb fest davon überzeugt waren, dass er ihn auf dem Heimweg verloren hatte, sagte sie ihnen nicht die Wahrheit. Sie ließ den zweiten Handschuh, der zu Hause lag und dessen Gegenstück er schon vor ein paar Tagen verloren haben musste, in ihrer Unterwäscheschublade verschwinden und warf ihn später in den Müll.

Dann versank sie in eine Art Starre. Sie schwieg. Während überall nach ihrem Bruder gesucht wurde, während ihre Eltern weinten und nachts jaulten wie Hunde, die zu Tode geprügelt wurden, weil der Schmerz so groß war, ihn immer noch nicht gefunden zu haben. Sie schwieg. Und sie ging.

Sie nahm ein Jobangebot in den Niederlanden an, das sie eigentlich schon ablehnen wollte. Sie hatte es ein paar Wochen zuvor im Internet entdeckt. Ein Schwertransportunternehmen suchte eine Bürokraft, die Deutsch und Niederländisch sprach. Isabella liebte Sprachen, und sie mochte das Niederländische, von dem sie ein paar Brocken in der Sprach-AG ihrer Schule gelernt hatte.

Nur drei Wochen nach Florians Verschwinden unterschrieb sie den Mietvertrag für ein Apartment in Enschede. Vier Wochen nach Florians Verschwinden traf sie sich zum ersten Mal mit Wiliam Joss, dem Chef des gerade neu gegründeten Unternehmens auf ein Bier. Er wusste nichts von ihrem kleinen Bruder. Er ahnte nichts von ihrer Schuld. Und er verliebte sich in die rothaarige Berlinerin.

Aus Isabella war Isa geworden, und Isa sprach mit niemandem über ihre Schuld, über ihr schweres Gewissen, über ihre Familie. Erst als ihr eigenes Kind geboren wurde, als sie Angst um den Jungen hatte, wusste sie, dass sie etwas tun musste.

»Kennen Sie Facebook?« Florians Vater war offensichtlich stolz darauf, dass er es kannte.

Viktoria nickte. »Klar.« Ihr war ganz schwindelig, weil sie nicht begriff, worauf die Jahnkes hinauswollten.

»Na, da hat Isabella Ihren Kollegen gefunden.«

»Meinen Kollegen?« Viktoria verstand es immer noch nicht.

»Herr Siewers. Der ist auch bei Facebook.«

»Mario? Ihre Tochter war an jenem Abend mit Mario verabredet?« Viktoria schaute Meike an, die genauso überrascht schien.

Christoph Jahnke nickte. »Vielleicht war es eine Eingebung, vielleicht Zufall, vielleicht eine gute Idee. Auf jeden Fall fand Bella ihn – in diesem Facebook-Dingens.«

Viktoria musste sich konzentrieren, um ihm weiter zuhören zu können, doch sie riss sich zusammen.

Über Marios Facebookeinträge erfuhr Isabella, dass er, der Schützenkönig von Westbevern, in Westfalen war. Auf Tour mit Victory. Eine Geschichte mit ihr machen. So hatte er es formuliert. Launig und lustig – für seine Freunde im Netz.

Sie hatte kapiert, dass Victory nur Viktoria Latell sein konnte, die Reporterin, die jahrelang über ihren vermissten Bruder geschrieben und offensichtlich nie aufgegeben hatte, nach ihm zu suchen. Und sie begriff, dass sie jetzt die Möglichkeit hatte, etwas zu tun. Zu handeln. Einen wichtigen Hinweis weiterzugeben. Denn die Reporter waren gar nicht weit weg. Zwischen der Uniklinik Münster, in der sie mit ihren Frühwehen und all ihren Sorgen lag, und dem kleinen Westbevern lagen nur zwanzig Kilometer. Doch Isabella war immer noch feige. Sie wollte nicht mit der Reporterin sprechen, wollte nicht offen zugeben, was sie fünf Jahre lang geheim gehalten hatte. Dann hatte sie die Idee mit dem Geocaching. Als sie auf die Internetseite ging und herausfand, dass in Westbevern tatsächlich ein Schatz versteckt war, wusste sie, wie sie Viktoria Latell anonym einen Hinweis zukommen lassen konnte. Der Sohn ihrer Zimmernachbarin, ein freundlicher Portugiese, half ihr.

Mit zitternden Händen gab sie ihm die Sammelkarte. Es war das erste Mal – seit Florians Verschwinden –, dass sie sie aus ihrem Portemonnaie nahm. Sie hatte sie bei eBay ersteigert und ihm geben wollen – als Dankeschön dafür, dass er später nach Hause gekommen war. Doch er kam nicht später.

Ein Ticket der Verkehrsbetriebe hatte sie auch noch im Geldscheinfach, weil sie es bei ihrem letzten Besuch in Berlin nicht benutzt hatte. Doch es reichte nicht als Hinweis – fand sie. Sie notierte noch die Abfahrtzeit des Busses auf einem Zettel. Des Busses, der ihren kleinen Bruder in welche Hölle auch immer gebracht hatte. Des Busses, in den er nur gestiegen war, weil sie es ihm gesagt hatte.

Sie wusste nicht, ob Viktoria Latell die Hinweise richtig deuten würde. Sie wusste nicht, ob sie sie überhaupt finden würde, ob sie die Fährte aufnahm, ob sie überhaupt suchen würde. Doch als Pablo ihr lächelnd zunickte und ihr versprach, auf Schatzsuche zu gehen, hatte sie das Gefühl, es richtig gemacht zu haben. Sie legte das Schicksal in die Hand des Zufalls, eines Gottes oder einer Reporterin – doch sie hatte etwas getan. Endlich.

Viktoria schaute Florians Eltern, die nebeneinander am Küchentisch saßen, lange an. »Dann stimmt es also, dass er zur Autogrammstunde wollte?«

»Wir denken schon. Das würde ja auch erklären, warum er dort in der Nähe gefunden wurde.« Jetzt zitterte die Stimme seiner Mutter doch. »Die Spree fließt ja Richtung Spandau, er muss ein bisschen abgetrieben sein.«

Viktoria rührte wieder in ihrem Kaffee, der inzwischen lauwarm war. Sie wusste nicht, was sie fragen, was sie sagen sollte.

Florians Vater räusperte sich. »Wir denken, er wollte Enten füttern. Das tat er immer sehr gerne, besonders wenn er Dinkelbrot in seiner Brotdose hatte.«

Florians Mutter lachte und weinte gleichzeitig. »Er mochte es nicht besonders.«

Viktoria atmete tief durch. Die Butterbrotdose war leer gewesen. Es konnte also wirklich sein. Er war nach der Autogrammstunde spazieren gegangen, um die Zeit bis 21 Uhr totzuschlagen, und war vielleicht über die Spreebrücke am Bahnhof Friedrichstraße geschlendert. Dort hat er Enten gesehen und ist ans Ufer geklettert. Vielleicht, wahrscheinlich, ziemlich sicher.

»Er war Enten füttern…« Sie sprach mehr zu sich selbst.

»Wissen Sie, Frau Latell«, sagte Florians Vater, »wir sind einfach nur froh, dass er nicht… dass ihm niemand etwas Schlimmes angetan hat. Dass es ein Unfall war. Dass das Letzte, was unser Flori gesehen hat, eine Ente war, die seinen Brotkrumen gefressen hat, tröstet uns – so merkwürdig das auch klingen mag.«

Viktoria nickte. Sie hatte – genauso wie Florians Eltern – an eine Entführung, an Missbrauch gedacht. Sie hatten an die Qualen gedacht, die Florian erleiden musste, bevor irgendein Mistkerl mit ihm fertig war. Bevor er dem Jungen angetan hatte, was niemand niemandem antun durfte. Sie hatte an all die grausamen Geschichten gedacht, über die sie schon schreiben musste. Die Geschichten, die zu schrecklich waren, um sie in Worte zu fassen. Die Geschichten, bei denen sie Details wegließ, weil sie niemand lesen und ertragen konnte. Geschichten aus der Hölle, die nicht erfunden waren – die leider Gottes nicht erfunden waren.

»Ich… Also wir, wir hatten uns Dinge ausgemalt, die man sich nicht ausmalen will.«

Viktoria verstand Florians Vater. Auch sie hatte sie sich ausgemalt.

»Ich habe Leute verdächtigt. Ich hatte einen Kollegen, der auf seinem Computer ein paar Fotos von Teenagern hatte – halb nackt. Ich dachte… er hat ihn… er hat meinen Jungen… Dabei waren das seine eigenen Fotos. Fotos von ihm selbst als Judokämpfer. Er hatte sie von einem Freund gesendet bekommen, der als Junge mit ihm im selben Judoklub trainiert hat, und hat sie digitalisieren lassen. Es war vollkommen harmlos. Vollkommen harmlos.«

Viktoria verstand. Sie verstand.

»Ich habe ihn nie nach den Fotos gefragt. Ich habe der Polizei nicht geglaubt, als sie mir sagten, er habe ein Alibi. Erst als mir ein Beamter erklärt hat, worum es sich bei den Bildern handelte, begriff ich, dass ich mit meinen Verdächtigungen alles kaputtmachte ...«

»Haben Sie Ihrem Kollegen je von Ihrem Verdacht erzählt?«

»Ja«, sagte Florians Vater und schaute ihr direkt in die Augen. »Sonst hätte ich mich ja auch nicht bei ihm entschuldigen können.«

Viktoria senkte den Blick. Sie wusste, dass sie es auch tun musste. Sich entschuldigen.

16. Kapitel

Dass sie keinen Platz bekam, war ihr fast recht. So konnte sie im Zwischengang des klapperigen, zugigen und völlig überfüllten IC nach Osnabrück schon einmal ein bisschen Buße tun. Ich habe es verdient, dachte Viktoria, ich habe es verdient. Der Takt des Zuges gab den Takt ihrer Gedanken vor.

Sie war nicht gut vorbereitet und hatte keine Ahnung, was sie Kai sagen würde. Wie sie es ihm sagen würde oder wann oder wo. Sie war einfach eingestiegen in diesen Zug und hatte nichts mitgenommen. Keine Zahnbürste, keine Pyjamahose, keinen Plan B. Sie würde zu ihm fahren, sie würde sich entschuldigen. Die Verräterin will ihr Gewissen befreien, dachte sie. Sie hielt im Moment nicht viel von sich selbst.

»Autsch.« Ein Teenager hatte ihr seine neongrüne Reisetasche in die Hüfte geknallt und sich nicht einmal bei ihr entschuldigt. Wieso sollte er auch, dachte sie. Ausgerechnet bei mir. Ihr Vergehen war weitaus größer gewesen, und sie hatte es auch noch nicht geschafft, um Verzeihung zu bitten.

Und – auch das war ihr sonnenklar – ihr war es auch noch nicht gelungen, das ganze Puzzle zusammenzusetzen. Fuhr sie also wirklich nur zu Kai, um sich die Absolution erteilen zu lassen, um wirklich Reue zu bekennen? Oder war sie einfach auf der Suche nach der Wahrheit, nach der Erkenntnis, nach den fehlenden Details? War sie getrieben von dem Jagdinstinkt einer ehrgeizigen Reporterin, die es nicht ertrug, nicht alles zu wissen, zu verstehen? Oder ging es ihr wirklich darum, sich ihm zu erklären? Die Frage, auf die alles hinauslief, war eigentlich: Bin ich gut oder bin ich schlecht?

»Das mit Osterbuschs Willhelm ist ja schrecklich.« Rosa König war offensichtlich nicht in der Lage, einfach nur ein- und auszuatmen, sie musste noch während des Luftholens unentwegt Wörter produzieren.

Kai Westmark tat ihr den Gefallen und murmelte: »Mmh«, während er versuchte, dem Herzschlag der Wirtin vom Gasthaus König zu lauschen. Sie befürchtete wie so oft, Herzrhythmusstörungen zu haben, aber das war mal wieder falscher Alarm. Kai musste sich zusammenreißen, um sie nicht anzufahren, dass sie, wenn sie einfach nur ihren Dorftratsch loswerden wollte, doch hinterm Tresen genug Gelegenheit hätte, dies zu tun. Warum musste sie ihn nerven? Er war müde. Er wollte Feierabend machen. Er wollte nicht mehr.

Nicht mehr über Osterbuschs Willhelm reden, der bei der Suche nach seiner Lesebrille ertrunken war, weil er sie in einem Gully vermutet hatte. Der arme Mann hatte den Deckel mit einer Eisenstange angehoben, in das dunkle Loch geschaut und war kopfüber hineingerutscht.

Er wollte auch nicht mehr mit Rosa über deren Herzprobleme sprechen, die keine waren. Er wollte keine gelben Scheine für faule Azubis ausstellen, er wollte sich mit niemandem über die Praxisgebühren streiten. Er wollte die strengen Blicke der Arzthelferinnen nicht mehr ignorieren, wenn sie ihn dabei ertappt hatten, dass er ein Medikament notiert hatte, das nur für Privatpatienten abrechenbar war. Er wollte nicht mehr die misstrauischen Blicke der Patientinnen ignorieren, die davon gehört hatten – von dieser Vergewaltigungs- und dieser Mordgeschichte. Er wollte sich nicht mehr verkleidet vorkommen in seinem weißen Kittel. Seine Praxis war wie eine Karnevalsfeier, bei der er als Doktor Westmark ging. Und alle lachten. Nur er nicht.

»Frau König…« In der Kneipe hätte er sie geduzt.

Rosa zog sich ihre Bluse wieder an und schaute ihn erwartungsfroh an.

»Hört sich alles gut an«, sagte er, und sie schien enttäuscht.

»Sie sollten aber schön auf sich achtgeben und sich nicht zu viel zumuten. Treten Sie ein bisschen kürzer, überanstrengen Sie sich nicht.«

Sie lächelte wieder. Ja, damit hatte er ihr einen Gefallen getan. Sie würde ihrem Mann am Abend gleich sagen, dass sie nicht mehr so lange am Tresen stehen dürfte. Und dann würde sie doch da stehen. Gesundheitlich überhaupt kein Problem für sie, das wusste auch Kai. Doch jetzt fühlte sie sich dabei besser, wie eine kleine Märtyrerin.

Als sie ging, öffnete er das Fenster und rauchte. Bis

morgen früh würde der Geruch verschwunden sein. Aber das war beinahe auch schon egal. Sein Ruf war längst ruiniert. Es war halb neun, er war allein in der Praxis, der Parkplatz war leer, die Abendsonne spiegelte sich im Küchenfenster des gegenüberliegenden Hauses, er blinzelte, schloss die Augen und nahm einen kräftigen Zug.

»Kai?«

Er konnte es nicht fassen. Da war sie: Viktoria!

Er ließ sich Zeit. Langsam zog er sich den Kittel aus, hängte ihn in den Schrank. Er wusch sich die Hände, schäumte, wusch und trocknete sie sehr gründlich ab. Er legte den Kugelschreiber in die Schreibtischschublade, stapelte die Krankenblätter exakt übereinander auf die Ablage seiner Helferinnen. Dann nahm er sie wieder heraus und sortierte sie doch selbst in das Register ein. Dann überprüfte er jedes Behandlungszimmer. War wirklich überall das Licht aus, waren die Fenster geschlossen, lief noch ein Computer? Er nahm seine schwarze ausgewaschene Jacke vom Haken und ging zur Tür. Er sah ihre Silhouette durch die Milchglasscheiben, sah, dass sie sich mit der rechten Hand durch die langen Haare fuhr. War sie nervös? Oder einfach nur eitel? Er öffnete die Tür.

»Hey«, sagte sie zögernd.

»Was gibt's?«, erwiderte er unfreundlich und drehte sich um, um die Tür abzuschließen.

»Ich, ähm. Hast du fünf Minuten?«

Er drehte den Schlüssel und sprach mit der Tür. »Eigentlich nicht.«

Sie schwieg, blieb aber stehen und wartete, bis er sich umdrehte. Ihr war klar gewesen, dass es nicht leicht werden würde. Dass er es ihr nicht leicht machen würde. »Du willst wahrscheinlich nicht mit mir reden, das kann ich verstehen«, versuchte sie es weiter.

»Erfasst.« Er ging auf sein Fahrrad zu, drehte am Zahlenschloss, fluchte, weil das Schloss klemmte, und bekam es schließlich doch noch auf. Er wickelte es um die Sattelstange und stieg aufs Rad.

»Kai – nun warte doch!« Viktorias Stimme klang bettelnd.

»Worauf?« Kai sah sie nicht an. Er starrte auf seine Hände, auf den Lenker – doch er blieb stehen. »Worauf, meinst du, soll ich warten?« Er spuckte die Worte beinahe aus. »Dass die große Viktoria Latell mit mir redet? Dass sie sich herablässt, mir zu erklären, was ich ihr getan habe?«

»Du hast mir nichts getan.« Viktoria hielt Abstand, widerstand dem Reflex näher zu kommen, ihm eine Hand auf die Schulter zu legen.

Kai setzte seinen rechten Fuß auf das Pedal.

Viktoria kam näher. »Es…« Sie spürte den Kloß in ihrem Hals. Warum fiel es ihr so schwer? »Kai, es tut mir leid.«

Er lachte verächtlich. Doch der linke Fuß blieb auf dem Boden. »Was? Was tut dir leid?«

»Es tut mir leid, dass ich dich für einen Vergewaltiger und Mörder gehalten habe.«

Kai wollte etwas erwidern. Wollte sie anschreien, ihr

davon erzählen, wie es war, von der Polizei verhört zu werden, unter falschem Verdacht zu stehen, sich verraten zu fühlen. Verraten und verkauft von einer sensationshungrigen Reporterin aus Berlin. Die es nicht nötig gehabt hatte, ihn einfach zu fragen, ob er Nana etwas angetan hat. Die sich nicht verabschiedet hatte, die einfach verschwunden war aus seinem Leben, aus Westbevern. Er schaute sie an.

Sie hielt dem Blick stand, obwohl sie die Augen schließen wollte, da sein Gesichtsausdruck sie bis ins Mark erschütterte. Er wird mir nicht verzeihen, dachte Viktoria. Niemals.

Sein zweiter Fuß hob sich vom Asphalt, er trat mit voller Kraft in die Pedale. Die Kette sprang ab.

»Scheiße!« Kai sprang vom Fahrrad. Die Knöchel seiner Hände waren ganz weiß, so fest hielt er den Lenker. Er wollte das Rad treten, umwerfen – doch er tat es nicht. Hinter dem Küchenfenster, in dem die Abendsonne sich spiegelte, hatte er einen Schatten wahrgenommen.

»Komm«, sagte er zu Viktoria, die zwei Meter hinter ihm stand. »Muss ja nicht jeder mitkriegen.«

Viktoria atmete auf, als sie die ersten Schritte gingen. Nebeneinander. Das Fahrrad rollte zwischen ihnen, seine rechte Hand lag auf dem Sattel. Wie gerne hätte sie ihre Linke darauf gelegt. Sie steckte sie in die Tasche ihrer hellblauen Lederjacke.

Er fing an: »Erklär es mir. Hast du wirklich geglaubt, ich hätte Nana Oppenkamp umgebracht?«

»Nein.« Viktoria zögerte. »Vielleicht. Ja.«

Kai starrte geradeaus. »Wie kommt man auf so eine hirnrissige Idee? Ich meine, du hast – wir haben – wir hatten zwei wirklich schöne Nächte, und du glaubst danach, ich bin ein Mörder. Das ist doch krank.«

»Vielleicht. Vielleicht bin ich krank und dämlich. Aber es gab nun mal Hinweise …«

»Hinweise? Aha. Hinweise, von irgendeinem Vollidioten. Und du hast alles sofort geglaubt.«

»Du hast aufgelegt, als ich dich danach gefragt habe.«

Er stöhnte auf.

Sie redete. »Ich wollte doch auch nicht glauben, dass die Hassmails an diese Honey von dir sind. Doch die Fotos von der misshandelten Frau, ich, ich … Ich meine, so gut kenne ich dich auch nicht. Ich habe täglich mit irgendwelchen Irren bei der Arbeit zu tun.«

»Aha, und deshalb bin ich auch irre, oder was? Und warum …« Kai musste sich zusammenreißen, damit er nicht schrie. »Warum hast du mich nicht einfach gefragt?«

Viktoria vergrub ihre Hände noch tiefer in den Taschen. »Ich habe dich gefragt. Ich habe dich nach Nana Oppenkamp gefragt. Ich habe dich nach dem Tattoo gefragt – und du hast …« Sie zögerte. »Du hast mir nicht die Wahrheit gesagt.«

»Ach, und du, Mrs. Oberehrlich, du hast also die Wahrheit gesagt?« Er lachte.

Viktoria antwortete nicht.

»Ich wusste nicht, dass Nana von jemandem …

umgebracht wurde. Ich wusste auch nicht, dass du diese Denunzianten-Mails von irgendwem bekommen hast. Ich habe dir lediglich verschwiegen, dass ich eine Exfreundin namens Nana Oppenkamp hatte. Wie schrecklich!«

Viktoria schwieg immer noch. Sie ließ ihn weiterreden.

»Ich schätze, du hast mir auch nicht alles erzählt. Einer mehr oder weniger, das ist dir anscheinend egal.«

Jetzt ging er zu weit.

»Was soll das, Kai?!«

»Ach komm! Schön mit deinem Fotografen-Lover ein Zimmer im Gasthof teilen und noch einen One-Night-Stand mit dem Dorfdeppen – ach, ich meine natürlich Two-Night-Stand ...«

»Hör auf! Du redest Schwachsinn! Mario und ich haben uns das Zimmer geteilt, weil alle anderen ausgebucht waren. Und du warst für mich kein One-Night-Stand ...«

»Nicht? Was denn dann?«

»Ich weiß es nicht. Mehr. Mehr irgendwie.« Dann waren beide still.

Sie waren an Kais Haus angekommen. Viktoria schaute sich unruhig um, erwartete, dass Kais Mutter gleich zur Tür herauskäme. Er folgte ihrem Blick.

»Sie ist nicht da. Witwenurlaub mit einer Freundin. Norderney.«

Viktoria war erleichtert. Kai stellte sein Fahrrad auf den Kopf und begann, an der Kette herumzufummeln.

Viktoria setzte sich auf die Treppenstufen, die zur Haustür führten, und schaute ihm schweigend zu.

Kai saß mit dem Rücken zu ihr. Sie sah, wie seine Finger die Pedale drehten, die Kette auf das Zahnrad schoben und immer schwärzer wurden.

Dann hielt er inne. Drehte sich kurz zu ihr um, machte weiter und begann, von Nana Oppenkamp zu erzählen. Seine Stimme war ganz leise, kaum lauter als das gleichmäßige Klackern von der Gangschaltung, wenn er das Hinterrad drehte. Doch Viktoria verstand jedes Wort – und sie verstand ihn. Die blauen Puzzleteilchen fügten sich langsam zu einem blauen Himmel.

Im Nachhinein wunderte sich Kai Westmark über seine eigene Dummheit. Schließlich war ihm doch klar gewesen, dass Nana Oppenkamp eine gute Schauspielerin war. Er hatte sie während seines Medizinstudiums kennengelernt. Sie jobbte als Simulationspatientin an der Uniklinik in Münster. Das hieß, dass sie dafür bezahlt wurde, den Medizinstudenten Krankheiten vorzuspielen, die diese dann diagnostizieren mussten.

Als Kai sie zum ersten Mal sah, jammerte sie vor Schmerzen und hielt sich ihren Bauch. Sie litt an einer akuten Blinddarmentzündung. Hätte Kai nicht gewusst, dass das hübsche blonde Mädchen die Krankheit spielte, er hätte sie sofort operiert. Ohne Zweifel, ohne zu zögern. Sie war sehr gut in ihrem Job.

Und sie lächelte, dass es Kai die Füße wegzog. Er verliebte sich, schon während er ihre Bauchdecke abtastete, und ihr ging es offensichtlich genauso. Nana und Kai wurden ein Paar. Ein perfektes Paar. Nana interessierte sich – genau wie Kai – für Medizin, sie begann ihr Studium, als er gerade im zehnten Semester war. Sie konnten über Professoren lästern, über Dozenten herziehen, über Karrierepläne und Gesundheitspolitik diskutieren. In ihrem CD-Regal fand er seine Lieblingsmusik, sie lieh sich seine Bücher aus und gab sie ihm begeistert zurück, sie hatte denselben Brotaufstrich im Kühlschrank, sein Shampoo stand in ihrer Dusche, und beide wollten ihren ersten gemeinsamen Urlaub auf La Gomera verbringen. Kai freute sich darauf, denn Nana wollte – wie er – vor allem wandern und die Natur erkunden. Sie wollte – wie er – mit dem Rucksack anreisen und alles auf sich zukommen lassen. Bloß kein All-inclusive-Urlaub, sagte sie. Das sei nichts für sie. Traumfrau, dachte Kai damals. Was für eine Traumfrau!

Sie flogen nach Teneriffa und nahmen die Schnellfähre zur Insel. Sie suchten sich ein billiges Apartment und taten jeden Tag vor allem zwei Dinge. Sie hatten Sex und wanderten. Ich bin im Paradies, dachte Kai. Und Nana ist meine Eva.

Er wusste nicht mehr, wer die Idee zuerst hatte. Doch auf einmal war sie da. Sie wollten sich eine Tätowierung stechen lassen, die sie für immer miteinander verbinden würde. Warum nicht? Gab es eine bessere Frau? Gab es einen besseren Ort?

Doch die Motive beim Tätowierer waren ihnen zu kitschig, zu modisch oder einfach zu beliebig. Kai hatte sein

Notizbuch im Rucksack. Auf dessen Deckel war der vitruvianische Mensch von Leonardo da Vinci abgebildet. Die Proportionenstudie eines Mannes, das Symbol für Wissenschaft und Medizin. Sie zeigten es dem Besitzer des Tattoo-Studios, und der sagte: »Si, no problemo.« Das Bild zu teilen, das war ihre Idee gewesen.

»So müssen wir immer zusammenbleiben«, hatte sie gesagt und ihn angelacht.

»Nur so ist das Bild ein Ganzes.« Er hatte genickt. Hätte er damals den Kopf geschüttelt, vielleicht würde Nana heute noch leben.

»Willst du 'n Bier?« Kai war fertig. Die Kette lag wieder auf den Zahnrädern. Das Fahrrad stand wieder richtig herum. Er schob es in den Carport, kam mit zwei kühlen Flaschen wieder, setzte sich neben Viktoria auf die Stufen und öffnete die Flaschen mit seinem Feuerzeug. Die Sonne war nicht mehr zu sehen, doch es war noch nicht dunkel. Viktoria spürte die Wärme, die von der Häuserwand auf ihren Rücken strahlte. Kai nahm einen Schluck und war wieder in seiner eigenen Vergangenheit.

Als er am nächsten Morgen aufwachte, fand er die salzigen Heringe bei ihr. Es war lächerlich, eine Lappalie – und doch änderte sich dadurch alles. Kai hatte eigentlich nur nach der Sonnenmilch gesucht, während Nana unter der Dusche stand. Weil sie die Flasche beim Wandern im Rucksack getragen hatte, öffnete er die kleine Seitentasche. Unter der Creme lag eine Tüte mit salzigen Heringen. Die Tüte war angebrochen, der Geruch der Lakritze stieg Kai in die Nase. Er hasste diese Süßigkeit, und Nana hasste sie. Dachte er zumindest. Das hatte sie ihm erzählt. Und sie hatten gemeinsam darüber gelacht, wie ekelhaft Lakritze im Allgemeinen und salzige Heringe im Speziellen seien. Wieder eine Gemeinsamkeit. Eine nette, kleine Gemeinsamkeit. Er fand es unwichtig.

Jetzt fand er es irritierend. Hatte Nana ihn angelogen? Konnte man bei so einer Nichtigkeit wie einer Vorliebe für Süßigkeiten überhaupt von Lüge sprechen? Er schob die Tüte zurück in ihren Rucksack und behielt die Sache für sich.

Doch es blieb nicht bei dieser einen kleinen Schummelei. Es waren viele kleine Schummeleien, bei denen er sie plötzlich ertappte. Und er begann, sie zu testen, fragte sie nach den gemeinsamen Lieblingsbüchern. Sie kannte den Inhalt – grob, aber mehr auch nicht. Als sie wieder in Münster waren, beobachtete er sie, wenn sie im Kino saßen und sie beinahe einschlief. Nachher erklärte sie ihm, dass sie den Film genauso spannend gefunden hätte wie er. Wollten sie essen gehen, blieb er vor der Eingangstür zum Italiener stehen und verkündete, dass er irgendwie viel mehr Lust auf Chinesisch hätte. Und sie lachte und fand auch, dass chinesisches Essen ihr jetzt irgendwie viel besser schmecken würde.

Er wusste, sie tat alles für ihn. Und das war ihm zu viel.

Als er ihr zu erklären versuchte, dass er nicht wollte, dass sie seinetwegen ihr Verhalten und ihre Vorlieben änderte, dass er es durchaus ertragen könnte, wenn sie eine andere Meinung als er hätte, wurde es noch schlimmer. Sie klammerte sich an ihn.

Sie log noch auffälliger. Sie wollte immer öfter mit ihm schlafen. Er ertrug es nicht. Er zog sich zurück. Er machte Schluss.

Und sie tat, was sie die ganze Zeit über getan hatte. Sie baute sich ihre eigene Wahrheit zurecht. Und in ihrer eigenen Welt waren sie noch ein Paar. Ein perfektes Paar. Das Tattoo war schließlich da, der Beweis ihrer unendlichen Liebe.

Sie rief ihn an. Mehrmals täglich. Irgendwann legte er auf, ohne etwas zu sagen. Zu oft schon hatte er ihr erklärt, dass es keinen Sinn hatte. Zu oft schon hatte er sie getröstet. Versucht, ihr auf nette Weise klarzumachen, dass es nichts mehr zu sagen gab. Zu oft schon hatte sie nichts von dem begriffen, was er ihr begreifbar machen wollte.

Er wechselte die Schlösser seines kleinen Apartments mit dem schönen freien Blick über den Aasee aus, weil sie dort auf ihn gewartet hatte. Dreimal. Einmal hatte sie für ihn gekocht, einmal lag sie nackt in seinem Bett, einmal hockte sie heulend auf seinem Sofa. Er aß ihr Essen nicht, er reichte ihr die Kleider, er zog sie von seiner Couch, schob sie zur Tür und schmiss sie raus. Seine Worte wurden unfreundlicher, härter, weniger mitleidsvoll.

Sie schickte ihm Päckchen, die er nicht öffnete. Sie schickte ihm Briefe, die er nicht las. Sie ging auf alle Medizinerpartys, auf denen sie ihn vermutete, besuchte die Vorlesungen, die er besuchte, stand wieder vor seiner Tür mit den neuen Schlössern.

Er wusste, dass er ihr in Münster immer wieder begegnen würde. Er wusste, dass er etwas tun musste. Und er tat etwas. Er wechselte die Uni und ging nach Hamburg. Das war gut für seinen beruflichen Werdegang, klar. Doch vor allem war es gut für ihn. Er war sie los.

Dann kam eine Mail von ihr mit einem Foto im Anhang. Hätte er sie doch nie geöffnet, sondern ungelesen gelöscht.

»Das Herz hast du mir herausgerissen, es taugt nur noch als Aas für einen räudigen Fuchs«, hatte sie ihm geschrieben.

Darunter blickten ihn große traurige Augen an. Sie musste das Bild mit Selbstauslöser gemacht haben. Etwas unterbelichtet war es, etwas unscharf. Doch was es zeigen wollte, was sie ihm zeigen wollte, das erkannte man. Nana Oppenkamp hatte sich die Tätowierung, das Symbol ihrer großen Liebe, herausgeschnitten. In ihrer rechten Hand hielt sie noch das blutige Skalpell, über ihre nackte Brust liefen rote Bäche. In ihrer linken Hand hielt sie den Hautfetzen. Kai wurde übel.

Der Himmel zeigte noch einmal seine künstlerische Seite und warf wunderbare Violetttöne auf seine unendliche Leinwand. Kai stand auf und holte ein zweites Bier aus dem Carport-Kühlschrank. Viktoria schaute ihm nach. Wieder ein blaues Puzzleteilchen. Nana Oppenkamps

Narbe, sie war die Folge eines letzten Versuchs gewesen, den Mann, den sie für sich und für immer haben wollte, an sich zu binden. Wie groß muss ihre Liebe zu Kai gewesen sein? Und wie klein die Liebe zu sich selbst? Dass sie nicht daran glauben konnte, es ohne ihn aushalten zu können.

»Auch noch?«

Viktoria nickte Kai zu. Sie leerte die erste Flasche und setzte die nächste an. Sie war durstig. »Und nach dieser Aktion hast du ihr die Mails geschrieben, die ich gelesen habe?« Viktoria stellte es eher fest, als dass sie fragte.

»Nicht alle. Einige auch erst etwas später. Denn es wurde noch schlimmer.«

Als Kai während der Semesterferien bei seinen Eltern in Westbevern war, rief sie an. Sie klang freundlich und fröhlich, und sie bat ihn um eine Aussprache. Sie hätte viel nachgedacht, sie hätte sich Hilfe geholt und wisse nun, dass die Nummer mit dem Tattoo »echt zu hart« gewesen sei.

Er stimmte schließlich zu, sich mit ihr zu treffen. Immerhin war fast ein halbes Jahr vergangen, in dem sie ihn in Ruhe gelassen hatte. Nach der blutigen Nachricht von ihr war nichts mehr gekommen. Vielleicht hatte sie endlich begriffen, dass sie ihr eigenes Leben führen musste.

Sie würden einen Spaziergang nach Haus Langen machen, über alles ganz vernünftig reden, und danach würde sie wieder nach Hause fahren. »Ohne Drama«, versprach sie ihm, und er glaubte ihr.

Er holte sie vom Bahnhof ab. Nana war die Einzige, die aus dem Zug, der von Münster nach Osnabrück fuhr, in Westbevern ausstieg. Sie war blass und sehr dünn, doch sie lächelte – fast ein bisschen schüchtern. Sie gingen am Sportplatz vorbei, und sie erzählte von ihrem Yogakurs, der ihr so gutgetan hätte in den letzten schwierigen Wochen. Sie durchquerten das Wäldchen mit der Vogelstange, und sie gestand, dass sie das Medizinstudium abgebrochen hätte. Es sei nichts für sie gewesen, sagte sie. Sie überquerten den asphaltierten Feldweg, der zur Ems führte, und liefen auf weichem Sandboden auf den Wald nahe Haus Langen zu.

»Die Wunde ist gut verheilt«, sagte sie leise. »Das war total krank von mir, das mit der Tätowierung.«

Kai erwiderte nichts. Er war froh, dass sie es jetzt so sah.

»Immerhin hatte ich mich vorher örtlich betäubt und die Haut ordentlich desinfiziert.« Sie lächelte vorsichtig. »Ich hab sie übrigens auf die Fleischschubkarre von meinem Vater geworfen.«

Nanas Vater war Jäger, das wusste Kai. Er bestückte auch den Luderplatz, dem sie sich gerade näherten. Seltsame Vorstellung, dass dort ein Stück von Nanas Haut einen Fuchs angelockt haben könnte.

»Ich muss noch einmal dorthin – zum Unterstand.« Sie zeigte auf das Feld, das fünfzig Meter weiter links hinter der Tannenschonung begann. »Mein Vater hat mich gebeten, dort kurz nach dem Rechten zu schauen, wenn ich schon mal in Westbevern bin«, sagte sie.

Kai zögerte.

»Hier treffen sich manchmal ein paar trinkwütige Teenager, und Papa will nicht, dass hier – in seinem Revier – eine Müllkippe entsteht.« Sie ging voran, und Kai folgte ihr langsam. Sie hüpfte – beinahe fröhlich – am Feldrand entlang zu dem kleinen Holzverschlag, der den Jägern als Ansitz bei der nächtlichen Fuchsjagd diente.

Kai hatte die Hütte nie wirklich wahrgenommen, obwohl sie auf seiner Joggingstrecke lag. Gute Tarnung, hatte er gedacht und sich gewundert, dass Nana nicht wiederkam. Vielleicht sollte er ihr mit dem Müll helfen. Er kam näher, rief ihren Namen, öffnete die Tür und schlug sie sofort wieder zu. Drinnen lag Nana. Nackt. Doch er hatte ihr Brüste, ihre Scham, ihre Beine, nichts davon gesehen. Nur ihre Augen. Die ihn angeschaut hatten, voller Erwartung erst. Und dann voller Wut, als sie erkannte, dass er nicht bleiben würde.

Er hörte ihre Stimme, als er mit schnellem Schritt zurück zum Feldweg ging.

»Kai! Kai! Kai!«

Sein Name, immer wieder sein Name. Sie kreischte ihn. Er schrillte in seinen Ohren. Er ging weiter, drehte sich nicht um, nickte dem Kombifahrer zu, erkannte nicht, dass es der Nachbar seiner Eltern war, der neugierig die Scheibe heruntergedreht hatte. Nur weg von hier war das Einzige, was er denken konnte. Weg von ihr. Weg!

»Ich habe sie nicht angerührt, verstehst du?« Viktoria glaubte ihm.

Er rieb sich mit seinen dreckig-schwarzen Fingern die Schläfen. Gerne hätte sie ihm die Hände festgehalten, damit er sich nicht sein ganzes Gesicht mit Öl verschmierte. Doch sie hielt ihre Bierflasche. Ganz fest.

Kai war außer sich, sein Puls raste, und mit großen Schritten trug er seine Wut in den Gasthof. Zum Glück fragte ihn keiner, warum er so schaute, wie er schaute, sondern Harry stellte ihm einfach ein Bier auf den Tresen. Das reichte zwar nicht, um ihn zu beruhigen, aber es genügte, um den Puls etwas zu verlangsamen. Es war noch nicht viel los an diesem späten Nachmittag. Irgendwo in der Ecke saßen ein paar Frauen und lästerten über ihre Männer, ein paar Jäger kamen von der Treibjagd. Er kannte die meisten vom Sehen. Karl, Tobias, Christian und noch ein paar andere. Sie hatten reichlich Beute gemacht, waren gut gelaunt. Zu gut gelaunt für Kai. Er blieb noch eine halbe Stunde, trank einen Schnaps, zahlte und ging nach Hause. Seine Mutter hatte ihn gebeten, sein altes Zimmer auszuräumen, sie wollte dort gerne renovieren, vielleicht eine Bastelstube für sich einrichten. Es würde ihm guttun, Kisten zu packen und alte Möbel auseinanderzubauen, körperlich zu arbeiten.

Und so schleppte er den Lattenrost seines Jugendbetts an die Straße, zertrümmerte das wackelige Furnierholzregal und den alten Schreibtisch mit den Preußen-Münster-Aufklebern darauf und schwitzte. Sein Rücken tat weh, seine Handflächen waren feuerrot, doch es ging ihm viel besser, als er am Abend den Sperrmüllberg vor seinem Elternhaus betrachtete.

Als sein Vater, Dr. Johannes Westmark, nach Hause kam, wischte Kai sich gerade den Schweiß von der Stirn und wunderte sich darüber, dass sein Vater ihn nicht begrüßte, ja nicht einmal anschaute. Er ging an Kai vorbei und sagte ganz leise, sodass der es kaum verstand: »Komm!«

Kai wollte etwas erwidern, doch er spürte, dass es seinem Vater ernst war, und folgte ihm. Und so standen die beiden im Arbeitszimmer.

Johannes Westmark schloss die Tür und ließ sich in seinen Schreibtischsessel sinken. Dann erst schaute er seinen Sohn an. Sehr lange. »Hast du mir etwas zu sagen? Junge!«

Kai fühlte sich augenblicklich tatsächlich wie ein Junge. Das letzte Mal, als sein Vater so mit ihm gesprochen hatte, lag zwanzig Jahre zurück, dachte er und überlegte, ob es damals um die Sache mit der gefälschten Unterschrift auf dem Entschuldigungszettel für die Schule oder um das vollgekotzte T-Shirt, das er in einer Plastiktüte in seinem Nachtschränkchen zu verstecken versucht hatte, gegangen war. Es fiel ihm nicht ein.

Sein Vater wartete.

Kai schüttelte verständnislos den Kopf.

»Nein?«

Er wartete darauf, dass sein Vater ihm mehr erklärte,

doch das tat er nicht, sondern sah seinen Sohn durchdringend an. Kai fühlte sich unbehaglich, obwohl er sich keiner Schuld bewusst war. Und das Einzige, was er in diesem Moment wusste, war, dass sein Vater sich auch unbehaglich fühlte.

Erst einen Tag später begriff er, warum. Welch ungeheuerlicher Verdacht auf ihm lastete. Nana Oppenkamp hatte Kai Westmark der schweren Misshandlung und Vergewaltigung beschuldigt, und der Arzt, den sie aufsuchte und der ihre Verletzungen dokumentieren sollte, war Dr. Johannes Westmark. Kais Vater wusste, dass sein Sohn an diesem Nachmittag mit Nana verabredet war. Er wusste nicht, dass Nana seinen Sohn nach dem Ende ihrer Beziehung terrorisiert hatte, weil sein Sohn es niemanden erzählt hatte. Und er wusste nicht, ob er dieser Frau glauben musste, als sie ihm mit zitternder Stimme sagte: »Ich hatte solche Angst vor Kai.«

»Scheiße.« Viktoria stellte die leere Bierflasche vor ihre Füße.

»Das trifft es.« Kai fuhr sich mit den schwarzen Händen durch die blonden Haare, die nun dunkle Strähnen hatten. »Ich weiß nicht, wie sie das angestellt hat. Sie sah wirklich übel aus …«

»Ich weiß. Ich habe die Bilder gesehen.«

»Sie hat mich angezeigt.«

»Noch mal Scheiße.«

»Doch sie kam damit nicht durch. Ein Nachbar meiner Eltern konnte bezeugen, dass ich schon um 16 Uhr vom Luderplatz weggegangen bin. Er war dort mit seinem Kombi unterwegs und hatte mich sogar gegrüßt. Er hat auch Nana noch gesehen. Quietschfidel und unverletzt sei sie kurz nach mir aus dem Unterstand herausgekommen und habe sich auf den Weg Richtung Westbevern gemacht.«

»Ein guter Zeuge, euer Nachbar.«

»Ein neugieriger Kerl – aber in diesem Fall mein großes Glück. Nachdem er mich gesehen hatte, war ich direkt im Gasthaus König und danach bei uns zu Hause. Meine Mutter konnte das bezeugen und halb Westbevern dazu. Alle hatten gesehen, wie ich mein altes Kinderzimmer Stück für Stück auf den Bürgersteig getragen habe.«

»Ja, Ordnung ist das halbe Leben«, versuchte Viktoria einen Scherz.

»Das sagt gerade die Richtige.« Kai lächelte ein bisschen, auch wenn er sonst noch ganz ernst wirkte.

»Sie hat dich also angezeigt?«

»Ja. Und dafür habe ich sie wirklich gehasst. Kannst du dir vorstellen, was hier los ist, wenn so was die Runde macht? Jeder, wirklich jeder hat darüber geredet. Für mich war es okay. Ich konnte wieder nach Hamburg fahren, und die Polizei hatte ja zum Glück schnell kapiert, dass ich gar nichts damit zu tun haben konnte. Aber meine Eltern …«

Viktorias schwieriges Himmelspuzzle fügte wieder ein paar Teilchen zusammen. Die bösen Hassmails von Kai, sie waren sein Versuch, sie loszuwerden. Sie konnte ihn verstehen. Sie konnte es verstehen. Nana Oppenkamp hatte sich wie eine Teufelin aufgeführt.

»Für mich war sie danach tot«, sagte Kai. Viktoria konnte nur noch einen Umriss von ihm erkennen. Der Himmel war jetzt in tiefem Dunkelblau gestrichen.

»Ich habe nicht mehr über sie nachgedacht, nicht mehr über sie gesprochen, nicht mehr nach dem Warum gefragt. Es ging mir besser damit.«

Viktoria knibbelte mit ihren Fingernägeln am Etikett der leeren Bierflasche. Nana Oppenkamp war also eine Stalkerin gewesen, und Kai Westmark war ihr Opfer. Das erklärte vieles. Wie hatte Mario es formuliert? »Victory, sie ist besessen von dir!«

»Wusste sie von …«, Viktoria zögerte, »… uns?«

Kai zuckte mit den Schultern. »Kann sein. Weiß nicht. Viel gab es da ja nicht zu wissen.« Viktoria fröstelte, die einzige Farbe am Himmel war Schwarz. Sie dachte an die Nacht, in der sie Kai Westmark zum ersten Mal geküsst hatte. Und an ihren ungelenken Tanz auf dem Schützenball, an ihren traurigen Abschied und die fröhlichen Mails, die sie sich danach geschrieben hatten. Viel gab es da ja nicht zu wissen? Jetzt wusste sie wenigstens, was er empfand. Sie stellte die Flasche ganz vorsichtig auf die Treppe und wollte aufstehen. Sie würde jetzt gehen.

»Vielleicht hat meine Schwester ihr von … von *uns* erzählt.«

Viktoria blieb sitzen.

»Sie war früher mit ihr in einer Klasse und hatte immer Mitleid mit ihr. Und sie hat sie ein paar Wochen nach dem Schützenfest getroffen.«

Viktoria versuchte, klar und sachlich zu analysieren. Würden ein paar Küsse auf dem Schützenfest reichen, um Nana so eifersüchtig zu machen, dass sie nach Berlin gehen, ein Praktikum beginnen, Mario verführen würde – all das, um an Informationen über ihre Konkurrentin zu kommen?

»Meine Schwester hatte den Eindruck, dass es Nana ganz gut ging. Sie hätte einen Freund, hat sie gesagt. Und wie ich sie kenne …« Er stand plötzlich auf und trat von einem Bein aufs andere. »Hat sie ihr bestimmt davon erzählt, dass ihr großer Bruder …« Er zögerte, sie konnte nicht sehen, ob er in ihre Richtung schaute.

»Dass ihr großer Bruder was?«

Kai antworte nicht. Er streckte ihr seine rechte Hand entgegen. »Komm, es wird langsam kalt.« Viktoria nahm seine Hand und ließ sich hochziehen.

»Sie hat ihr vielleicht erzählt, dass ihr großer Bruder die Berliner Reporterin nicht aus dem Kopf bekommt. Dass er plötzlich ständig seine E-Mails checkt, um zu sehen, ob sie geschrieben hat, dass er Kurzmitteilungen auf dem Handy verschickt und dass er …« Weiter kam er nicht.

Sie küsste ihn.

Viktoria spürte seine Hände auf ihrem Rücken. Seine schwarzen ölverschmierten Hände würden die hellblaue, teure Lederjacke ruinieren. Sie lehnte sich an ihn. Dieser Moment war mehr wert als die teuerste Lederjacke auf dieser ganzen wunderbaren Welt.

17. Kapitel

Ursula Kleinhölter zögerte. Schließlich wollte sie sich nicht lächerlich machen. Und sie gab auch nicht gerne zu, dass sie nicht recht gehabt hatte. Doch ihr Pflichtbewusstsein überwog. Und natürlich die Angst. Er hatte ihr direkt in die Augen geschaut – und ihr war ganz und gar nicht wohl dabei gewesen. Er hatte einen sehr seltsamen Blick. Und die große schwarze Brille verstärkte diesen Blick noch. Ziemlich blass sah er aus – und er war noch ein ganz junger Kerl. Ende zwanzig höchstens. Sah eher aus wie ein Milchbubi, aber das kannte man ja von den Verbrechern. Die versteckten ihre perversen Gedanken hinter einer braven Fassade. Darauf würde sie nicht reinfallen. Ursula Kleinhölter holte das Telefon und stellte sich damit an ihr Küchenfenster. Während sie die Nummer der Polizei wählte, behielt sie die Straße im Blick. Sein dunkelroter Polo war jetzt verschwunden. Warum nur hatte sie immer gedacht, er sei dunkelgrün gewesen? Sie war sich ganz sicher gewesen. Als die Polizisten sie auf die Wichtigkeit ihrer Zeugenaussage aufmerksam gemacht hatten, war sie beinahe wütend geworden. Sie wüsste schließlich, was sie gesehen hätte, an jenem Tag, als die Tochter ihres Nachbarn auf so rätselhafte Art und

Weise ums Leben gekommen war. Sie habe gesehen, dass ein junger Mann mit Brille durch den Vorgarten der Oppenkamps gekommen sei. Er hielt einen Karton in seinen Händen, packte ihn in seinen Kofferraum und fuhr danach ziemlich eilig davon. Es habe sich bei dem Fahrzeug um einen dunkelgrünen VW Golf mit Münsteraner Kennzeichen gehandelt, sagte sie aus.

Jetzt wusste sie, dass es ein dunkelroter Polo war.

Sie wurde mit dem zuständigen Beamten der Kriminalpolizei verbunden.

»Frau Kleinhölter, sind Sie sicher, dass Sie den Mann wiedererkannt haben?«

»Ganz sicher. Es war derselbe. Und der Wagen war es auch …«

»Nur dass er jetzt eine andere Farbe hat.«

»Ich weiß, es tut mir leid. Aber ich habe den Aufkleber wiedererkannt, so ein Anti-Atomkraft-Zeichen.«

»Und das Kennzeichen?«

»Ich … ich weiß nicht. Ich habe ihn aber fotografiert … glaube ich. Der Apparat gehört meinem Mann, und ich kenne mich damit nicht aus.«

»Das ist … na ja, vielleicht hat es ja geklappt! Frau Kleinhölter, ich würde mir das Foto jetzt abholen.«

»Das … ich meine, das habe ich doch gar nicht. Das ist auf der Digitalkamera meines Mannes, wenn überhaupt. Ich weiß nicht, ob ich die verleihen darf …«

»Keine Sorge, das dürfen Sie.«

Ursula Kleinhölter hatte ein ungutes Gefühl. Ihrem Mann würde das sicher nicht gefallen, er war sehr pingelig mit seinen Dingen, und sein Fotoapparat war noch recht neu. Aber sie hatte wohl keine andere Wahl. Sie setzte sich auf die Küchenstuhlkante und wartete auf die Polizei.

»Hey, Schornsteinfeger! Gut geschlafen?«

Kai lächelte, noch bevor er die Augen öffnete und zufrieden antwortete: »Ja.« Sein Gesicht war immer noch schwarz vom Fahrradöl. »Ich geh duschen!«, sagte er und hob zur Erklärung seine verschmierten Hände.

»Ich komme mit«, sagte Viktoria und deutete auf die Flecken, die Kais Hände auf ihrer Haut hinterlassen hatten.

»Vielleicht besser baden«, schlug er vor und machte sich daran, das Wasser einzulassen.

Sie folgte ihm langsam, stand nackt in der Tür und beobachtete ihn. Er hatte ihr seinen Rücken zugewandt und hockte auf dem Wannenrand, testete das Wasser, regelte die Temperatur neu. Das Tattoo bewegte sich, wenn seine Schultern sich bewegten. Das Tattoo, das sich Nana Oppenkamp aus lauter Liebe und Verzweiflung herausgeschnitten hatte. Victoria räusperte sich.

Kai drehte sich um und schaute sie an. Ernst. Später, als sie sich über die Schaumberge hinweg ansahen, blickte sie ihn an. Ebenso ernst.

»Was wird das?«, fragte er.

»Was?«, fragte sie.

»Mit uns.«

»Keine Ahnung. Was meinst du?«

»Ich habe zuerst gefragt.«

»Witzig.« Sie wusste, sie hätte etwas anderes antworten müssen. Die Wahrheit wäre vielleicht gut gewesen, dachte sie. Doch die brachte sie nicht heraus. Liebeserklärungen? Ne, nix für Victory. Zum Glück bohrte er nicht weiter nach.

Als er den Geruch der angebratenen Zwiebeln wahrnahm, begann er wieder gleichmäßiger zu atmen. Wer hätte gedacht, dass er sich ausgerechnet von dem Gestank, der ihn jeden Tag einmal darüber nachdenken ließ, die Wohnung zu wechseln, beruhigen ließ? Zu Hause, dachte er und schloss die Tür zur WG auf. Nanas Zimmer war schon wieder untervermietet. An eine Freundin seiner Mitbewohnerin. Er hatte noch nicht viel mit ihr geredet, doch mit wem redete er schon viel? Vielleicht war es ihm deshalb so schwergefallen, den Polizisten all ihre Fragen zu beantworten. Er hatte sich unwohl gefühlt, auf dem Stuhl vor ihrem Schreibtisch. Es war so hell gewesen und so ruhig – und nur seine Stimme wollten sie hören. Immer wieder.

Sie ließen nicht locker. Erst nach einer halben Stunde hatte er kapiert, dass sie ihn für einen Mörder hielten. Sie dachten, dass er Nana getötet hätte. *Er.* Ausgerechnet *er*! Dabei war es doch dieser andere gewesen, der sie auf dem Gewissen hatte. Seitdem sein Name zum ersten Mal gefallen war, war es mit Nana anders geworden. Sie war anders geworden.

Kai! Kai! Wie er diesen Namen hasste. Er hatte sie getötet. Er alleine. Und das Schlimme war, dass er dabei geholfen hatte. Als Handlanger des Todes. Aber hätte er es verhindern können?

Er hätte so gerne nichts mehr gesagt, doch sie wollten, dass er redete. Immer nur redete. Und irgendwann hatte er es ihnen dann erzählt. Und sie hatten genickt und mitgeschrieben und es aufgenommen und wieder genickt. Und dann durfte er gehen. Nach Hause. Zu dem Zwiebelgestank. In sein Zimmer. Vor seinen Rechner. Er ließ ihn hochfahren. Das Geräusch des Festplattengebläses beruhigte ihn. Er legte sich auf sein Sofa, kauerte sich zusammen wie ein Baby und schlang seine Arme um seinen Kopf. Er wollte es nicht, doch die Wahrheit schlich sich in seine Gedanken. Ich, Lukas Adams, habe Nana Oppenkamp sterben lassen. Ich bin schuld. Ich bin schuld. Ich, ich, ich.

»Ich kapier's noch nicht.«

»Was?«

»Alles.« Viktoria hatte sich ein Handtuch wie einen Turban um den Kopf geschlungen, lag auf der Seite und sah Kai zu, wie er rauchte. Unfassbar, dass er hier im Bett liegt und einfach so qualmt, ohne sie vorher zu fragen. Sie kam sich vor wie in einem Musikvideo aus den Neunziger Jahren oder wie in einem alten James-Dean-Film. Der gut aussehende Held – oder Sänger – liegt mit nacktem Oberkörper auf dem Kissen, schert sich nicht um Anstand und gute Sitten und hat lässig eine Zigarette zwischen die Lippen geklemmt. Es steht ihm, dachte sie und versuchte, sich Kai im weißen Kittel in seiner Praxis vorzustellen. Es gelang ihr nicht. Sich vorzustellen, wie sein Kuss jetzt schmecken würde, gelang ihr hingegen.

»Wer hat mir die Mails geschickt? Wer hat Nana die tödliche Spritze gesetzt? Und wie kam das Blut von Nana Oppenkamp in Marios Badezimmer?«

Kai zuckte mit den Schultern. »Bisschen viele Fragen für heute Morgen, finde ich. Kannst du denn nie abschalten?«

Viktoria entdeckte ein paar Haare auf seinem Kopfkissen. Sie waren schwarz und lang, sie hatte Spuren hinterlassen. Sie zupfte sie vom Stoff und ließ sie auf seinen Parkettboden fallen.

»Irgendjemand wollte, dass der Verdacht auf dich fällt.« Sie dachte laut nach.

Kai zog an der Zigarette. »Vielleicht glaubte dieser Jemand ja wirklich, dass ich etwas damit zu tun hatte. Wer weiß, was Nana ihm – oder ihr – über mich erzählt hat. Ihr traue ich eine Menge zu.« Kai sah Viktoria an.

»Sie hatte einen Freund, hast du gesagt. War der vielleicht eifersüchtig auf dich?«

»Könnte sein. Aber ich weiß nicht, wer es gewesen sein soll. Es hat mich nicht interessiert. Nichts an Nana hat mich mehr interessiert...«

Viktoria nickte. Grübelte. Sortierte noch einmal die Puzzleteilchen, die sie schon aneinandergefügt hatte.

Nana Oppenkamp war eine Stalkerin, sie wollte nicht wahrhaben, dass ihre Beziehung zu Kai wirklich vorbei war. Sie schnitt sich das Liebestattoo aus der Brust, versuchte, ihn mit einer Anzeige wegen Vergewaltigung zu erpressen. Dann ließ sie ihn in Ruhe, schaffte es – ohne ihn. Jahre später starb ihr Vater. Ihre Welt geriet erneut ins Wanken. Ausgerechnet jetzt erfuhr sie, dass Kai sich für eine Berliner Reporterin namens Viktoria Latell interessierte. Sie wollte mit allen Mitteln verhindern, dass Kai und die andere Frau zusammenkamen. Also versuchte sie, alles über die Konkurrentin herauszubekommen. Sie machte ein Praktikum im Verlagsgebäude, in dem auch Viktoria arbeitete. Sie recherchierte im Archiv, im Internet, machte sich an Viktorias Vertrauten – an Mario – heran. Als er betrunken genug war, fragte sie ihn aus. Sie wollte wissen, wer die Frau war, die ihr Kai Westmark wegnehmen wollte. Sie wollte ihre Feindin kennen. Wozu auch immer das nutzen sollte.

Dann starb sie. Vielleicht war ihr Freund, der große Unbekannte, dahintergekommen, was Nana in Berlin trieb. Vielleicht ertrug er es nicht, dass Nana immer noch besessen von Kai Westmark war. Vielleicht tötete er sie aus Eifersucht. Und vielleicht hatte er die Mails danach weitergeleitet, um sich an Kai zu rächen. Den Konkurrenten, den er nie besiegen konnte … Vielleicht hatte er sie aber auch nicht getötet und wirklich geglaubt, dass Kai ein brutaler Vergewaltiger war – und der Mörder von Nana. Vielleicht wollte er Viktoria einfach nur beschützen, warnen? Viktoria gefielen all diese Theorien nicht.

»So, wie ich das sehe«, sagte sie und entdeckte wieder ein schwarzes Haar, »läuft hier irgendwo ein Mann durch die Gegend, der Nana Oppenkamp so übel misshandelt hat. Sein Glück war, dass sie dich anzeigte und nicht ihn. Doch dieser Typ wusste, dass Nana Oppenkamp ihn jederzeit hätte verraten können. Vielleicht wollte sie ihn verraten. Ich finde, das wäre ein Motiv.«

18. Kapitel

Eigentlich wollte er ihr keinen Gefallen mehr tun. Lukas Adams hatte ihr sagen wollen, dass damit nun Schluss sei. Er sei nicht blind und taub und gefühlskalt – er habe sehr wohl bemerkt, dass Nana einen anderen liebte. Und er habe es satt, ihren Handlanger zu geben. Das wollte er ihr sagen.

Hätte er es doch nur getan.

Doch als sie vor ihm stand und ihn mit ihren traurigen Augen anschaute, als sie ihn sogar ein kleines bisschen anlächelte und seinen Arm berührte, wie sie ihn schon so lange nicht mehr berührt hatte, nickte er, als sie ihn bat, am Nachmittag einen Karton abzuholen.

»Ich miste morgen bei meinem Vater zu Hause aus«, hatte sie gesagt. »Seine ganzen alten Medikamente und ein bisschen Elektroschrott. Könntest du die Kiste für mich abholen – und zur Sondermülldeponie in Gelmer bringen? Ich habe doch kein Auto.«

Klar, das würde er machen. Kein Problem. Sie lächelte ihn dankbar an. Gerne. Am nächsten Tag stand er um 16 Uhr vor der Haustür von Nanas verstorbenem Vater und klingelte. Er hatte gehofft, dass sie noch da wäre, dass er sie zusammen mit der Kiste fahren durfte. Doch eigentlich war es ja klar gewesen, dass er nur Nanas Müllabholer war. Er hatte sich gewundert, dass der Karton so klein und leicht war. Nana hätte ihn locker im Bus mitnehmen können. Doch er nahm das Päckchen, legte es ins Auto und fuhr davon. Er war wütend. Auf sie und vor allem auf sich selbst. Warum nur hatte er nicht einfach Nein gesagt?

Er fuhr direkt zurück in die WG. Zum Müll könnte sie den Kram selbst bringen. Jetzt ist endlich Schluss, hatte er gedacht. Nana würde ihn nie wieder wie einen billigen Dienstboten behandeln. Nie wieder. Wie recht er hatte.

»Brötchen oder Croissant?« Kai stand in der Badezimmertür und sah zufrieden dabei zu, wie Viktoria sich anzog.

Zu viele Kalorien am Morgen dachte sie und antwortete: »Croissant.« Sein Männershampoo, mit dem sie ihre Haare gewaschen hatte, roch gut. Nach ihm.

»Und eine Zahnbürste, bitte!«

Kai lachte. »Du hast wirklich gar nichts eingepackt?«

»Nein, gar nichts.«

»Wo hättest du denn eigentlich übernachtet, wenn ich dich nicht hereingebeten hätte?«

»Keine Ahnung. Am Bahnhof, bei Harry, in Münster, in deinem Carport neben dem Bier-Kühlschrank.« Sie schaltete den Föhn an und sah, wie er lachte und dann die Tür schloss. Das Surren ihres Handys, das in ihrer hellblau-schwarzöligen Lederjacke lag, die sie achtlos neben das Bett hatte fallen lassen, hörte sie nicht.

Ein kurzes Zögern noch, dann öffneten sie seinen Schrank. Florians Schrank. Sie öffneten seine Schubladen. Florians Schubladen. Sie falteten die Umzugskartons zu großen Kisten und legten alles hinein. Alles. Mehr als fünf Jahre lang hatte die Welt stillgestanden. Jetzt drehte sie sich wieder. Isabella und ihre Eltern hatten das Radio angestellt und hörten Musik. Fröhliche Musik. Auch auf der Beerdigung hatten sie die allzu düsteren Kirchenlieder vermieden. Sie wollten sich von ihrem Sohn so verabschieden, wie sie es jeden Tag getan hatten, als er noch lebte. Mit einem Lächeln. Mit einem fröhlichen Winken.

Niklas lag auf dem Bauch und beobachtete die Erwachsenen beim Ausräumen. Er versuchte, sich auf den Rücken zu drehen, und als es ihm gelang, lachte seine Großmutter. Oma sah lustig aus, sie trug einen Overall und hielt in der Hand eine Farbrolle. Florians Zimmer sollte zu Niklas' Gästezimmer werden. Die Welt drehte sich weiter. Drehte sich, drehte sich, so dass Florians Mutter beinahe schwindelig wurde. Sie setzte sich auf das Bett ihres Sohnes. Wie oft hatte sie hier gelegen, um ihm nahe zu sein. Sie hatte ins Kissen geweint und versucht, ihn sich vorzustellen, ihren verlorenen Sohn. Schlafend. Beschützt. Friedlich.

Jetzt endlich schlief er. Beschützt. Friedlich. Für immer.

Niklas schaute seine Oma ernst an. Dann lief plötzlich sein Gesicht rot an. Seine Augen wurden schmal, dann ertönte ein lauter Pups. Barbara Jahnke grinste, nahm den Kleinen auf den Arm und rief ihre Tochter.

»Isabella, einmal Windeln bitte!« Die Welt drehte sich weiter. Sie drehte sich und drehte sich. Das Zimmer würde hellblau werden, wie der Himmel über Berlin, als sie ihn endlich gefunden hatten. Ihren Jungen, der beim Entenfüttern ausgerutscht war, der jetzt schlief.

Joggen nach dem Baden war zwar absurd, aber es war herrlich. Viktoria war sich vorgekommen wie Aschenputtel, als Kai ihr die alten Laufschuhe seiner Schwester aus dem Keller geholt hatte und vor ihr auf die Knie gegangen war. Sie passten.

Seine kurzen Boxershorts schlackerten zwar abenteuerlich, aber sein Sport-Shirt passte beinahe. Sie sah nicht gut aus. Aber sie fühlte sich gut. Kai wohnte direkt am Ortsausgang von Westbevern. Sie musste nur aus der Tür treten und war schon auf der herrlichsten Joggingstrecke. Über einen asphaltierten Feldweg ging es an zwei, drei Bauernhöfen vorbei Richtung Haus Langen. Viktoria atmete gleichmäßig und dachte an das Metallkästchen, das dort versteckt gelegen hatte. Mit dem Hinweis auf Florian und einem Plastikdaumen darin, der das Teenagerpärchen so höllisch erschreckt hatte.

Es war warm, und die Mücken schwebten schon über dem Wasser der Bever, das gemächlich in Richtung der alten Wassermühle floss. Sie bog rechts ab. Der Weg wurde zum Pfad, links sah sie einen großen knorrigen Baum mit gestutzten Ästen und wenigen Blättern. Das musste die Tausendjährige Eiche sein. Wie lange sie wohl schon tausend Jahre alt war, dachte Viktoria. Ob sie irgendwann einmal auch die Zweitausendjährige Eiche sein würde? Sie würde es nicht erfahren. Sie würde vorher sterben, so viel stand fest.

Kai hatte ihr noch aus dem Fenster nachgeschaut. Die langen Beine in seiner schlabberigen Hose, sie sah albern aus – er musste grinsen. Mit einer Hand fegte er die Croissantkrümel vom Tisch, mit der anderen fing er sie auf und warf sie in den Mülleimer. Er spülte die Gläser, die Teller, die Tassen. Dann machte er sein Bett. Er hob Viktorias hellblaue Lederjacke auf und entdeckte die schwarzen Ölflecken. Ihr Handy war aus ihrer Tasche gerutscht, es lag auf dem Boden. Er bückte sich, nahm es und wunderte sich darüber, dass sie mit so einem primitiven Knochen telefonierte. Er hatte ein schickes Smartphone erwartet. Das Briefsymbol leuchtete auf dem kleinen Display. Jemand hatte Viktoria eine SMS geschickt.

Der Weg wurde noch schmaler und führte rechts in einen kleinen Wald. Der Boden war weich, es ging aufund abwärts, ein umgefallener Baumstamm versperrte den Weg. Stundenlang hätte sie so weiterlaufen können, der Pfad war abwechslungsreich, verschlungen, weich gepolstert – doch leider viel zu kurz. Er mündete in einen weiteren sandigen Feldweg, auf dem ein Wagen parkte. Ein Mann in grüner Kleidung und mit geschultertem Gewehr stieg langsam aus. Wann ist eigentlich Jagdsaison?, dachte Viktoria.

Sie drosselte das Tempo. Der Mann in der Jägerkluft hob das Gewehr an seine Schulter, er zielte. Sie blieb stehen. Der Schuss war entsetzlich laut.

Als sie zu Boden ging, spürte sie nichts. Keinen Schmerz. Nur das Pfeifen in ihren Ohren wurde immer lauter. Ihre Finger fühlten Laub, Erde, Tannennadeln, etwas Warmes, Flüssiges. Er trat neben sie. Schwarze Samba von Adidas. Sie schloss die Augen, schmeckte das Blut in ihrem Mund. *Er* stand neben ihr.

»Bist du total übergeschnappt?« Kais Stimme überschlug sich. Dann wurde sie wieder sanfter. »Viktoria, hey, komm schon.«

Sie wollte die Augen nicht öffnen. Sie hatte Angst. Vor ihm.

»Es, es tut mir leid. Ich wollte doch nur …«

Viktoria kannte die Stimme nicht, die jetzt gesprochen hatte. Ganz vorsichtig blinzelte sie. Ein weiteres Schuhpaar war neben sie getreten. Schwere Profilschuhe in Dunkelbraun.

»O Mann, du blutest ja.« Das war wieder Kai. Er kniete sich neben sie, strich ihr die Haare aus dem Gesicht und tupfte ihr mit einem Taschentuch die aufgesprungene Lippe ab.

Viktoria schaute sich um. Neben ihr lag eine tote Katze, neben der Katze stand ein Jäger. Sie zuckte zurück. »Hast du Arschloch gerade auf mich geschossen!?« Sie richtete sich langsam auf, klopfte sich den Waldboden von Shirt und Hose, bemerkte ihre Hand, die mit Katzenblut gesprenkelt war, und schaute dem Mann in Olivgrün in die Augen.

»Nein. Äh, nicht, eigentlich auf die wildernde Katze da.« Er tippte mit seinem Gewehrkolben auf den Tierkadaver zu seinen Füßen. »Es… äh, es tut mir leid, ich habe Sie nicht gesehen«, sagte er zu Viktoria, die den Blick nicht von dem toten Tier wenden konnte. Was für ein weiches Fell es hat, dachte sie und wollte es streicheln.

»Mensch Karl, das geht überhaupt nicht. Du kannst doch hier nicht am Tag rumballern. Auch nicht, wenn die Katze wildert.« Kai war aufgebracht.

»Die Katze ist ein echter Nesträuber.«

»Karl, das ist scheißegal. Du hättest gerade beinahe einen Menschen erschossen. Ist dir das überhaupt klar?« Kai war nicht zu beruhigen.

Viktoria bekam weiche Knie. Sie spürte, wie ihr Kreislauf durcheinandergeriet. »Kai… ich. Mir. Wird. Schlecht.« Sie ließ sich fallen. Der Waldboden ist weich. So weich, dachte sie und merkte gar nicht, dass Kai sie aufgefangen hatte.

Nach dem Korn aus Karl Linnenbeckers Flachmann ging es wieder. Sie saß auf dem Beifahrersitz des Geländewagens und atmete auf Kais Anweisung hin gleichmäßig ein und wieder aus.

»Schock«, war seine kurze Diagnose.

»Ich dachte, ich wäre tot«, sagte sie und schüttelte den Kopf.

Sie blickte auf Karl, der etwas abseits stand und dessen ganze Körperhaltung tiefste Scham ausdrückte.

»Idiot«, zischte sie, und Kai lächelte.

»Na, so langsam bist du wieder normal.«

Sie boxte ihn auf seine Brust. »Was machst du eigentlich hier? Du Retter!«

»Ich lauf dir halt nach.«

»Nein, du radelst mir hinterher.« Sie deutete auf sein Fahrrad, das an einem Baum lehnte.

Kai nickte. »Ach, ich hatte da so eine Idee – wegen Nana. Aber das erzähle ich dir nachher, in Ruhe.«

In Ruhe? Viktoria sprang fast aus dem Auto. »Ne, Kai Westmark. Das erzählst du mir mal schön sofort. Ich bin viel zu neugierig. Also: Was ist mit Nana Oppenkamp? Weißt du, wer sie damals vergewaltigt hat?«

Kai lachte und legte seine Hand auf ihre Schulter. »Jetzt bleib mal ruhig. Und: Nein, ich weiß es nicht.«

»Ich.«

Kai und Viktoria schauten synchron zu Karl Linnenbecker, der immer noch am Kofferraum seines Wagens lehnte und ganz zerknirscht aussah.

Er räusperte sich. »Ich war's. Aber, sie wollte es …«

Und dann erzählte er ihnen davon, wie Nana ihn in den Unterstand am Luderplatz gelockt und ihn dazu gebracht hatte, sie zu schlagen. Er schaute Viktoria nicht an, er blickte immer nur über das Feld, auf dem der Mais schon mannshoch in den Himmel ragte und an dessen Ende der Luderplatz lag, direkt neben dem Bachlauf.

Wieder ein Puzzleteilchen.

»Du hättest mir eine Menge Ärger ersparen können, wenn du das eher erzählt hättest«, sagte Kai.

»Ich hatte doch keine Ahnung, dass sie *dich* anzeigt. Ich hatte doch selber Schiss, dass sie mir etwas anhängen will.«

Viktoria dachte nach. Etwas passte noch nicht.

»Wer hat mir dann die Bilder von ihr geschickt? Die Fotos, auf denen man die vermeintlichen Misshandlungen sieht. War es ihr Freund?«

Kai schüttelte den Kopf.

Viktoria hatte das Gefühl, sie konnte ihre Hirnströme rauschen hören. Doch so sehr ihr Kopf auch arbeitete, es passte immer noch nicht.

»Hat ihr Mörder mir die Bilder geschickt, um den Verdacht auf dich zu lenken?« Sie hatte es nur leise vor sich hingemurmelt, doch Kai hatte sie verstanden.

Er nickte langsam. »Ja. Das glaube ich. Und ich weiß auch, wer sie umgebracht hat.«

Rudolfo Rose klopfte zum ersten Mal in seinem Leben an seine eigene Schlafzimmertür. Dreimal, leise und zaghaft. Dann wartete er. Drinnen rührte sich nichts. Sein Herz pochte. Er schloss die Augen und lauschte, ob sie ihn nicht doch hereinbitten würde. Doch es blieb still.

Er wollte sich an die Abmachung halten. Natürlich. Doch er machte sich Sorgen. Es war nach zehn, und er hatte Rita weder gehört noch gesehen. So lange schlief sie sonst nie. Und am Abend zuvor hatte sie blass ausgesehen. Blass und wunderschön. Sie hielt sich auch an ihre Abmachung und hatte ihn zum achtzigsten Geburtstag von Lennart Debowski begleitet. Der Filmproduzent war für sein Alter erstaunlich fit, und der Abend im edlen Borchardts war lang geworden. Rudolfo hatte seiner Frau angesehen, dass sie müde war, und er war ihr dankbar, dass sie sich nichts anmerken ließ, sondern charmant und witzig an seiner Seite durchhielt. Er gab es nicht gerne zu, doch die Therapiesitzungen, zu der ihn diese dreiste Reporterin gezwungen hatte, taten ihm gut. Er trank weniger, um sich besser im Griff zu haben. Er hatte auf seine alten Tage doch tatsächlich den Sport für sich entdeckt. Jeden Morgen marschierte er um den Grunewaldsee, jeden Abend verschwand er für eine Stunde im Fitnesskeller, den sie sich schon vor Jahren eingerichtet, aber nie genutzt hatten. Rita ließ er in Ruhe. Sie schlief im Schlafzimmer, er war in das Gästeapartment eine Etage darüber gezogen. Die Mahlzeiten nahmen sie gemeinsam ein. Am Anfang aßen sie und schwiegen, doch inzwischen redeten sie wieder miteinander. Und Rudolfo hatte das Gefühl, dass es nicht nur ihm gefiel. Das Reden, das Beisammensein.

Doch heute war sie nicht zum Frühstück nach unten gekommen. Sie saß nicht in ihrem fliederfarbenen Morgenmantel vor ihm und rührte nicht in ihrem Tee.

Rudolfo klopfte noch einmal, immer noch leise. »Rita, bist du wach?« Er hatte seine Stirn gegen die Tür gelehnt und geflüstert. Das Schlafzimmer war tabu. Er hatte es versprochen. Vorsichtig drückte er die Klinke nach unten. Rita lag unter einer Wiese. Nur ihr zarter linker Fuß ragte unter der mit Gräsern und Wildblumen bestickten Seidenbettwäsche hervor. Rudolfo widerstand dem Drang, ihn ganz sanft zu kitzeln.

Er betrachtete ihr ungeschminktes Gesicht. Sie sah alt und jung zugleich aus.

Und sie war noch blasser, als sie es am Abend zuvor gewesen war.

Rudolfo trat näher und hörte, wie schnell und flach sie atmete, und plötzlich wurde ihm klar, dass seine Frau mit dem Tode rang.

»Es tut mir leid, aber ich müsste langsam los.« Karl Linnenbecker trat unschlüssig von einem Fuß auf den anderen. »Soll ich euch, äh, Sie mitnehmen?«

Viktoria und Kai lehnten sein Angebot ab und gingen langsam zu Kais Fahrrad. Karl stieg in seinen Geländewagen, gab etwas zu hektisch Gas und hinterließ eine Staubwolke. Viktoria hustete.

»Du weißt, wer Nana umgebracht hat?«

Kai nickte. »Als du vorhin losgelaufen bist, habe ich

ein bisschen aufgeräumt. Ich habe dein Handy gefunden, und du hattest Post.«

Patrick! Viktoria spürte, wie es in ihren Eingeweiden rumorte. O Gott, der Volontär! Er hat eine Nachricht von Patrick gelesen. Sie rang um Fassung.

»Du hast sie aber selbstverständlich nicht gelesen!«

»Selbstverständlich«, erwiderte Kai, und Viktoria atmete tief durch.

Die SMS, die Patrick ihr hin und wieder schrieb, waren nicht zwei-, sie waren mehr als eindeutig. In wenigen Worten forderte er sie darin zu sinnlosem, leidenschaftlichem und folgenlosem Sex auf. Dass sie die letzten dieser Angebote ausgeschlagen hatte, wusste Kai ja nicht. Er wusste ja nicht einmal, dass es einen Patrick gab, gegeben hatte – oder was auch immer.

Sie riss sich zusammen. Es ging also nicht um eine versaute Kurzmitteilung, sondern um etwas anderes.

»Ich weiß nicht, wieso, aber dieses Briefsymbol auf deinem Display hat mich auf die Idee gebracht.«

Kai schob sein Fahrrad, Viktoria wechselte auf seine Seite.

»Ich weiß, dass man zeitversetzte Kurzmitteilungen verschicken kann. Und ich denke, mit E-Mails geht das noch leichter.«

»Ja – und?« Viktoria tastete mit ihrem Zeigefinger ihre geschwollene Lippe ab. Sie wusste nicht, worauf er hinauswollte.

»Ich denke, Nana hat dir all diesen Mist geschickt.«

»Aber sie war doch schon tot, als das bei mir ankam.«

»Ja, eben.«

»Du meinst, sie hat mir die Mails geschrieben, als sie noch lebte, und dann zeitversetzt geschickt? Warum hat sie es so kompliziert gemacht? Ich kapiere es nicht.«

Kai blieb stehen und schaute Viktoria lange an. »Ich würde dich gerne küssen.«

»Mach doch!« Sie wandte sich ihm zu. – »Autsch!«

»Du hast es so gewollt.« Er streichelte sanft über ihre verletzte Oberlippe.

»Geht schon. Mach weiter!«

»Küssen?«

»Nein, Kai Westmark. Erzähl mir endlich deine Theorie zu Nana Oppenkamp, mir wird langsam schwindelig vom vielen Denken.

»Ihre Frau hatte einen Herzinfarkt.«

»Gut, dass Sie uns so schnell gerufen haben.«

»Sie ist stabil.«

»Fahren Sie nach Hause.«

»Sie wird es schaffen.«

»Jetzt ruhen Sie sich erst mal aus.«

»Wir kümmern uns hier gut um Ihre Frau.«

»Nein, sie hat jetzt keine Schmerzen.«

»Ja, Sie können heute Nachmittag wiederkommen.«

»Ja, wir rufen Sie an, falls sich etwas ändert.«

»Nein, wir gehen davon aus, dass sie wieder gesund wird. In diesem Moment.«

Rudolfo Rose machte ihr Bett. Das hatte er noch nie gemacht. Das erste Aufschütteln am Morgen war Ritas

Aufgabe. Den Rest erledigte ihre Haushälterin. Doch als er aus dem Krankenhaus zurückgekommen war, hatte er Mary weggeschickt. Er wollte alleine sein. Er wollte das Bett machen.

Der Seidenstoff fühlte sich gut an. Kühl und glatt, und die Wildblumen und das Gras der Decke leuchteten im Licht der Sonne, das jetzt durch das Fenster schien. Er strich die Decke glatt und fragte sich, wie Mary den Stoff so gerade zusammenlegen konnte.

Er nahm das Kissen, auf dem noch die Mulde war, die Rita hinterlassen hatte, und wollte es aufschütteln. Dann hielt er inne.

Auf dem weißen Laken lag etwas Schwarzes. Zuerst dachte er, es sei eine Taschenlampe. Er bückte sich, nahm den Gegenstand in die Hand und betrachtete ihn von allen Seiten.

Er zog die Schublade ihres Nachttischchens auf, um das Ding wegzulegen – und fand die Gebrauchsanleitung. Er setzte sich auf den Bettrand und las.

Elektroschocker. Eine Million Volt inkl. Batterien & Abwehrspray.

Er schaute in die Schublade. Ja, dort lag auch noch Abwehrspray. Er las weiter.

Gute Effizienz im handlichen Format. Der Stromschlag durchdringt auch dickste Kleidungsschichten und Lederjacken.

Er strich sich über seinen dunkelblauen Blazer.

Wirkt durch seine robuste Erscheinung Furcht einflößend und hält potenzielle Angreifer auf Distanz.

+ *Sicherungsschalter*
+ *Gürtelclip*
+ *Vergoldete Elektroden*

Vergoldete Elektroden. Das sah seiner Frau ähnlich. Unter Gold tat sie es nicht. Vergoldete Elektroden. Rudolfo Rose lachte über seine Luxusfrau. Dann weinte er und ließ die Beschreibung zu Boden fallen.

»Es tut mir leid, Rita«, sagte er leise und schaute dabei auf seine Hände. »Es tut mir leid, dass du Angst vor mir hast.«

Schließlich legte er den Elektroschocker wieder auf das Laken und deckte das Kissen darüber. »Du wirst ihn hoffentlich nie brauchen«, flüsterte er und schloss leise ihre Schlafzimmertür.

»Na, Victory, haste 'ne dicke Lippe riskiert?«

»Ach, Charly, du müsstest erst mal den anderen sehen.«

Sie war mit dem letzten Zug gefahren. Sie hatte Frühdienst und hätte nicht noch einen Tag mit ihrem Kollegen tauschen können. Obwohl sie nur wenig geschlafen hatte, war sie ausgeruht wie lange nicht mehr. Kai hatte sie am Vorabend zum Bahnhof nach Osnabrück gebracht, damit sie nicht umsteigen musste und damit sie noch ein bisschen mehr Zeit zusammen hatten.

Denn der Nachmittag in seiner Wohnung war innerhalb weniger Sekunden vorbei gewesen. Dabei hatten sie eigentlich nichts gemacht. Sie hatten nebeneinander auf seinem Bett gelegen und Fernsehen geschaut und kaum hingesehen, sondern vor allem einfach nur geredet.

Am Anfang über sie. Über Nana Oppenkamp. Über ihr Sterben.

Und auch jetzt noch, im Tageslicht, ohne Kai, am Schreibtisch, mit dem klaren Blick einer Polizeireporterin, hatte Kais Theorie Bestand.

Den Rest würde sie der Polizei überlassen, aber auch die – da war sich Viktoria sicher – würde die gleichen Schlussfolgerungen ziehen.

Sie nahm einen Schluck Cola und tippte das Angebot für den Chefredakteur in den Computer. Ihr Magen knurrte, sie hatte nicht gefrühstückt.

Dafür hatte sie am Abend zusammen mit Kai gegessen. Er hatte ihr aus seiner Küche zugerufen, ob ein Spiegelei okay sei, er könne nicht kochen.

»Sehr gut!«, hatte sie geantwortet. Und als er dann das Spiegelei, das er nicht einmal mit Salz und Pfeffer bestreut hatte, auf ein Toastbrot mit Schinken legte, war für sie alles, wie es sein musste. Kai Westmark war kein Mann, der an Basilikumsträuchern schnupperte. Sie griff nach der Ketchup-Flasche. Rot wie die Liebe, dachte sie und sagte: »Du kannst wirklich nicht kochen, Kai Westmark. Die Spiegeleier sind Murks. Aber sie schmecken hervorragend.«

Frank Metzger hatte es sich leichter vorgestellt. Nein, das stimmte nicht. Er hatte es sich gar nicht vorgestellt. Wie sollte man auch wissen, wie es sich anfühlt, auf dem

Bahnsteig zu stehen und auf die eigenen Kinder zu warten. Die Kinder, die zwar schon vorher hauptsächlich bei seiner Exfrau lebten, die er aber immer in seiner Nähe wusste. Die er – wann immer er wollte – jeden Tag hätte sehen können. Jetzt kamen sie nur noch zu Besuch. Eingeschüchtert, weil sie Berlin nicht kannten. Unsicher, weil sie ihn seltener sahen. Müde, weil sie stundenlang im ICE gesessen hatten.

Doch er hatte es ja so gewollt. Der Job an der Charité, das große Berlin, der große Frank Metzger. Der Zug hatte Verspätung.

Vorhin hatte er mit seiner Kollegin aus Münster telefoniert. Die Polizei hätte jetzt geklärt, wie Nana Oppenkamp, die junge Frau, die an einer Überdosis Insulin gestorben war, bei der er zunächst das Einstichloch übersehen hatte, wie sie gestorben sei.

Es handelte sich um einen geplanten Selbstmord. Nana Oppenkamp war offensichtlich sehr labil. Sie hatte lange Zeit unter der Trennung von ihrem Exfreund gelitten und war regelrecht besessen von ihm gewesen. Daher stammte auch die seltsame Narbe auf ihrer Brust. Sie hatte sich eine Liebestätowierung selbst herausgeschnitten, um ihn damit unter Druck zu setzen. Außerdem habe sie versucht, ihn mit einer inszenierten Vergewaltigung zu erpressen. Als sie ihr Leben endlich wieder im Griff zu haben schien, starb ihr Vater. Ein sehr kühler Mann, der seiner Tochter gegenüber nur schwer Gefühle zeigen konnte, der für sie aber immerhin eine starke Säule in ihrem Leben war. Ungefähr zur gleichen Zeit erfuhr sie, dass ihr ehemaliger Freund sich in eine Reporterin aus Berlin verliebt hatte.

»Eine Reporterin aus Berlin?« Frank Metzger horchte auf. Er dachte an die schwarzen Haare, die langen Beine…

»Ja, du kennst sie sogar. Es ist Frau Latell.«

Die Sache wurde spannend, fand Metzger und bat seine Kollegin, ihm alles zu erzählen.

Nana Oppenkamp wollte nicht mehr leben, sie wollte aber auch nicht, dass Kai Westmark mit einer anderen glücklich wurde.

Kai Westmark? Hieß dieser Arzt nicht Westmark, war der nicht sogar tatverdächtig? Die Sache wurde noch spannender…

Nana Oppenkamp plante sehr akribisch und langfristig. Sie bewarb sich als Praktikantin in Berlin und arbeitete dort im selben Verlagsgebäude wie Viktoria Latell. Dort bespitzelte sie die Konkurrentin. Sie machte sich sogar an deren engsten Kollegen, den Fotografen Mario Siewers, ran, um mehr über Latell zu erfahren. Nach einem One-Night-Stand war sie aber plötzlich verschwunden. Siewers und Latell machten sich Sorgen, denn in seinem Badezimmer war jede Menge Blut…

Der blasse Mario Siewers, der seinen teuren Fotoapparat fallen ließ, als er die Leiche von Nana Oppenkamp auf dem Seziertisch gesehen hatte. Metzger begriff langsam, dass er für die Reporter aus Berlin mehr gewesen war als eine interessante Persönlichkeit, die sie unbedingt porträtieren wollten. Er war Mittel zum Zweck gewesen.

»Da war Blut in Siewers Badezimmer? Aber sie war doch nicht verletzt, ich habe keine Platzwunde oder Ähnliches bei ihr gefunden.«

Seine Kollegin am anderen Ende lachte. »Ich wusste, dass dich das interessiert…« Sie wartete noch einige Sekunden und ließ ihn zappeln.

»Es war Nasenbluten. Sie litt häufiger darunter, das bestätigte auch ihr Mitbewohner.«

Der Mitbewohner, der ihr ein einfaches Programm installierte, mit dem sie zeitversetzt E-Mails verschickte, um Viktoria Latell auf die falsche Fährte zu locken. Sie sollte glauben, dass Kai ein Vergewaltiger und Mörder war.

»Aber wie hat sie es angestellt, sich umzubringen, ohne Spuren zu hinterlassen. Es wurden keine Medikamente am Tatort gefunden. Hätte die Latell nicht nachgebohrt, wir hätten nichts geahnt.«

Der Mitbewohner war der Handlanger ihres Selbstmords. Sie hatte ihn gebeten, einen Karton mit Medikamenten zu entsorgen. Wer sich Insulin spritzt, stirbt nicht sofort. Nana Oppenkamp hatte genug Zeit, die Kiste vor die Haustür ihres Vaters zu stellen und darauf zu warten, dass ihr Helfer sie abholte. Sie hat Viktoria Latell mit ihren Mails angelockt und gehofft, dass ihr Reporterinstinkt sie weiter recherchieren und den vermeintlichen Mord aufdecken lässt.

»Wow!« Metzger fiel nichts Besseres ein.

»Frank?« Seine Kollegin klang plötzlich anders.

»Was ist?«

»Leon ist schwer krank.«

»Was?«

»Er wird nicht wiederkommen. Er geht in den Vorruhestand.«

»Das tut mir leid. Armer Leon ...«

»Die Ausschreibung läuft bald an.«

»Mmh.«

»Nur, damit du es vor allen anderen weißt. Sie suchen einen neuen Leiter für das Rechtsmedizinische Institut Münster.«

»Mmh.«

Der Zug fuhr ein. Frank Metzger kam sich vor wie ein Teenager bei seinem ersten Date. Sein Herz klopfte, als er seine kleinen Frösche hinter dem Glas der ICE-Tür entdeckte.

Als sie ausstiegen, als er sah, dass Klara einen neuen Haarschnitt und einen Zahn weniger hatte, und als Mika ihm förmlich die Hand reichte, statt ihm um den Hals zu fallen, wusste er, was zu tun war.

Sie würden den ganzen Tag U-Bahn fahren, in den Reichstag gehen, im Görlitzer Park Fußball spielen und im Aquarium in Haifischaugen schauen. Sie würden alles von Berlin mitnehmen, was es mitzunehmen gab. Denn dies war das letzte Wochenende, an dem seine Kinder ihn hier besuchen würden. Ich bin kein Berliner, dachte Frank Metzger und blickte in die Augen seiner Kinder. Ich bin euer Vater. Ich gehöre nach Hause.

Chefredakteur Willmers wollte motzen, doch es wäre geradezu absurd gewesen. Viktoria hatte zwei Themen für die Seite eins und eine Geschichte des Jahres im Angebot. Eine U-Bahn-Schlägerei, die von einer mutigen Mutter beendet wurde, indem sie sich zwischen die Streithähne gestellt und gefordert hatte: »Still jetzt, das Baby schläft!«, eine abgehackte Hand, die am Weißensee von Badenden entdeckt und in einer Tupperdose zur Polizei gebracht worden war, und ein Exklusiv-Interview mit Rudolfo Rose, das ganz Berlin zum Beben bringen würde.

Rose bekannte sich gegenüber dem *Express* absolut unerwartet und ohne jedes vorangegangene Gerücht, seine Frau geschlagen zu haben. Rita Rose erholte sich gerade von ihrem Herzinfarkt, und er bat sie – öffentlich und ausschließlich im *Express* – um Verzeihung. Er sprach über seine Aggressionen und über seine Therapie. Und über seine Angst, die Liebe seiner Frau verloren zu haben. Er sprach über seine Angst, sich selbst nicht im Griff zu haben. Über zu viel Alkohol. Über zu viel Geld. Zu viel Ruhm.

Kein Zweifel – nach dieser Konferenz war Viktoria die Heldin des Tages.

Sie lächelte vor sich hin. Aber nicht, weil Willmers gerade vor Begeisterung auf den Tisch geschlagen und die Klatschkollegin wortlos die Versammlung verlassen hatte, Charly ihr anerkennend die Schulter knuffte und der Rest der Mannschaft sie mit staunenden Augen ansah.

Nein, sie hatte gerade eine SMS bekommen.

»Na?«, stand dort.

»*I miss u*«, schrieb sie. Und darunter setzte sie ein Smiley.

Epilog

Der Geruch von Klebstoff steigt in seine Nase. Er verteilt die zähe Flüssigkeit gleichmäßig auf dem dünnen Zeitungspapier und drückt es auf das weiße Blatt in seinem Ordner. Mit schwarzem Kugelschreiber schreibt er Express *darüber, dahinter das Datum. Sie haben Florian gefunden. In der Spree, am Fuße eines dieser bescheuerten Kunstwerke, zu denen die Touris immer pilgern. Florian sei wahrscheinlich beim Entenfüttern ausgerutscht und in den eiskalten Fluss gefallen, damals, vor fünfeinhalb Jahren.*

Die Eltern hätten jetzt ihren Frieden gefunden, stand in dem Artikel. Den Text hat wieder diese Viktoria Latell geschrieben. Er hat ihre Art zu schreiben wiedererkannt. Mit ganz viel Gefühl und Emotionen, aber nicht kitschig. Sie macht das wirklich gut.

Er stellt den Ordner in das Regal. Irgendwie ist ihm feierlich zumute. Nicht, weil er heute achtzehn geworden ist. Es ist, weil er jetzt weiß, dass der Ordner fertig ist. Morgen Abend, wenn seine Eltern ins Theater gehen, wird er ihn im Kamin verbrennen. Und dann wird er vergessen, wie er und dieser Junge sich um die Autogrammkarte gestritten haben. Er wird nicht mehr da-

von träumen, wie er ihm die Karte entrissen und ihn geschubst hat. Er wird vergessen, wie Florian ihn anstarrte, als er ins eiskalte Spreewasser fiel und unterging. Es ist vorbei.

Danksagung

Dr. med. Karin Varchmin-Schultheiss von der Münsteraner Rechtsmedizin für die Einblicke und die Totenkopfzeichnung an der Wand; Bianka Olm von der Berliner Feuerwehr für die gruseligen Details bei einer Wasserleichenbergung im Sommer; Tom Moecke für seine zielsicheren Waffenkenntnisse; Walburga, André und Christian für die perfekte Organisation, den satten Sound und das kühle Pils bei der Premiere; Pete für die Page; Julia für die genauen Ferndiagnosen trotz Prüfungsstress; Birgit für die penible Suche nach dem Anfang des roten Fadens; Gabriella für die euphorisierende Euphorie; Lars für die fröhliche Sachlichkeit; Gerhard Seidl für die sanften Korrekturen; Blanvalet für noch mehr Vertrauen – und natürlich meinen drei Jungs zu Hause für mein Zuhause.

Ein HEIDENspaß für Frauen jeden Alters!

320 Seiten. ISBN 978-3-442-37869-2

Die Wahlgroßstädterin Nele kehrt nach Jahren zurück in die Lüneburger Heide. Im Gepäck hat sie Tränen um den frisch verstorbenen Opa. Und seine Asche – die sie prompt im ICE vergisst. Daheim sind Oma und Großtante in heftigem Streit über den Grabstein entbrannt, und Neles Mutter verschwindet auf einen Selbstfindungstrip. Zu allem Überfluss erwartet Neles Jugendliebe Karl sie sehnsüchtig, dabei träumt sie doch von Paul, Opas attraktivem Anwalt – der ihr zudem noch ein paar Familiengeheimnisse enthüllt …

Lesen Sie mehr unter: **www.blanvalet.de**